Fábio Kabral

A CIENTISTA GUERREIRA DO FACÃO FURIOSO

malê

Copyright © 2019 Editora Malê Todos os direitos reservados.

ISBN 978-85-92736-46-0

Capa: Bruno Francisco

Ilustração de capa: Rodrigo Cândido

Editoração: Agnaldo Ferreira

Editor: Vagner Amaro

Revisão: Léia Coelho

Texto revisado segundo o novo Acordo Ortográfico da Língua Portuguesa.

Proibida a reprodução, no todo, ou em parte, através de quaisquer meios.

Dados internacionais de catalogação na publicação (CIP) Vagner Amaro

CRB-7/5224

K11p   Kabral, Fábio

       A cientista guerreira do facão furioso / Fábio Kabral. –

   Rio de Janeiro: Malê, 2018.

   286 p.; 21 cm.

   ISBN 978-85-92736-46-0

1.   Romance brasileiro II. Título

                               CDD – B869.3

Índice para catálogo sistemático: Romance brasileiro B869.3

Todos os direitos reservados à Malê Editora e Produtora Cultural Ltda.

www.editoramale.com.br

contato@editoramale.com.br

SUMÁRIO

1. JAMILA
2. LUA
3. FERA
4. SOTERRADA
5. AMOR
6. INIMIGO
7. TREM
8. ALTURAS
9. ESCOLA
10. OGUM
11. CIÊNCIA
12. SUBÚRBIO
13. PODEROSA
14. OGUM (GUERREIRO)
15. REBELDES
16. PAI
17. DISTÚRBIO

18. FÚRIA

19. BORBULHAS

20. TRISTEZA

21. OLAWUWO

22. CIENTISTAS

23. GRITARIA

24. GRITARIA (SANGRENTA)

25. SOTERRADA (REMIX)

26. PERDIDA

27. RENASCER

28. PRECEITO

29. TOMATE

30. ALTURAS (REPRISE)

31. ÓDIO

32. TRAIÇÃO

33. DESTRUIÇÃO

34. SORVETE

35. JAMILA (OGUNSI)

GLOSSÁRIO

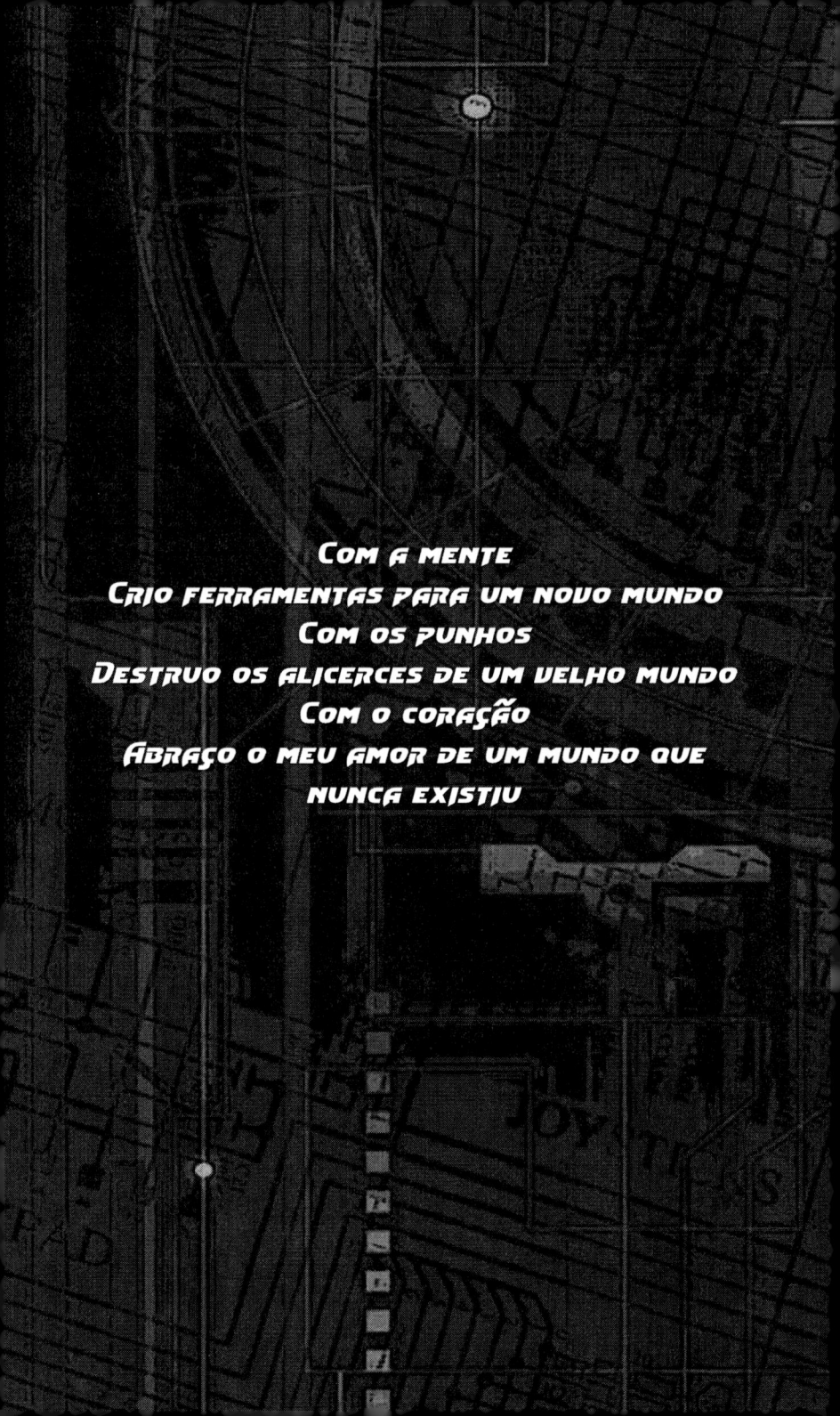

Com a mente
Crio ferramentas para um novo mundo
Com os punhos
Destruo os alicerces de um velho mundo
Com o coração
Abraço o meu amor de um mundo que nunca existiu

SINOPSE

Aqui é Ketu Três, lar do povo melaninado, filhos dos Orixás; a metrópole governada por sacerdotisas-empresárias e tecnologias fantásticas movidas a fantasmas. Jamila Olabamiji, filha de Ogum, só quer se tornar a maior engenheira de Ketu Três. Nada demais. Porém, é difícil manter o foco quando se tem de lidar com um pai ocupado em três empregos, uma namorada patricinha e encrenqueira, e um valentão da escola que a atormenta sempre. É complicado também ter esses sonhos sobre feras, lua cheia, sangue e destruição. Jamila só queria ficar de boa no quarto construindo dispositivos incríveis... Provocaram tanto a menina, que ela acabou despertando uma fúria capaz de arruinar a cidade inteira! Pronto, agora virou alvo de cientistas inescrupulosos, agentes das Corporações, e até monstros gigantes que querem arrasar com tudo; ela, então, se vê obrigada a colaborar com um grupo clandestino que quer derrubar a elite psíquica que governa a metrópole! Muita coisa aí tem dedo daquele valentão que ela detesta tanto, Jamila tem certeza... Mas estou dizendo: não se metam com a Jamila Olabamiji, ou a fúria dessa filha de Ogum vai acabar partindo o mundo ao meio...

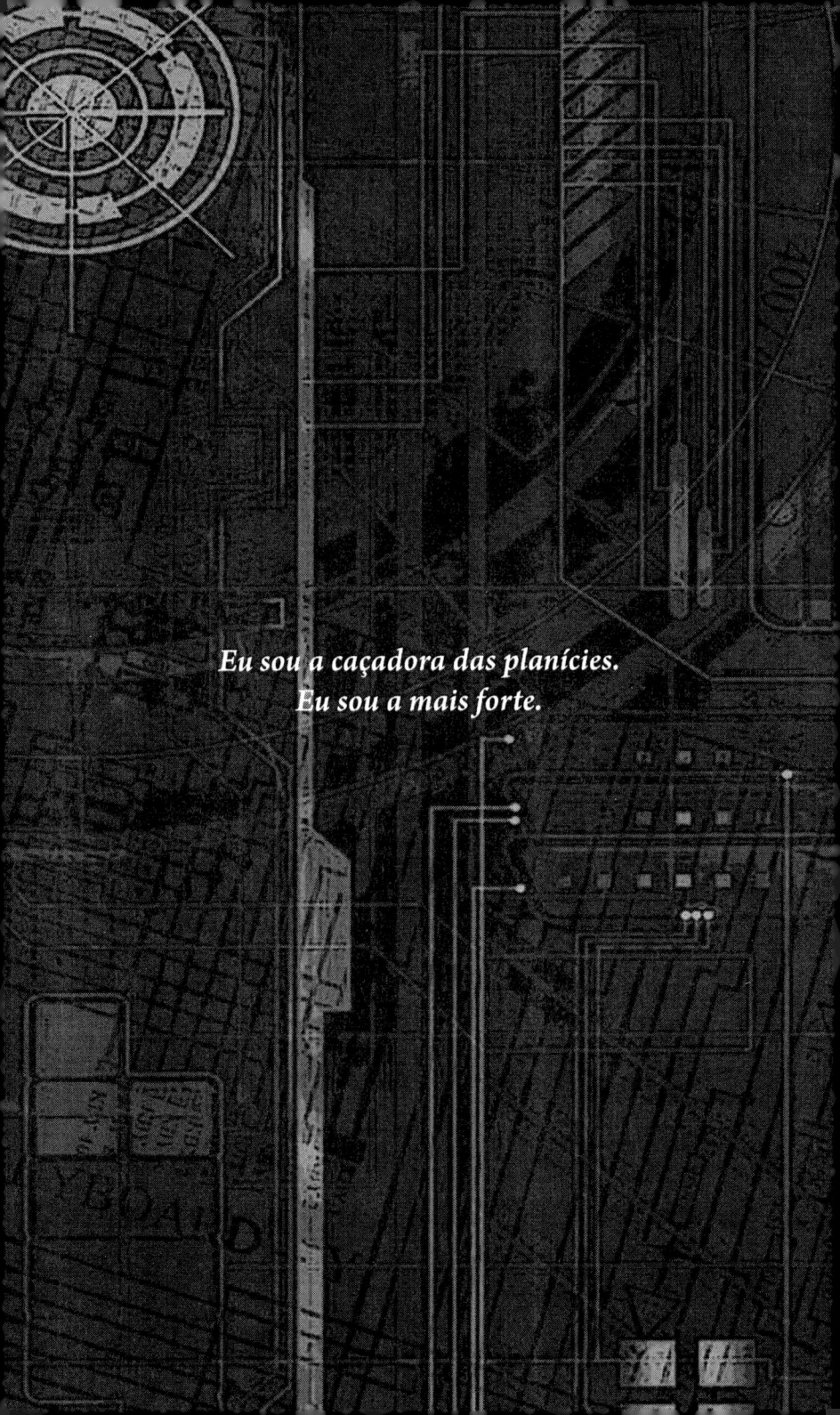

*Eu sou a caçadora das planícies.
Eu sou a mais forte.*

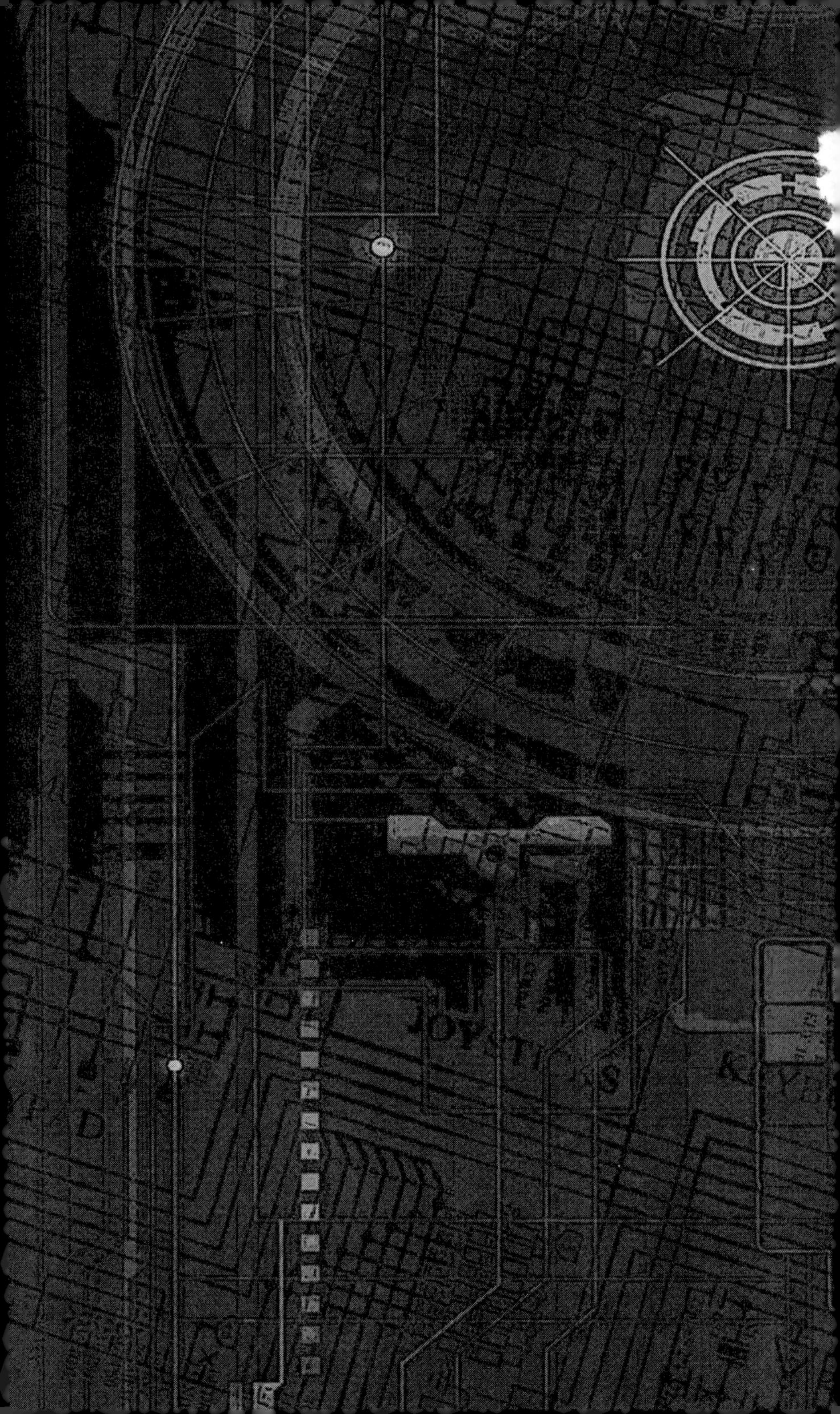

1. Jamila

Meu nome é Jamila Olabamiji. Eu sou...
– ...uma folgada! Tá atrasada pra escola!!

Era a voz de trovão do meu pai esbravejando contra a porta do meu quarto; nunca estava em casa; mas, quando estava, não dava descanso; realmente, um amor...
– Jamila! Tá me ouvindo?! Pra escola, já!!

Sabe, há espaços sagrados no mundo. As Casas Empresariais, alicerces da nossa metrópole, são locais consagrados à realização do espírito humano de acordo com a vontade dos ancestrais; os parques florestais de Ketu Três são selvas enormes, antigas, consagradas a poderes divinos anteriores a tudo o que podemos imaginar; as residências de cada um, locais consagrados aos antepassados e ao nosso sagrado interior.

Então, por que é tão difícil para papai entender que a bagunça do meu quarto é o meu espaço sagrado??

Na nossa minúscula casa, meu quarto é o meu espaço de autonomia, de acordo com as minhas regras e configurações; baterias, parafusos, sucatas, dispositivos, botões, fios, protótipos; livros, gibis, ensaios teóricos, estudos, rascunhos de novas invenções, tudo no seu devido lugar, ou seja, espalhado por todos os lados; computadores e *notebooks* que eu mesma criei, soltos pelas prateleiras e pelo chão, todos piscando e trabalhando; robozinhos flutuando ao meu redor, passando informações e instruções da pesquisa que eu realizava naquele momento; estava ligado o meu harmonizador de ambiente nº 5, aquele da fragrância de pedras perfumadas, perfeito para trabalhos que exigiam concentração contínua; falando em concentração, a *playlist* que tocava naquele momento era alguma de *lo-fi hip-hop*, com vários *djs* que eu desconhecia, só precisava das batidas para manter o foco; por fim, eu, sentada na minha cadeira barata de madeira, diante de uma grande, gabinete aberto, cheio de fios e parafusos soltos, fazia um barulhão enquanto processava dados.

    Meu pai continuou batendo na porta, exigindo que eu me arrumasse para a escola...

    – Pai, pelo amor de Ogum! – exclamei, sem desviar o olho da tela do computador. – Tô super ocupada! Essa pesquisa pode revolucionar o mundo!!

    – Pois sem estudo você não vai revolucionar mundo nenhum. Bora se arrumar pra aula! Agora!!

    Era inútil tentar explicar para papai, pela enésima vez, que eu era inteligente demais para a escola, que não aprendia nada lá, que mais bocejava nas aulas que qualquer outra coisa; já tivemos essa conversa um milhão de vezes; mas... ele trabalha em três empregos só para pagar as mensalidades desse colégio, então não adiantava.

    Acho que papai era muito solitário porque mamãe havia morrido no parto...

    – Já disse que tô indo, papai!!

    Meu nome é Jamila Olabamiji e meu intuito é analisar tudo, porque só assim a loucura do mundo faz sentido...

    ...Já que, por exemplo, não tinha sentido algum eu ter, todas as noites, sonhos sobre... feras e monstros, borbulhas e bisturis...

    – Vamo, filha!!...

    Irritada com a insistência de papai, me lembro de ter me levantado da minha cadeira, ter pego no armário uma das minhas calças moletom e uma camiseta que, apesar de ser *baby look*, ficava folgada em mim; 15 anos e ainda não tinha crescido nada, meu corpo era muito pequeno, magro – por isso que todo mundo acaba achando que tenho 12, isso me irritava bastante... Pai Ogum se irritou por muito menos, e os resultados foram terríveis... queria que as pessoas respeitassem a minha raiva também!

    – Não enche o saco, pai!! – gritei. – Vou sair daqui só quando terminar!!

tava cheia de tranqueiras, robozinhos apitando, meu pai berrando, ameaçando arrombar a porta, eu terminando de colocar meu fio de contas...

...Enquanto o dispositivo em forma de cilindro no centro do meu quarto terminava de concluir os dados adquiridos dos meus computadores e *notebooks* ao seu redor, aquele artefato em forma de estatueta cilíndrica, que lembrava um facão rombudo, tinha passado dias construído, cheio de fios, processando, luzes vermelhas e azuis piscando, eu estava para abrir a porta antes que meu pai infartasse...

Gente, eu morava numa casa minúscula, ok? Só eu e meu pai; dois quartos, residência arredondada, de barro sintético, bem à moda tradicional do Mundo Original; ficava na minúscula Rua das Gertrudes, Setor 5 de Ketu Três. Bacana, né?...

...Então. Imagina essa área bacana, cheia de casinhas tradicionais, com as luzes piscando e apagando, assim do nada, com as máquinas todas das residências pifando todas de uma vez, soltando fumaça, tudo por causa de um certo aparelho de *conversão eletrolítica de energias espirituais*, totalmente experimental, que eu tinha acabado de construir, mas que não tive tempo de testar, porque meu pai ficou me apressando pra ir para a escola...

– JAMILA!!!

Meu pai não entende! Eu estava construindo o futuro! Falo sério quando digo que serei a maior engenheira do mundo!! Só precisava passar ainda mais tempo sozinha, e em paz, no meu quarto...

Precisava gritar mais alto para que a Senhora Lua me escutasse no topo do mundo!

— *Respeite o seu mais velho!!* – meu pai esbravejou em resposta. – Não criei filha pra desrespeitar os mais velhos dessa forma!!

Ele tinha razão... Eu não devia ter gritado. Então, fui me vestindo em silêncio...

— Sinto muito, filha – disse meu pai, com uma voz mais suave –, mas o que é certo, é certo...

Eu sei, meu pai, eu sei.

Um dia, eu também serei uma mais velha; um dia, vão ter que me respeitar também. Um dia... Olabamiji significa: "a riqueza desperta comigo", e é isso que terei. Todos me respeitarão, da mesma forma que respeitam Rei Ogum; não sou iniciada ainda, mas o babalaô jogou para mim quando nasci e disse ao meu pai que tenho a honra de ser filha do Grande Ferreiro. Pois ainda vou mostrar para o mundo inteiro que não é à toa.

— Vamos!! Vai se atrasar...!

"*Você está atrasando o progresso da ciência!*", queria eu ter dito, mas já tinha sido atrevida o suficiente.

Os computadores continuaram trabalhando, os cálculos estavam quase concluídos, aquela interrupção estava arruinando meu raciocínio, eu devia ter feito mais anotações, confiava demais na memória que eu não tinha; o cérebro é que nem um HD, excesso de informação exige que se apaguem alguns dados; por exemplo, não me lembro bem da minha infância, nem me lembrava se tinha feito o desjejum matinal, mas me lembro de todas as regras do meu jogo de RPG favorito, me lembro de todos os macetes do meu jogo de luta preferido e me lembro de todos os números e variáveis necessários para construir um conversor portátil de partículas espirituais...

— Jamila!! Filha!! Por favor!! A escola!! Por favor, filha!!

...Meu pai continuava chamando, continuava batendo na porta...

Meu cabelo já trançado, tênis de basquete e boné, só vestia isso praticamente, minha cama era uma esteira no chão, bem à moda antiga,

*Eu sou aquela que corta qualquer coisa
com o facão de Ogum...*

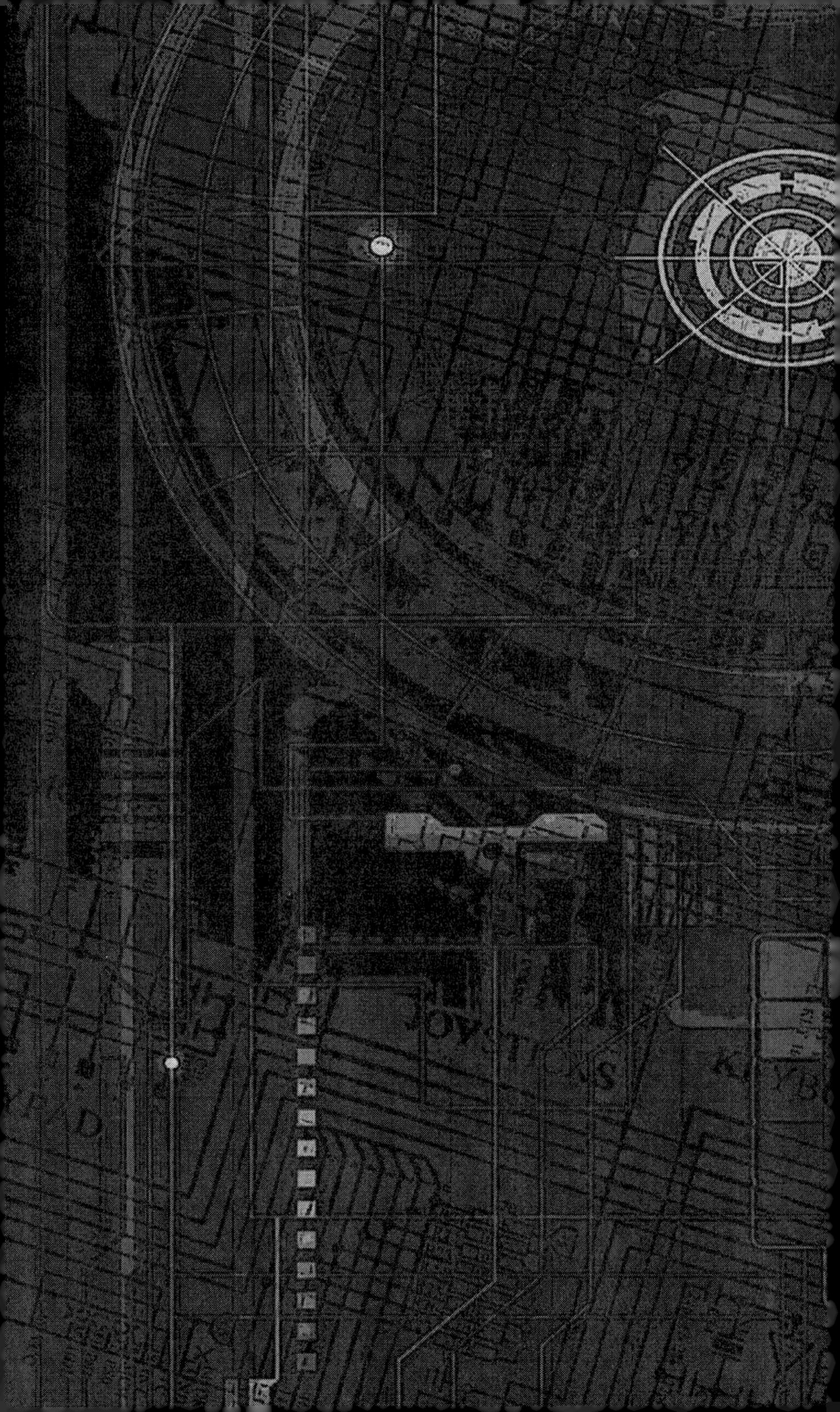

2. Lua

Precisava gritar mais alto para que a Senhora Lua me escutasse no topo do mundo!

Então! Naquela noite reluzente de estrelas, perante os espíritos dos sonhos, do topo da montanha mais alta do universo... uivei! Cantei poemas, declarei minha paixão! Uivei pelas emoções que ela fazia desabrochar em mim!

Foi aí que as borbulhas explodiram. O céu se rasgou ao meio e líquido verde estourou! Eu estava imersa de novo no caldo espesso, que fervilhava de ódio. Levantei gritando do leito de pedra! Ergui o meu facão e meu escudo para os céus! Meus sentimentos uivaram junto comigo, eu queria depredar tudo! Meu corpo de fera das planícies, meu corpo de guerreira de aço, meu corpo de uma pequena menina; já não sabia a diferença. A Senhora Lua resplandecia e meu uivo aumentou tanto de volume que acabou rachando a parede de vidro do céu escuro. O céu escuro era o vidro que me mantinha presa no caldo espesso borbulhante. Minha fúria estourou! Tudo explodiu! Eu, a menina fera guerreira, erguendo o enorme facão, gritava de ódio – estava finalmente livre!...

...Parei por um momento. Olhei para o mundo. Respirei.

Meu pai Ogum estava comigo.

Então, com apenas um golpe de facão, eu parti o mundo ao meio.

* * *

...E aí acordei, suada e muito assustada. Me segurando para não chorar...

...Porque eu ainda ouvia a terra se despedaçando, cidades inteiras convulsionando, lava explodindo, gritos de desespero, ossos se partindo, crianças chorando, animais morrendo, florestas queimando...

...Tudo porque eu havia destruído o mundo inteiro!

Se eu destruir tudo para agradar à Senhora Lua, meu coração finalmente conhecerá a paz?

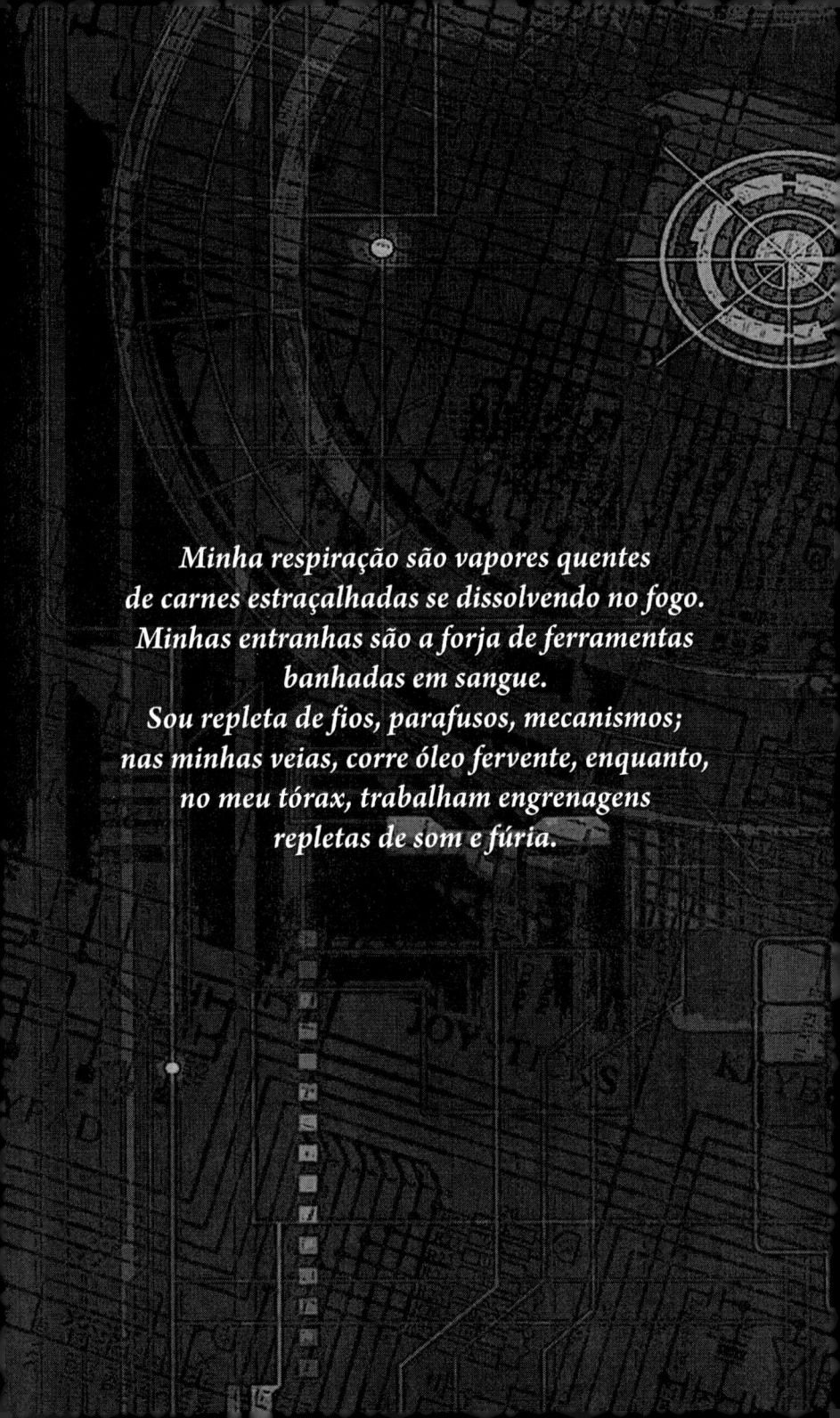

*Minha respiração são vapores quentes
de carnes estraçalhadas se dissolvendo no fogo.
Minhas entranhas são a forja de ferramentas
banhadas em sangue.
Sou repleta de fios, parafusos, mecanismos;
nas minhas veias, corre óleo fervente, enquanto,
no meu tórax, trabalham engrenagens
repletas de som e fúria.*

3. Fera

Se eu destruir tudo para agradar à Senhora Lua, meu coração finalmente conhecerá a paz...?

Quando acordei, senti minha cabeça e meu corpo em cima de algo bem macio e confortável. Ainda me sentia com vontade de chorar, porque tinha acabado de arruinar a terra inteira... até perceber que não estava mais sonhando; eu não era mais uma fera poderosa, uma guerreira que manejava um facão destruidor de mundos; era a menina pequena e insignificante de sempre... Fui abrindo os olhos, me percebendo novamente humana – uma garota magricela, de tranças grossas, pele marrom, e com aquela fome *enorme*; aliás, eu devoraria uma montanha de bifes sangrando em segundos...

Será que esse excesso de fome ilusória é uma tentativa de preencher um certo vazio que há aqui dentro?

Apesar disso tudo, até que eu me sentia mais tranquila, meu corpo estava bem à vontade naquela cama... Me permiti espreguiçar, bocejar; abri os olhos devagar. Que horas eram? Levantei a cabeça, procurei por alguma janela e, então, olhei lá para fora.

O sol brilhava no céu azul sem nuvens, mais uma bela manhã na metrópole Ketu Três: uma infinidade de prédios grafitados brotava por entre as ruas; arranha-céus espelhados mais lá no fundo, casas flutuando lá no alto; árvores nas ruas, nas calçadas, árvores nos prédios, nas florestas imensas dos parques; folhas verdes cobrindo todas as paredes; trânsito de carros voadores, e de pessoas voadoras também; trilhos antigravitacionais com trens apressados, propagandas holográficas dançando no ar, e, acima de tudo, um monte de gente bonita, tranças, *dreads, black power*, roupas coloridas, trajes brancos, saias enormes, chapéus, gorros, fios de conta e pulseiras, peles pretas, peles marrons, das tonalidades mais claras às mais escuras, todos com traços de descendentes do Continente Ancestral; era o povo melaninado, os seres humanos deste Mundo Novo em que vivemos.

    O mais engraçado é que o meu quarto não tem essa janela de parede inteira, tampouco essa vista de apartamento; lá em casa é janelinha que dá para a rua; afinal, moro no chão; a vista da minha rua, aliás, é bem mais modesta.

    Então, podemos concluir que... Não acordei no meu quarto, e sim numa residência estranha.

    Comecei a tremer de pânico. Calma. Tentei respirar. Sentada naquela cama desconhecida, me abracei com os meus bracinhos. Calma. Meu cérebro, ainda entorpecido, pensava sem parar. Como vim parar aqui? Não sei, não lembro. Qual é minha última lembrança? Acho que... Parque das Águas Verdes? Eu... passeava na calçada do parque? Sim; estava de saco cheio do mundo, só queria respirar um ar... Certo. Então... O que aconteceu? Não lembro. Acho que... fui ferida...

    Ferida por quem??

    Ele...!

    Ele me feriu... doeu... gritei... mas... não sinto nada agora, não tem nenhum arranhão. Acho que... fúria... fera... não lembro!

    Ele que me feriu? Aquele *moleque*?? Eu vou... eu *vou*...!!

    Calma. Respire...

    Além de este não ser o meu quarto, eu estava usando roupas que não eram minhas; sei que não me visto muito bem, mas este pijama fofo com coraçõezinhos definitivamente não é a minha. Cadê o meu moletom largão, minha camiseta amarela, meu boné grandão? Cadê meu tênis de basquete que custou uns duzentos *ouô*??

    Lá fora devia estar bem quente, mas, aqui dentro, a temperatura era agradável, ar fresco, deve ser obra de algum aparelho harmonizador de ambientes; o gosto do ar era de folhas lilás, nunca tinha sentido antes. Além disso, eu sentia, de leve, um cheiro azul-clarinho... acho que era perfume da linha Essência da Flecha, igual à que uns meninos lá da escola usam para se sentirem os tais.

Olhando melhor, percebi que estava num aposento até que espaçoso, com paredes azuis, um pouco maior que o meu quarto; eu tinha acordado num colchão macio de lençóis brancos, em cima de uma cama flutuante, redonda e reluzente... olha, é difícil construir uma dessas, os materiais são caros... ah, deixa eu ver mais de perto, vai!... Brinquedo interessante, não dá pra resistir, mesmo eu estando em lugar desconhecido e sem saber ainda como vim parar aqui; enfim, e lá vou eu me pendurar para olhar para debaixo da cama... ah, o dispositivo antigravitacional foi feito com uma liga mais barata, porém firme, que curioso; estava eu de cabeça para baixo, com um braço me segurando no colchão, o outro tocando no núcleo da esfera de metal que sustenta a cama, mexendo e falando sozinha, ah, é ativado por um espírito telecinético, lógico, mas onde está a *otá* desse troço? Não é um desses aparelhos baratos que a gente consegue na rua Santa Indulgência... É coisa de primeira!

– Caramba! – acabei exclamando, enquanto ia metendo a mão no dispositivo da cama. – Quem foi que montou uma coisa dessas?

– Nina Onixé – disse alguém –. Você vai conhecê-la em breve...

Tive de fazer um esforço para não cair da cama por causa do susto. Um homem estranho, de *dreadlocks* e braço cibernético, parado a poucos metros, olhando para mim; ele simplesmente surgiu, assim do nada, puff! Como isso é possível? Foi ele quem falou comigo agora.

Se eu fiquei paralisada de medo outra vez? Sim. Eu já tinha subido de volta na cama e me envolvido com os lençóis brancos. Lógico, porque simples panos iam me proteger do que quer que fosse. Tentei respirar, manter a calma; se não, algo de muito ruim iria acontecer... Não sabia bem o motivo, mas sentia que era importante que eu não me exaltasse; acho que... havia ocorrido coisas horríveis ontem, e anteontem – se, ao menos, eu conseguisse me lembrar...

Só sei que, nos últimos tempos, só tenho tido sonhos de fúria, sangue e destruição...

Quero destruir aquele moleque safado lá da escola! Aquele que me feriu! Aquele que me perturba todos os dias!! É possível...?

Bom. Vamos nos organizar, porque, afinal de contas, tem um estranho olhando para mim. Ele continua parado no mesmo lugar, em pé, rígido, uma das mãos no bolso, outra estendida ao longo do corpo; enquanto eu estou aqui, toda encolhida e fervilhando nos pensamentos. Em primeiro lugar, acordei num quarto que não é o meu; provavelmente, pertence a esse cara esquisito. Gente, será que esse doido me drogou e me trouxe para cá? Estou fazendo aquele esforço extraordinário para fingir que estou calma, no controle da situação, com uma expressão séria no rosto, eu acho, apesar de estar me tremendo toda por dentro. Certo. Continuo olhando ao meu redor, enquanto permaneço atenta ao cara estranho à minha frente. Como já disse, não é uma casa, é um apartamento; quase nada de muito interessante além desta cama antigravitacional: camisetas e jeans jogados de qualquer jeito no chão, umas estatuetas espalhadas, máscaras e vasos de cerâmica; os únicos outros móveis eram uma mesa, também de madeira, e uma outra mesinha na qual estava apoiada um aparelho oval de televisão...

Opa! A televisão simplesmente se ligou sozinha! Acabei me sobressaltando um pouco, tive de me esforçar para não tremer; olhei de soslaio para o estranho, que continuava no mesmo lugar, em pé, sem falar nada. Olhei então para a tela da televisão, que havia ligado sozinha...

...e era só aquele apresentador de sempre, que costuma aparecer em todos os canais a toda hora e a todo o momento, nos vídeos das redes sociais, nas narrações de eventos esportivos, apresentações das grandes festas para os ancestrais, praticamente em qualquer lugar, aquele afetado do Formoso Adaramola, desculpe, Pai Formoso, um Ogã do grande clã Adaramola; estava lá ele, um orgulhoso pele preta, um elite, todo espalhafatoso, *black power* azul e dourado, trajando um terno brilhante cheio de plumas, e tagarelando um monte sobre fofocas de celebridades, para variar, porque é só isso que esse sujeito faz...

...e, no instante seguinte, estava eu confabulando comigo

mesma outra vez, distraída com aquela tecnologia; ora, é que esse aparelho de televisão é bastante curioso, um modelo oval, como já tinha visto, um tanto sinuoso, não tenho certeza se já examinei um desses, queria ver mais de perto... mas não tinha como eu sair da cama e caminhar até a televisão, pois eu estava na residência de um cara estranho, que continuava olhando para mim, inclusive, como se estivesse me avaliando e esperando que acontecesse algo. Mas o quê?...

Certo, vamos falar desse cara. Antes, estava em pé, mas, agora, sentado no chão, abraçando os joelhos, do outro lado da sala, perto da parede de vidro que servia de janela. Nem percebi quando ele se sentou, assim como não percebi quando apareceu. Enfim. Um cara até que alto, magro, de *dreadlocks* bem longos. Vestia uma camiseta branca simples e um jeans azul bem clarinho. Debaixo da camiseta, um fio de contas simples, cor azul-turquesa. Roupas meio básicas demais, acho que até eu me visto melhor que esse cara, hein? Olhei para a tez dele: era um pele marrom, que nem eu; ou seja, era de família comum... Por fim, tinha uns implantes cibernéticos bem óbvios: um braço e metade do rosto, ambos metálicos; um dos olhos era um monóculo azul – safira cristalizada, percebi. Apesar da aparência grosseira dos implantes, típica dos funkeiros de rua, aqueles não eram dispositivos comuns; fiquei olhando principalmente para o braço do cara, tinha alguma coisa ali...

– Que bom que você acordou... – disse ele, após uma eternidade. – E que bom que está calma, desta vez, sem nenhum arranhão...

Olha, talvez eu esteja delirando, mas... o tom de voz dele, como me olha, a distância que ele mantém... esse marmanjo está com medo de mim? Sério? Nunca, nos meus 15 anos de existência, cheguei perto de botar algum apavoro em alguém; imagina, a magricela esquisita da escola, sempre zoada por todo o mundo; agora, temos aqui, um cara alto, cibernético, sinistro, potencialmente perigoso, por algum motivo que não sou capaz de imaginar, que, apesar dos esforços, parecia um cachorrinho assustado!

– Hã... tô com mó fome... – me vi dizendo, involuntariamente.

O cara cibernético tem um pequeno sobressalto, como se voltasse a si; faz um gesto com a mão direita e aparece em cima da cama, bem do meu lado, assim de repente, uma bandeja com frutas, suco, biscoitos. Olhei para tudo aquilo, depois, para o cara; o maluco havia desaparecido, tão subitamente quanto a bandeja tinha surgido.

Tá. Que que devo fazer agora?

Ainda sentada na cama flutuante, enrolada nos lençóis, olhei de novo para a parede de vidro à minha esquerda, essa janela enorme que nunca tive; o vidro começou a escurecer, até se tornar totalmente opaco... Pelo visto, não é exatamente vidro, e sim uma parede de holografia sólida... transparência que pode ser manipulada à vontade... caramba, queria muito meter essa tecnologia lá em casa, mas... os materiais são um saco de achar, não rola. Esse cara conseguiu comprar um negócio desses, ou foi a tal amiga dele quem inventou? Preciso conhecer essa pessoa urgentemente.

Gente, acho que estou muito à vontade falando das máquinas dos outros numa situação tão grave como esta. Ainda não me lembro do que aconteceu ontem, não sei como vim parar aqui; meu pai deve estar morrendo de preocupação, sem saber onde estou; estou perdendo aula na escola neste exato momento, não que eu me importe com a escola, mas, se eu faltar aula assim sem dar maiores explicações, posso acabar complicando a minha matrícula, e meu pai vai ficar muito chateado; e, não menos importante, por que esse cara está se borrando de medo de mim?

Enquanto isso, o estômago roncando forte...

Avancei para cima da bandeja, comecei a comer rápido. Montão de frutas, suculentas, vermelhas, fartura! Pareciam até carne... Queria esquartejar com as minhas presas? Calma, não sou um cão selvagem, sou uma garota, um ser humano. Quero comida, isto aqui é refeição fresca: morangos, goiabas, acerolas, jabuticabas, maçãs, peras, algumas coisas que não conheço, tudo macio, matando a fome e a sede ao mesmo tempo. Calma. Estou sujando os lençóis do cara; babando enquanto como; nunca fui de comer frutinhas, sempre preferi carne sangrenta. Embora meu pai faça umas saladas muito boas...

"...estejam em dia com suas obrigações rituais para com seus ancestrais, e não hesitem em procurar suas mais velhas para tomar um bori quando for necessário; lembrem-se, nossa ori sempre deve ser cuidada, isso é prioridade em nossas vidas..."

...E aí parei tudo quando ouvi essa voz! Ah, senhora, assim eu me derreto...

...enquanto comia aquela fartura de frutas que me remetiam a *Babá Odé*, nem percebi que a televisão tinha ligado sozinha outra vez...

...pegando no meio de um pronunciamento realizado pela senhora de pele pretinha, pretinha, pequena e mirrada, e, ainda assim, a pessoa maior e mais impressionante que eu já tinha visto na vida; vestes brancas e panos azuis, inúmeras pulseiras e fios de conta, indumentárias sagradas do mais alto nível, uma coroa de turbantes, era a nossa grande senhora Mãe Maria Stella Olumayowa Odé Guiaga Ibualama!...

...A Venerável Mãe Presidente da nação Ketu Três, a mais velha da metrópole, a Ialorixá de Oxóssi, CEO da Corporação Ibualama, líder do conselho das treze CEO anciãs, chefe e Mãe CEO de todas as pessoas da cidade. Obviamente, não era a primeira vez que eu a via num pronunciamento na TV, mas a minha sensação de fascinação ao vê-la era sempre a mesma. Não consegui prestar muita atenção nas palavras; parei imediatamente o que estava fazendo para descer da cama e prostrar minha cabeça no chão perante a mera imagem da nossa mais velha.

Então...:

"*Foque sua cabeça no seu objetivo e, certamente, alcançará grandes feitos.*"

A Venerável Mãe Presidente Ibualama havia dito isso, no finalzinho... e fiquei pensando; aí, a televisão acabou desligando; voltei para a cama, terminei de comer; soltei um arrotinho.

– Bom. Agora que terminou, vamos indo...

Tomei um susto! Aquele cara de novo; apareceu do nada, de novo.

Silêncio.

Ficamos nos olhando por um tempo. Eu, ainda sentada na cama flutuante, ele, em pé do outro lado do quarto.

Nada acontecia...

Bem... – arrisquei dizer – exijo uma explicação. Acho que posso pedir isso, não? Como vim parar aqui? Quem é você? O que está acontecendo?

Ele desviou o olhar, muito desconfortável pelas perguntas feitas. Não consigo entender, não faz sentido esse marmanjo ter medo de mim... aí, ele piscou, e a televisão oval foi ligada mais uma vez. Não era o Formoso Adaromola, tampouco a venerável Mãe Presidente Ibualama... eram vários noticiários sendo exibidos ao mesmo tempo, em telas holográficas que se abriram ao redor do aparelho, um mosaico que eu teria apreciado bastante, só que...

– ...não conseguiram ainda identificar a fera responsável pelo ataque no Parque das Águas Verdes, que fica no Setor 8 da Rua Treze; crianças ainda choram, cachorros e animais de estimação feridos, pessoas em estado de choque; funcionários da empresa de segurança Aláfia Oluxó classificaram o ataque como terrorismo psíquico de grau 4; um poder espiritual altamente destrutivo, que partiu ao meio toda a longa calçada do Parque das Águas Verdes; relatos de testemunhas divergem, dizem se tratar de uma fera semelhante a um cão bípede, outros dizem que foi uma pequena garota de tranças e boné que, de repente, levantou gritando; a garota, ou a fera, estava banhada em sangue; um grito pavoroso, cheio de fúria, que enlouqueceu as pessoas de pavor, um ataque sobrenatural de natureza sonora; a criatura exibiu uma força psíquica capaz de neutralizar agentes treinados da Aláfia Oluxó, uma das maiores empresas de segurança de Ketu Três; apenas com socos e pontapés, a criatura furiosa destruiu a calçada do Parque das Águas Verdes e feriu gravemente agentes da Aláfia Oluxó que tentavam controlar a situação; um caçador de braço cibernético, não identificado e não autorizado, provavelmente um comparsa, utilizou de teleporte psíquico para fugir com o monstro; algumas vítimas descreveram a fera como uma garota magra de tranças, boné e tênis de basquete; crianças chorando, animaizinhos feridos, pessoas em estado de choque; uma fera terrível, cruel e perigosa; a sociedade está estarrecida com a destruição causada pela fera banhada em sangue...

...o homem cibernético piscou novamente, e a televisão foi desligada; piscou mais uma vez, e roupas novas apareceram, mais uma vez do nada.

– Por gentileza, vista-se – disse ele, sem olhar para mim. – Vou esperá-la lá fora. Sim, estou com medo de você; me machucou bastante enquanto eu tentava te livrar da confusão que você causou. Sinto muito...

O homem cibernético piscou uma vez mais, e sumiu do quarto.

E eu, sentada na cama flutuante daquele apartamento de vista bonita, sem conseguir piscar, sem saber o que dizer e sem conseguir evitar que lágrimas transbordassem no meu rosto.

Que tal estar sozinha e soterrada debaixo de toneladas de ferro e barro?

"Quem tem medo de si próprio fica à mercê do medo dos outros"
– Provérbio proferido por Venerável Mãe Presidente Ibualama durante pronunciamento.

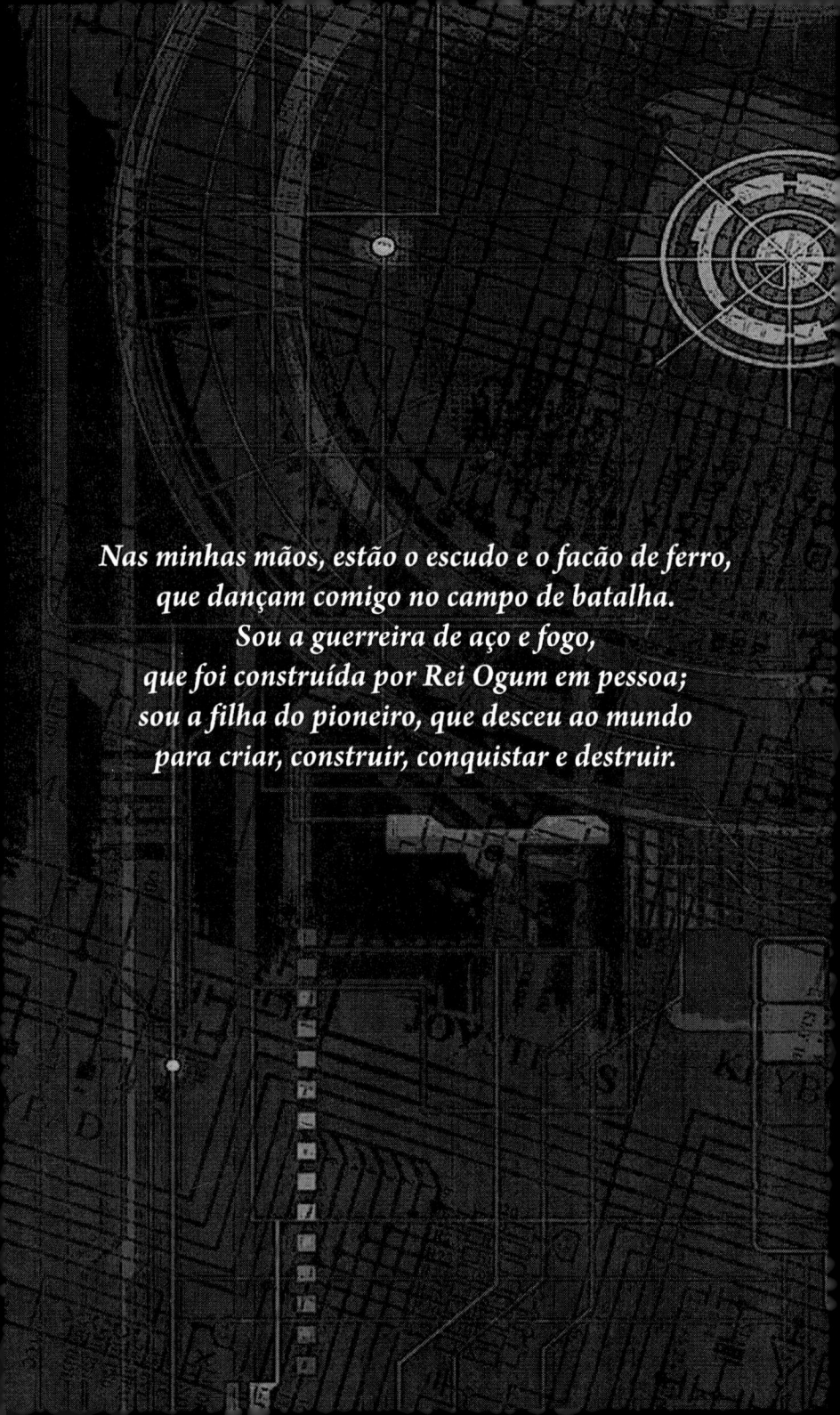

*Nas minhas mãos, estão o escudo e o facão de ferro,
que dançam comigo no campo de batalha.
Sou a guerreira de aço e fogo,
que foi construída por Rei Ogum em pessoa;
sou a filha do pioneiro, que desceu ao mundo
para criar, construir, conquistar e destruir.*

4. Soterrada

Que tal estar sozinha e soterrada debaixo de toneladas de ferro e barro? Que tal a escuridão do desespero além de qualquer esperança??

Não estou acreditando que... estou debaixo de um monte de escombros... Não sei dizer quanto tempo se passou... Horas? Dias? Anos??

O que aconteceu?

O prédio simplesmente desmoronou inteiro sobre a minha cabeça... Estou enterrada viva... Estou respirando, com dificuldade... Que calor... Acho que... Todas as minhas costelas foram fraturadas... Não consigo sentir direito... Não consigo enxergar nada. Não consigo nem pensar... Várias equações na minha cabeça... Para que eu não enlouqueça. Meu cabelo... Todo desgrenhado, sujo de lama... Poeira e sangue... Muito quente... Cheiros azedos... Meu traje de moléculas instáveis... Estava intacto. Obviamente. Mas... Eu sentia meu corpo sangrando todo por debaixo da roupa... Um dos meus braços, o esquerdo... Já era... Foi esmagado como se fosse um graveto fino... Minha perna direita... Sendo estilhaçada perante todo esse peso... Calor, calor... De forma geral, todos os ossos do meu corpo gritavam... Com o braço que sobrou... seguro o teto sob a minha cabeça... Cheiro azedo de frustração, medo e angústia... Tentando evitar que um prédio de seis andares afunde de vez no meu crânio. Cada poro meu berrando de uma dor inacreditável... Tão intensa que a minha mente simplesmente desistiu de tentar registrar ou compreender.

Quantas horas se passaram? Quantos dias??...

... Faz quantos anos que estou aqui soterrada??

Eu estava chorando. Estava chorando... Dor... Angústia... Desespero... Eu fui completamente derrotada, humilhada, destruída... eu estava chorando muito...

Eu não sou de ferro, tá bom??

Eu sou filha de Ogum, mas não sou ferro e aço, que nem ele... Sou? Estou chorando... O grito de pavor está brigando para sair finalmente da minha garganta... Lágrimas se misturando com o sangue do meu rosto arrebentado... Eu deveria rogar para Pai Ogum? Eu deveria berrar pela minha mãe?

Que mãe, garota...?

Não tenho mãe... Frequentemente me esqueço de que nunca tive. Mamãe... se a senhora existisse, a senhora me amaria? O que é essa saudade de algo que nunca tive? Os senhores ancestrais poderiam me responder por que a minha mãe teve que morrer quando eu nasci? Estou sendo atrevida demais ao questionar isso? Por que tive de passar uma infância sendo questionada por não ter mãe? As crianças são cruéis, sabiam? Por que eu não tive uma mãe para me proteger das maldades do mundo? Será que a minha mãe, se estivesse viva, me protegeria de tudo o que me aconteceu hoje? Por que a minha mãe teve de morrer...? E que diferença faria...

Mãe que nunca tive... o que aconteceu afinal? Por que estou aqui soterrada??

Resposta: ele jogou um prédio em cima de mim.

Logo *ele*??

Moleque maldito! Safado!! Quem ele pensa que é? Esse covarde teve a coragem de jogar um prédio inteiro em cima de mim! Como pode? Como ficou tão forte??

Ele é um patife... um mentiroso... um marmoteiro!!

Eu sou... uma pessoa... Não sou...?

Não adianta pensar em nada disso... Porque, neste momento, estou chorando e babando... Cheia de ferimentos, toda arrebentada... Soterrada por um prédio inteiro... Toneladas de ferro e barro prestes a me esmagar por completo... Somente meu braço direito suportando todo esse peso. Todo o meu corpo se treme de dor... É a minha mente quem está sofrendo mais... Puxando todo o meu poder espiritual para energizar meu pequeno corpo arruinado. Minha mente está fritando com o uso extremo dos meus poderes psíquicos de psicometabolismo...

Minha mente está fervendo com tudo o que *ele* me disse...

Eu sou uma pessoa... não sou uma aberração... sou uma pessoa...

Por isso... que estou chorando muito, de medo e pavor...

...Quantos anos se passaram... e eu ainda estou aqui...

Pai, me ajuda... Agenor Olabamiji, meu pai de carne e osso, me ajuda... Meu pai espiritual, Rei Ogum, me ajuda... Alguém. Não sei... Estou gritando? Não percebo. Estou chorando... Estou berrando? Estou soltando gritos na escuridão? Gritos que ninguém nunca ouvirá...?

Fernanda. Eu queria estar com a Fernanda...

"Você nunca estará só enquanto sua ancestralidade viver dentro de você."
– Frase atribuída à Venerável Mãe Presidente Ibualama durante jantar de festa.

Preciso caçar, preciso combater, preciso dilacerar; preciso alimentar a fornalha interior; preciso sangrar, preciso matar...

5. Amor

Eu queria estar com a Fernanda...
– Oi, tudo bem?

Quase engasguei meu *milkshake* quando aquela jovem pretíssima, gorda e deslumbrante, perfumada, parou bem diante de mim e, do nada, me cumprimentou, com aquele rostinho sorridente. Eu nunca mais esqueceria aquele sorriso e aquele perfume, nem aquela vontade desesperadora de enfiar a minha cabeça para debaixo da terra. Será que dava pra perceber o quanto eu tremia de vergonha? Eu só queria sossego e solidão naquele momento, por isso estava sentada num banco de pedra na Praça do Silêncio; era uma tarde ensolarada, quente e agradável de um Ojó Aiku, aquele dia mágico em que a maioria das pessoas não trabalha e vai passear por aí com as suas famílias nas ruas, *shoppings* e parques; a Praça do Silêncio, contudo, era diferente, quase ninguém vinha aqui, e eu poderia ter paz. Porém...

– Ah... – ela disse novamente – você... está trabalhando. Não vou atrapalhar...

Havia um *notebook* no meu colo; com uma das mãos eu digitava; com a outra, segurava meu copo de *milkshake*. Sentada num banco de pedra, desses blocos retangulares fincados no chão, sem apoio para as costas; toda curvada para a frente, debruçada para a tela, péssima postura... Dia quente e abafado, meus harmonizadores de ambiente deram pane e eu não tava a fim de consertar, então não dava pra ficar no meu quarto; além disso, meu pai assistindo ao futebol, gritando e tal; tenho uma dificuldade imensa de concentração, qualquer porcaria me distrai, aí tenho de fazer todo um esforço para conseguir retomar meu foco, muitas vezes as minhas *playlists* de concentração não funcionam; por isso fui para aquela praça, atrás de, adivinha, silêncio! Mas, aí, me apareceu, assim do nada, a menina mais linda que já vi nesta terra...

— Desculpa, é que o seu batom azul... achei muito bonito!

Essa garota queria mesmo papo comigo? Esse *milkshake* de chocolate que eu tava tomando era mó bom, com pedacinhos cremosos, e eu quase me engasguei e o deixei cair, porque a menina era um assombro para os olhos incautos: alta, gorda e linda, corpo grande e maravilhoso; um topete encaracolado de fios macios e brilhantes; um vestido branco e dourado, simples, porém refinado, e muito bonito; um sorriso resplandecente, que parecia iluminar tudo e todos; os fios de contas douradas, intercalados com pedras preciosas e joias, e sua pele muitíssimo preta, denunciavam a sua alta posição; o que uma pessoa dessa estirpe, uma legítima pele preta, queria com uma sangue comum feito eu?

— Só achei seu batom azul muito bonito, só isso! Achei que deveria comentar... Posso me sentar?

O quê?

A Praça do Silêncio é um quarteirão enorme, no Setor 7 de Ketu Três, uma extensão de capim, árvores, estreitas trilhas de pedra e muitas, muitas plantinhas de colônia roxa. Muitas. Bancos de pedra para todos os lados. Lá, as pessoas vão com seus computadores, celulares e livros para ler, estudar e trabalhar sem serem perturbadas. Eu estava no meu *notebook* decifrando equações para criar meu próximo dispositivo. Aí, apareceu aquela menina belíssima, de alta linhagem, falando comigo de repente. Num lugar onde não é possível propagar o som. Gente. Como pode?

— Desculpa, é que você pensou alto demais...

Ah, tá.

Aliás. Sabem o que significava estar na Praça do Silêncio? Que não era possível ouvir o que as pessoas falam... porque a praça era repleta dessas adoráveis colônias roxas, plantinhas cujas folhas possuem a estranha capacidade de abafar o som; isso mesmo, esses curiosos vegetais emanam um poder psíquico chamado fonocinese, a capacidade de manipular as ondas sonoras. Logo... Se o som era abafado lá, então eu não deveria estar ouvindo o que essa adorável jovem estava falando... Porque nenhum som estava sendo emitido.

Logo...

– Acho que a gente não precisa se preocupar tanto com como tal coisa pode ou não pode – disse a jovem, bem tranquila; eu, nervosa, suando, mantinha os olhos na tela, olhava para ela, de vez em quando, para falar. Era muito difícil, para mim, falar olhando nos olhos das pessoas, e falar olhando para aquela menina era um desafio muito além das minhas capacidades; ela parecia perceber isso, mas se fazia de sonsa, que raiva... – Tá um dia tão bonito, né? Gosto das coisas simples assim. Olha o pessoal passeando de mão dada, se comunicando apenas com o sorriso...

Aí, sem a minha permissão, a jovem de vestido branco e dourado já estava sentada do meu lado no banco de pedra. Que audácia. Fazendo de conta que nem era com ela, a fulana olhava para a frente, para o ambiente ao nosso redor, sorria até para as crianças que passavam, e as crianças, encantadas, sorriam de volta; já eu, de soslaio, achando que estava sendo discreta, olhava bem para ela, ao mesmo tempo que mantinha a minha cara enfiada na tela do meu *notebook*; então, notei uma coisa naquela menina: um fio de contas douradas intercaladas com miçangas adornadas e joias elaboradas.

Pera.

Essa menina sorridente que se faz de sonsa... era uma Ebomi de Oxum! Tá de sacanagem? Parecia ter a minha a minha idade, e já tinha uma importância dessas?

Então... é isso? Uma pele preta de elite, provavelmente filha de uma Mãe Diretora de alguma Casa Empresarial, uma *emi ejé* que possui o poder sobrenatural da telepatia; sim, lógico que reparei nesses lábios lindos... que não se mexiam enquanto ela falava comigo.

– Peço desculpas por me comunicar telepaticamente sem permissão – ela continuou dizendo. – Estou acostumada desde criança. Você tão concentrada lendo no seu dispositivo, mas eu disse, "esse batom azul é muito lindo". Certo, foi uma desculpa, embora o batom seja bonito sim. Me sentei sem perguntar. Só queria sorrir para você. O dia está muito bonito…

Me pareceu ser uma brincadeira dessas de mau gosto…

…Certo. Vou contextualizar mais umas coisas rapidinho. Há muito tempo, sabe, numa época anterior aos avós dos nossos avós, contam os mais velhos, os ancestrais deixaram o Aiê, esta terra visível sob o sol, e legaram o governo do mundo aos filhos e filhas que tiveram com mulheres e homens do Continente. Isso tudo é sabido. O que acontece é que essas filhas e filhos foram os primeiros *emi ejé*, fundadores das grandes famílias e clãs que hoje governam Ketu Três; as maiores sacerdotisas, empresárias, artistas, cientistas, celebridades são essa elite, essa gente superpoderosa, a alta sociedade de Ketu Três, uma minoria populacional que subjuga todo o resto, nós, a massa de gente comum, sem poderes, sem fama, sem prestígio, sem nada além dos nossos direitos básicos. Entenderam? Sou uma cidadã de segunda categoria…

…então, tendo tudo isso em vista, tenho o direito de questionar: o que uma filha da elite queria comigo??

– Sabe… – acabei falando, ou melhor, pensando – eu queria dizer que é muita pretensão de pessoas que nem você abordando gente comum por aí, entrando na cabeça de quem tá quieto…

– Estou usando *transmissão telepática*, e não *leitura de mentes*, habilidade esta, aliás, que nem domino – defendeu-se a menina linda. – Uma garota esperta como você, com certeza, sabe a diferença.

– Sim, eu sei – menti, não sabia nada de poderes telepáticos, mas consegui deduzir rápido, nem ferrando que ia ser feita de idiota por uma filhinha da mamãe. – Você está dizendo que estamos conversando telepaticamente por comum acordo, e não porque você invadiu a minha cabeça sem a minha permissão…

– Eu estava passando por aqui, você me viu e acabou pensando muito alto ao meu respeito, praticamente me convidando para falar contigo… só não mexeu os lábios para isso.

Gente. Queria mandar que ela parasse de falar de lábios, menina, pois estava doida para beijá-la.

Sim, era verdade, ela tinha passado por mim antes lá no parque, eu a tinha percebido; lembro que fiquei desesperada com aquela beleza, fiz um esforço monstruoso para manter o foco nos meus estudos. Meus pensamentos, realmente, haviam gritado bem alto... Isso é o que chamam de paixão à primeira vista? Que besteira adolescente; fiquei procurando um buraco para me enterrar inteirinha, pois mal conseguia encará-la.

Mas... o sorriso dela...

Droga! Fiquei achando que ela estava me manipulando com seus poderes psíquicos... essa gente da elite acha que pode fazer o que quiser com nós, pobresmortais...!

– Estamos falando faz tempo como se fôssemos conhecidas – disse ela, sorrindo casualmente, na maior cara de pau –, mas nem me apresentei ainda. Meu nome é Fernanda Adaramola. Muito prazer!

Adaramola?? Tomei um susto tão grande com a menção daquele nome que fiquei paralisada. Minhas mãos tremiam, eu suava, quase senti vontade de chorar, me senti humilhada, parecia deboche. O clã Adaramola – "aqueles que complementam a riqueza com a beleza" – é uma das famílias top de linha aqui em Ketu Três. A nata da nata. Todas as integrantes do clã são ricas e belíssimas! A maioria, filhas e filhos da grande mãe Oxum... Uma Adaramola papeando com uma reles mortal feito eu?? Deboche!

– O que aconteceu? – perguntou a senhora riquinha Adaramola, que continuava sorrindo e acenando para as criancinhas que passavam, e acenava para as mães e pais também, que nos olhavam com admiração. – Seus lábios estão tremendo...

– Hã... – tentei falar. – Você é... hã... parente daquele apresentador... o Formoso Adaramola...?

– Tio Formoso é uma figura – disse ela, rindo, como se fosse coisa super normal ser sobrinha do apresentador televisivo mais famoso e bem pago de Ketu Três. – Ele parece meio exagerado quando está trabalhando, mas com a família ele é só um cara divertido, muito amoroso, adoro ele!

Tio? Meio exagerado... Formoso Adaramola é praticamente um palco teatral no qual vários personagens dele mesmo se apresentam ao mesmo tempo; dramático e expansivo, se esparramando para todas as televisões e dispositivos da população... Não há em Ketu Três quem não conheça seu nome. Tio dessa menina. Meio exagerado, lógico. Essa menina falando com essa intimidade de uma figura dessas; tio dela; eu, vestindo moletom, camiseta sem manga, chinelos, boné grande, toda desleixada, uma qualquer.

Foi então que me levantei para ir embora, porque tinha cansado de fazer papel de idiota.

– Ah... – suspirou ela – já está indo embora? – A tristeza com que ela tinha dito essas palavras foi tão sincera e pungente que de idiota me senti um monstro, em questão de segundos. Até as crianças que passavam passaram a me olhar com olhar de reprovação. Os passarinhos que piavam felizes pareciam que estavam chiando, me xingando.

– Eu... tenho de ir, estou atrasada para um compromisso... – menti, toda atrapalhada, tentando fechar meu *notebook*. Caramba, eu queria ter poderes para cavar buracos e sumir dali num instante.

– Me diz seu nome antes de ir, por favor – os olhos dela brilharam com uma saudade tão intensa que chegou a me doer nervosamente. Sério, pensei de novo, era algum deboche? Os ancestrais tavam me pregando alguma peça perversa?? Uma menina da alta elite, parente de celebridades do primeiro escalão, estava já com coração partido por causa de uma sangue comum dessas qualquer que tinha acabado de conhecer??

Então, foi aquele climão constrangedor no qual ninguém falava nada, ficava só se encarando. Parecia naquele momento que tinha mais crianças, mais casas de mãos dadas, me olhando na expectativa do que eu ia fazer. De onde havia surgido toda aquela gente? Nunca ninguém me notava, e todo o mundo parecia estar me olhando com atenção. Será que também eram elites lendo a minha mente? Definitivamente, eu estava frustrada por não ter por perto algum buraco no qual eu pudesse ir me enterrando até alcançar o fundo do mundo.

– Jamila – eu disse, finalmente – Jamila... Olabamiji –. Acho que foi a primeira vez que senti vergonha de falar em voz alta o meu sobrenome de família sangue comum. Acabei me sentando de volta no banco de pedra. Meu *milkshake* já tinha derretido, meu *notebook* se desligou porque já tinha desistido; eu, com meus sentimentos falidos, acabei me entregando... minhas pernas finas acabaram encostando nas coxas grossas dela... Olhos nos olhos... Eu tinha desistido de lutar contra.

– Menina – disse eu, casualmente, como se fôssemos as melhores amigas, assim do nada. – Então, esse batom azul...

– ...é feito de cristais pulverizados da terra das planícies, encontrados em solos antigos e distantes, onde pisam os guerreiros fantasmas. Os efeitos brilhantes desse batom vêm de escamas de peixes que nadam na terra, predadores naturais das minhocas carnívoras. As reações que esses componentes misturados causam na psique humana é um dos temas da minha pesquisa, e é por isso que me sentei aqui para falar contigo. Quer dizer, esse é um dos motivos; o outro é que... você é uma linda menina.

...e foi assim que eu, Jamila Olabamiji, aos 15 anos de idade, sentada em um banco de pedra da Praça do Silêncio, num dia ensolarado de *Ojó Aiku*, conheci o amor da minha vida. Num dos atos mais corajosos de toda a minha curta existência, beijei-a ali mesmo, não tinha mais como adiar isso; eu estava apaixonada pela Fernanda Adaramola, pura e simplesmente; só queria saber dela e queria que aquilo durasse para sempre. O perfume dela, um aroma macio e dourado, havia se apoderado das minhas funções cerebrais como se fosse um feitiço; mais tarde vim saber que se tratava de uma fragrância chamada Café de Rosas...

E que se dane o sobrenome pomposo dela!

Ainda hoje, não entendo nada desse negócio de amor, só sei que o coração dispara sempre que penso nela... e estou sempre pensando naquela maravilhosa!

Ai, Fernanda, sinto tanto a sua falta!

Amo a Fernanda na mesma intensidade que odeio o Pedro Olawuwo, meu inimigo.

"Ame a ancestral que é dona da sua cabeça mais do que tudo no mundo!"
– Frase que se acredita ter sido proferida pela Venerável Mãe Presidente Ibualama para Mãe Diretora Luz Ana de Oiá durante a iniciação desta.

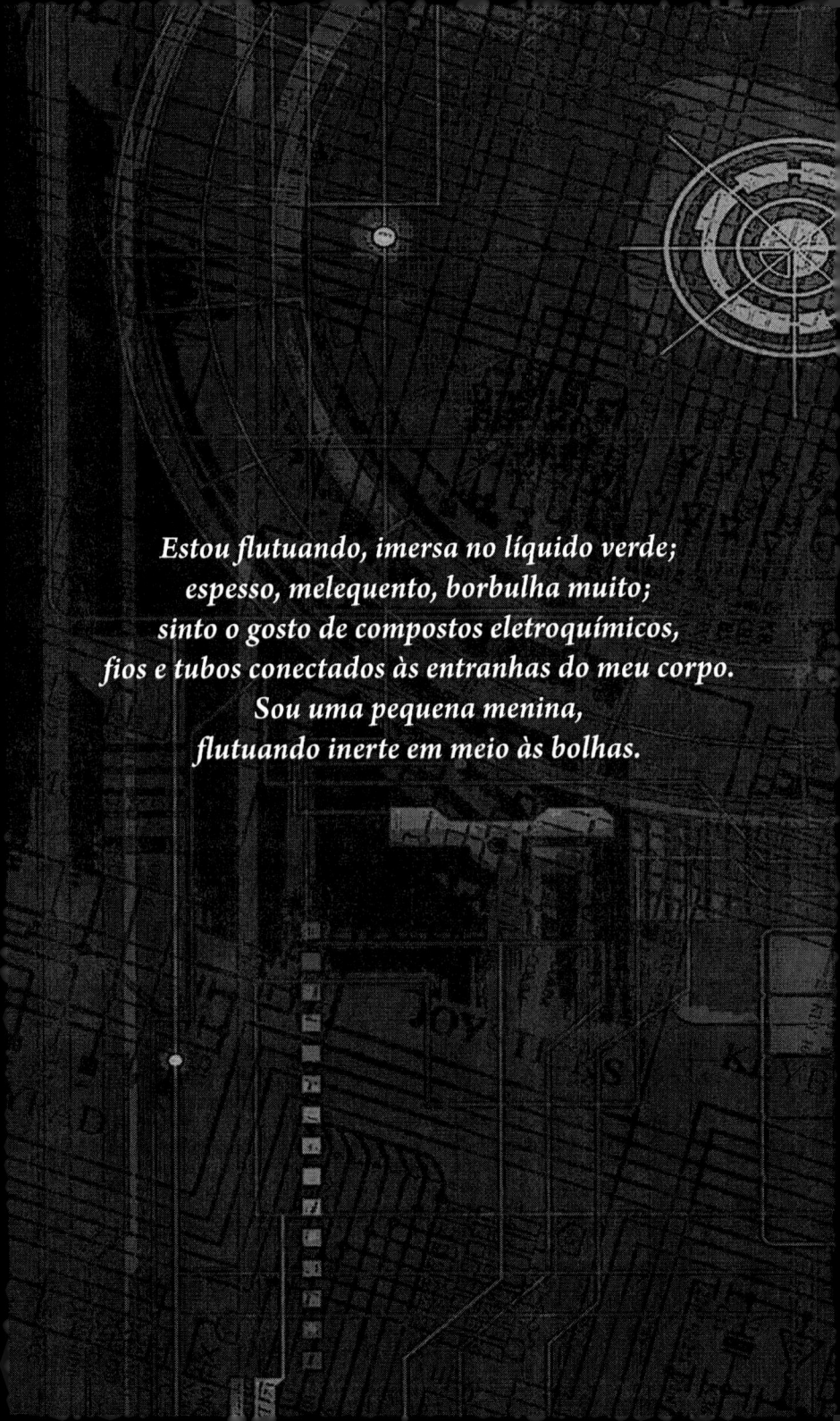

*Estou flutuando, imersa no líquido verde;
espesso, melequento, borbulha muito;
sinto o gosto de compostos eletroquímicos,
fios e tubos conectados às entranhas do meu corpo.
Sou uma pequena menina,
flutuando inerte em meio às bolhas.*

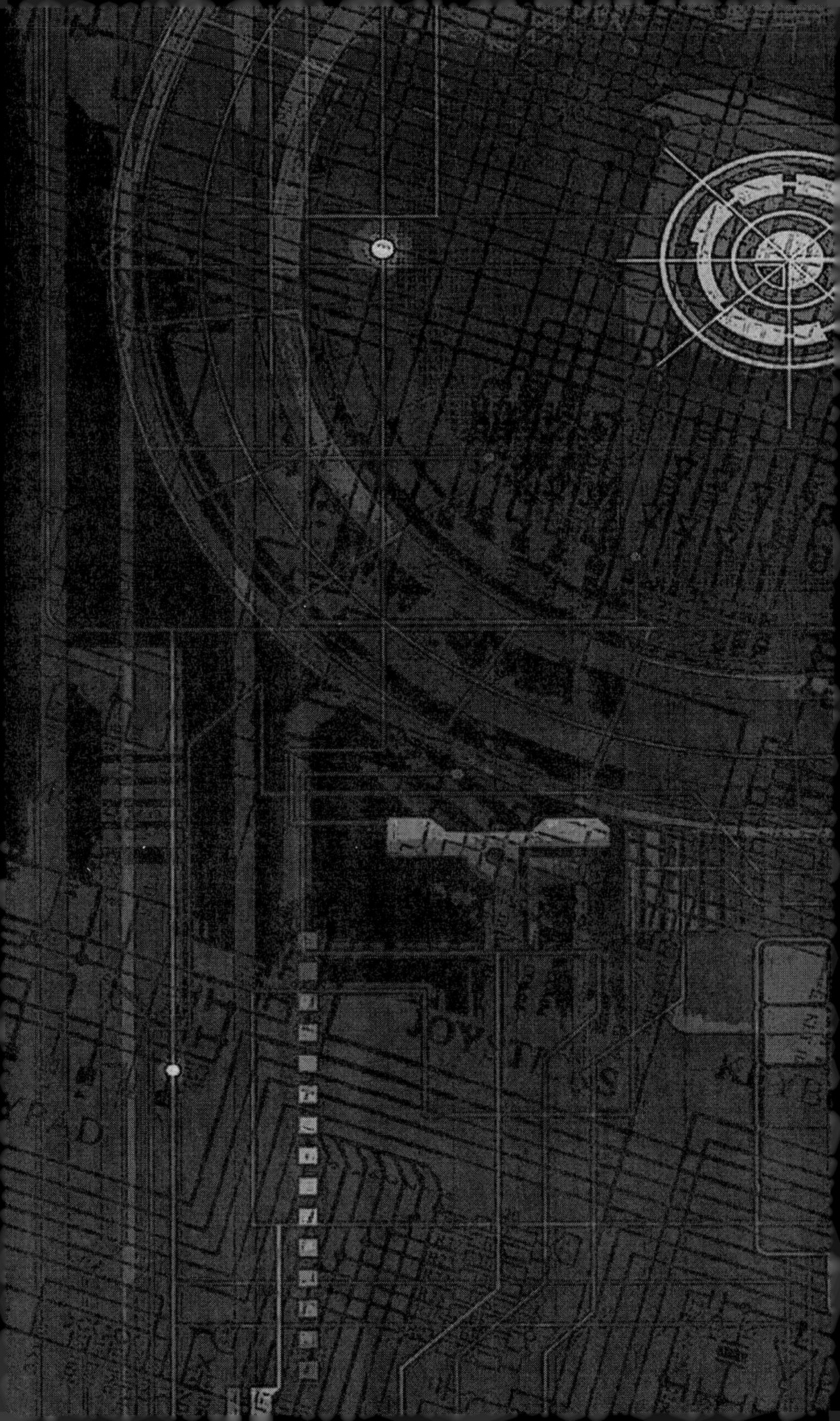

6. Inimigo

Amo a Fernanda na mesma intensidade que odeio o Pedro Olawuwo, meu inimigo.
– Sua aberração... Sai da minha frente!
Aí está. *Ele*...!
Os corredores do Colégio Agboola, a escola maravilhosa onde eu estudava, eram bem longos, tipo, bem longos mesmo; pareciam labirintos sem fim, nos quais a gente andava, andava, andava, e demorava um milhão de anos para chegar à sala de aula... É que os prédios que compunham o colégio meio que tentavam emular as construções tradicionais do Mundo Original; ou seja, em vez de dispararem para cima, que nem os arranha-céus daqui de Ketu Três, as instalações do Colégio Agboola se esparramavam pelo terreno, com seus longos corredores, salões amplos. Além disso, as paredes eram feitas de barro endurecido com partículas espirituais de alta densidade.

Eu andava num desses corredores, atabalhoada, andava, andava, andava, procurando a minha sala para a próxima aula, quando o menino Olawuwo me solta essa, sendo que quem está parado na minha frente, atrapalhando o meu caminho, é ele.

Ele. O moleque safado. Que me atormentava todos os dias. Meu maior rival. A pessoa que mais *detesto*. Ele.

Pedro Olawuwo.
– Cê não ouviu, sua tonta? – disse ele novamente –, sai da frente!
Olawuwo. Eu poderia até chamá-lo de um rapaz bem bonito; gordo, perfumado, pele muito preta, família de alta estirpe ancestral...

... Se ele não fosse um besta, um idiota, um safado, um pervertido, um panaca, um canalha, um desonesto, um patético, um bosta, um energúmeno, um embuste, um desgraçado, um perverso, um miserável, um lixo, um distorcido...!

...O filhinho mimado do clã Olawuwo, cabelo cortadinho, roupinhas no esquema, quadradinho e sem graça.

Eu realmente detestava ir para a escola; o maior motivo era ele: esse moleque chamado Pedro Olawuwo.

– Ah, se liga, garoto... – eu disse, me esforçando para me manter calma.

– Sua barata arrogante! – esbravejou ele, com um dedo em riste, fazendo show no corredor para todo mundo notá-lo. – Acha que é melhor que todos aqui?

Minha mochila estava pesada e eu tava ficando irritada. O corredor quente e abafado, não tinha muitas janelas por perto. Outros alunos e alunas passavam, fingiam indiferença, ninguém fazia nada... ele, Olawuwo, um garoto bem maior que eu, ainda que da mesma idade, tentando me intimidar e me agredindo verbalmente, ninguém dava a mínima. Depois reclamam que sou velha por detestar essa juventude metida a bacana...

– Queria até perguntar qual é o seu problema – eu disse, olhando bem na cara dele e dando toda a atenção que ele queria de mim –,mas você é problemático por inteiro... cheio das neuroses...

– Você não passa de uma aberração, Olabamiji! – exclamou ele, colocando as mãos na cintura, finalmente atraindo olhares da juventude desinteressada do colégio; Olawuwo se endireitou nas cadeiras, se sentindo triunfante, embora não estivesse triunfando sobre nada, na verdade. – Eu sei o que você é. Meu pai trabalhava com gente que lida com criaturas da sua laia...

Foi então a minha vez de apoiar as mãos no quadril.

– Ah, seu pai, aquele fracassado que perdeu tudo e foi humilhado em rede nacional?

Pedro Olawuwo arregalou os olhos pretos e realizou um esforço extraordinário para não chorar de frustração ali mesmo; seu belo rosto fez uma breve careta de ódio, mas aí ele preferiu fazer uma careta de escárnio mesmo, para não perder a pose. Seus lábios tremeram um pouco. Até mesmo os jovens metidos a indiferentes que passavam pelo corredor, que se esforçaram bastante para fingir que não prestavam a atenção naquela cena ridícula, tiveram um arremedo de reação quando mencionei o fracassado Onofre Olawuwo, pai daquele menino e líder do decaído clã Olawuwo.

– Melhor que seu pai, um pedreiro ridículo que nunca realizou nada! – disse Pedro Olawuwo, forçando um sorriso desagradável e tentando ignorar os risinhos às suas costas. – Meu pai pelo menos foi um homem de prestígio!

O meu é maior que o seu... Ah, esses garotos com essa idiotice de medir tamanhos... Gente, acho que deve ser bem cansativo ser um garoto e ter de ficar provando que é o maioral o tempo todo.

– Tá bom, garoto, tá bom – eu disse, com a paciência já se esgotando, querendo simplesmente seguir o meu caminho – seu papai é o maioral. Agora, dá pra sair da frente?

– Sua barata arrogante! – exclamou ele, bem alto, gesticulando, tentando mostrar para todo o mundo que estava no controle da situação. – Se acha melhor que todos!

Esse moleque parecia uma vitrola, que saco! Ficava se repetindo nos xingamentos, nos insultos, até nos gestos, expansivo, espaçoso, tentando sempre provar alguma coisa para alguém. Sem criatividade!

– Fica desdenhando de todo mundo... – ele continuou com o seu espetáculo, todo teatral e patético. – Nunca olha na cara de ninguém... se acha muito inteligente... Você não é *emi ejé* não, viu?? Você é gentinha comum, classe baixa! – Ele tirou as mãos da cintura e teve a ousadia de chegar mais perto, quase encostando no meu rosto com aquele nariz arrogante dele. – Não, pior... você é uma aberração! Eu *sei* o que você é!

Pronto. Ele finalmente fez. Me empurrou com força, de repente. Alguns que andavam no corredor tinham parado mesmo pra ver, porque finalmente tinha chegado naquele nível degradante que todo mundo queria ver: violência sem sentido, porrada, briga! Quase caí no chão...

Acho que tenho uma memória de uma senhora bem velhinha me contando, acho que era minha vozinha, eu era bem criancinha... Era uma vez, uma terra longínqua, antiga, que um dia foi o nosso lar. O Continente do Mundo Original: onde todas as coisas começaram. Muitas eras atrás, numa época anterior aos avós de nossos avós, os sonhos andavam livres em plena luz do dia – porque não existia a barreira que hoje divide o mundo invisível, onde vivem nossas divindades, e o mundo mortal, este mundo visível sob o sol. No Mundo Original tudo começava e terminava com uma história; velhas histórias terminavam para novas histórias nascerem, histórias dentro de histórias, sobre nossas heroínas e heróis ancestrais, sobre grandes feitos de poder, lendas de grandes guerreiros, feiticeiras, artistas e sacerdotisas, que viveram, cresceram e morreram, e renasceram como nossas divindades ancestrais, e deram origem a todos nós.

Em nenhuma dessas grandes histórias, há essa parada de "inimigo".

Tinha antagonistas, obstáculos, monstros, gente malvada, sei lá. Muitas vezes, o protagonista da história era, ele mesmo, o antagonista – quando cometia atrocidades por falhar com os outros e consigo mesmo. Nunca ouvi falar de nada parecido com "mal absoluto" ou qualquer coisa dessas; os ancestrais dizem: "o mal e o bem existem dentro de todos nós".

Então, entendi: somos protagonistas – e antagonistas – de nós mesmos. A gente é que tenta impor nossos modos de pensar. A gente inveja o que é dos outros, derruba os outros por ciúmes, cobiça o que é dos outros como se fosse nosso. A gente agride por medo de sermos agredidos primeiro.

Ah, verdade. Tem os *ajoguns*, espíritos malignos, que sussurram tolices que nos tentam a desvios e atalhos. Essas coisas, na realidade, são criações do coração. Minhas memórias da minha vozinha dizem: se as divindades são personificações das nossas virtudes e naturezas, os *ajoguns* são nossas inseguranças, temores, invejas, raivas. Não são inimigos, são antagonistas que criamos pra gente mesmo.

Sempre lembro que a Fernanda disse algo que a mãe dela diz: "Se acreditarmos que alguma espécie de 'mal absoluto' realmente exista, que a crueldade, a intolerância e o ódio sejam inevitáveis por serem parte da ordem natural do mundo, então a realidade em si se tornará cruel, intolerante e odiosa."

Tudo isso posto, digo: esse moleque Pedro Olawuwo é o *meu* inimigo!

Rei Ogum destrói tudo o que não deve mais existir no mundo; então, eu não deveria destruir o Pedro Olawuwo...?

Acabou me empurrando *de novo*. Na frente de todo o mundo. *Outra vez*. As pessoas, esses alunos abestalhados, com caras idiotas, parando para ver e rir da minha cara. *De novo!*

– Vem pra mão, seu saco de estrume! – gritei, assumindo posição de briga.

Chega. Meu pai tem me ensinado a lutar boxe. "Infelizmente, algumas pessoas não suportam garotas inteligentes como você. Nem os garotos, nem outras garotas. Então, tenho que te ensinar a se proteger." Levantei meus punhos, em posição de combate. Formou-se um pequeno círculo ao redor de nós dois. As pessoas, jovens alunos do Colégio Agboola, antes desinteressadas, agora estavam lá, doidas para ver a briga, a porrada. Gente medíocre... Todo o mundo dando risinhos, meninos e meninas, olhares de desdém para a magrinha aqui. Que chance eu tinha contra o garoto grande pele preta? Pedro Olawuwo me encarava, cheio de satisfação, lambendo os lábios de alegria, com mais desdém que todos, quase gargalhando, os olhos brilhando com malícia. Doido para uma desculpa.

– Vai vir ou não, seu merda? – desafiei mais uma vez.

– Não me responsabilizo – disse ele para a plateia daquele espetáculo patético, dando os ombros. – Mesmo sendo uma tonta estúpida que nem você, não gosto de bater em meninas... – Mentiroso! Me empurrava sempre, tentava me intimidar sempre! Mentiroso desgraçado! Você é meu inimigo, te detesto!!...

Uma pancada rápida no meu estômago e eu perco o fôlego de repente...

...

...Fiquei zonza. A dor se espalhou pelo meu corpo magro e

pequeno. Acho que vi alguns garotos tentando segurar o Olawuwo, sendo agredidos então por outros garotos e garotas. Algumas meninas tentam me puxar de lá, mas dou um safanão nelas; onde estavam quando esse embuste fica me agredindo com xingamentos todos os dias? Agora não adianta fingir que são minhas amigas! Ora, eu dou conta! Isso não é nada!

Pedro Olawuwo se desvencilhou de quem o segurava e veio para cima outra vez. – Vou te arrebentar por ter falado mal do meu pai! – gritou ele.

E você, que falou mal do meu? *Seu imbecil!!*

Olawuwo foi parar no chão. Ué, não entendi. Capotou, desabou desacordado no chão de barro do corredor... e todo mundo se afastou. Me olharam com admiração, com medo, com um misto de ambos. Não entendi... Ai, minhas mãos! Ah, eu tinha socado ele... foi isso? Um direto de esquerda, um cruzado de direita e um gancho de esquerda no queixo, para finalizar. Ah, sim. Foi tudo tão rápido... eu, tão magrela e fraca, derrubar o Olawuwo... Ele nem era tão forte, mas certamente era bem mais forte que eu. Tava lá desacordado no chão. Ué...

Pior é saber que, meses depois, esse embuste teria força suficiente para jogar um prédio inteiro em cima de mim e me enterrar viva. Mas, naquele momento...

– Tão olhando o quê, seus babacas? – gritei para os alunos e alunas que me encaravam. – Vocês não fizeram nada, nada! Ficam se fingindo de isentos! Seus *emi ejé* presunçosos! Esse saco de bosta me inferniza todos os dias e vocês não fazem nada! Nada!

Alunas e alunos, com seus *blacks* vistosos e tranças coloridas, suas roupas de marca, tecidos caros de padrões geométricos, alguns da pele muito preta da alta estirpe de Ketu Três, me olhando, assustados, como se eu fosse alguma espécie de bicho selvagem.

Inclusive, acho que eu estava rosnando para eles...

Dei meia-volta e saí correndo. Dane-se, fui faltar aula de novo. Dane-se essa escola imunda com essa gente perversa. Saí correndo feito uma louca, deixando meu boné para trás, quase largando a minha mochila, desviando dos professores, que ficaram só olhando... Ninguém faz nada, ninguém tentou me ajudar, detesto todo mundo desse lugar, detesto! Tudo culpa desse moleque Olawuwo, meu inimigo... meu odiado inimigo!...

...

...Detestava tanto o cara que ficava fantasiando cenas nas quais eu nocauteava ele; no fundo, eu era tão patética quanto o Olawuwo e quanto aos meus colegas que fingiam indiferença ao máximo; porque a realidade, certo, ocorreu como narrei... até a parte em que tomei o golpe no estômago. É. Gente, foi mal. Mas a real é que, quando tomei o socão na barriga, perdi o fôlego e... e... fui para o chão, sem forças para nada. Devo ter desmaiado, nem lembro. Estava lá, toda torta no chão frio de pedra de um dos corredores da escola, sendo alvo de risos e gargalhadas, gritos ensurdecedores de um prazer perverso, apontaram e riram, riram, riram... mas eu não tinha ouvido nada, porque tava arrebentada de qualquer jeito, beijando o chão. Um só golpe daquele Olawuwo era mais do que suficiente para me arriar.

É...

Desculpa, gente; essa parte toda em que eu tinha socado ele foi tudo um delírio, mas mantive aí porque achei legal a descrição, sabe? A narração não ficou legal? Poxa, eu achei... melhor que a realidade de merda que eu vivenciava todos os dias... mais um dia apanhando do Pedro Olawuwo, mais um dia sendo motivo de chacota, só mais um dia... mais um dia alimentando um ódio extremo por tudo e todos, e sem poder absolutamente nada quanto a isso!!...

...Um dia, ainda vou *quebrar esse moleque pra valer!!*...

...

Sozinha, eu realmente não sei lidar com essa fúria dentro de mim.

"Todo mundo tem medo de Ogum, porque, quando Ogum fica bravo, Ogum mata e destrói completamente..."
– Frase atribuída à Venerável Mãe Presidente Ibualama em palestra para crianças durante o 13º Encontro Escolar Filhos dos Ancestrais

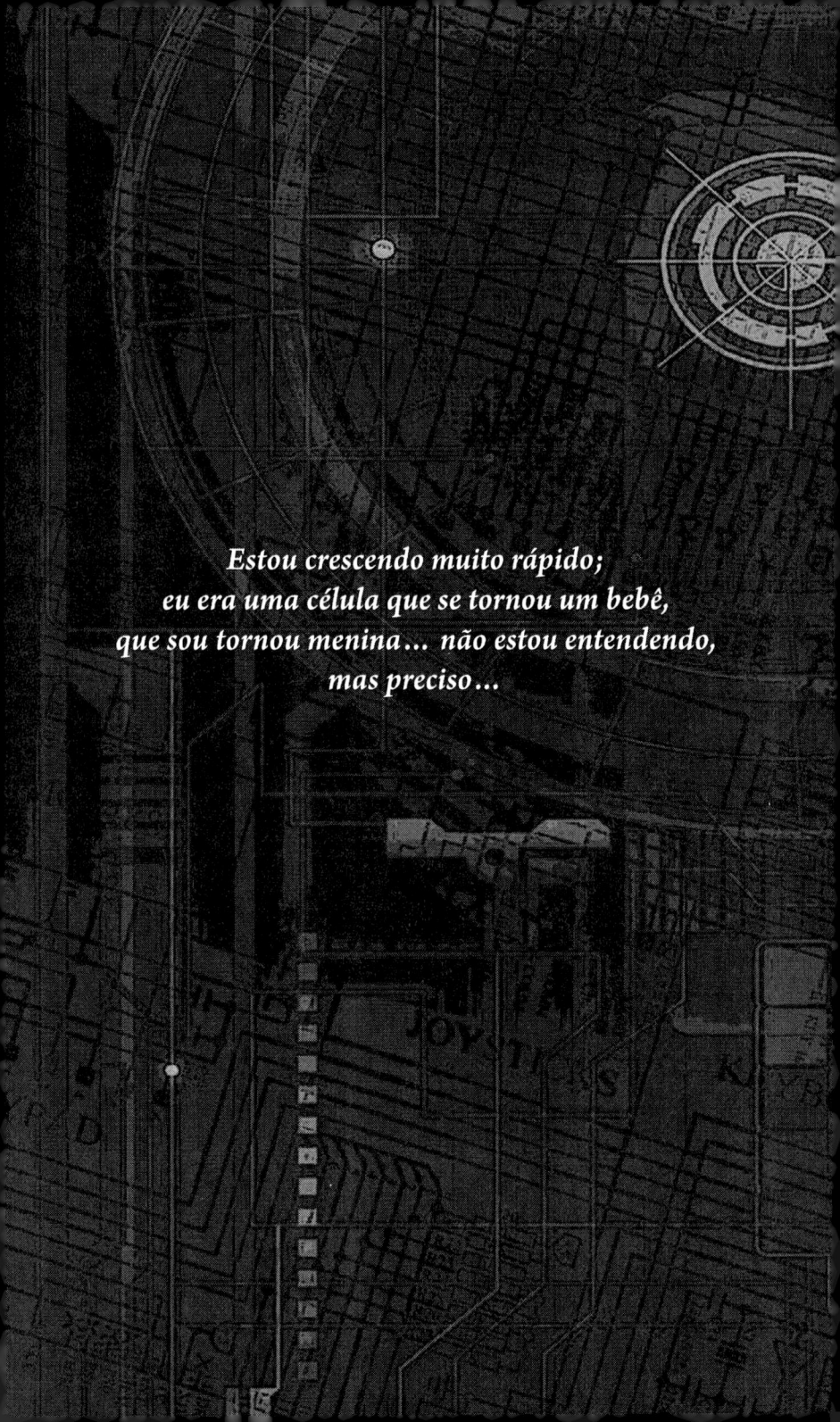

*Estou crescendo muito rápido;
eu era uma célula que se tornou um bebê,
que sou tornou menina... não estou entendendo,
mas preciso...*

7. Trem

Sozinha, eu realmente não sei lidar com essa fúria dentro de mim. Porém, só me resta aprender na marra, antes que aconteça uma besteira muito grande; todos os dias, sinto uma raiva se remexendo dentro de mim, pronta para estourar a qualquer instante.

O que eu queria mesmo era arrebentar a cara de todo mundo e pronto!

Queria quebrar ossos, dilacerar a carne, trucidar e ver o sangue jorrar... Nos meus sonhos, às vezes, sou uma criatura de presas e garras, uma fera, que esquarteja quem entra no caminho e devora os inimigos vencidos. Não é exatamente assim no mundo real? As pessoas poderosas não eliminam seus rivais e os mais fracos não se alimentam do resto?

Pelo amor dos ancestrais, que barulhada toda é essa que não me deixa pensar direito??

É o Velho Trem Fantasma...

Estou, agora, sentada num banco de madeira velho de um velho vagão de trem, encolhida num canto, lá no fundão, tentando me esconder do mundo. Pensando um milhão de coisas. Eu não devia estar aqui. Meu pai deve estar muito preocupado. Eu devia estar concluindo meus últimos trabalhos. Eu devia... estar vestindo as minhas próprias roupas, sei lá, minha blusinha, minha calça larga, meu boné grandão, meu tênis de jogadora; e não esta camisa desajeitada, esta saia longa e esse chapeuzinho nada a ver. Tipo, que roupas são essas??

Eu, particularmente, não gosto muito de usar saias; é tradição usarmos, porém, não é obrigatório; exceto, lógico, durante os rituais para os antepassados, as mulheres têm de usar saia sempre, pois seguimos a vontade das nossas mães ancestrais; acho bem bonito, as moças todas com saias brancas, babados, anáguas, camadas e mais camadas de saias...

Só que não estávamos num momento de cultuar nossa ancestralidade, estamos... fazendo o quê? Indo para onde??

Queria perguntar para esse sujeito ao meu lado, esse cara estranho, de *dreads* e braço cibernético, dono do apartamento onde eu tinha acordado sem entender nada. O que teria me resgatado de uma baita confusão que passou na televisão e tudo; confusão essa que teria sido causada por mim mesma, já que, ao que parece, eu sou um ser terrível que quebra tudo e arrebenta policiais armados com lanças laser.

Certo.

Enquanto eu estava de cabeça baixa tentando não olhar para ninguém, o olho biônico do cara de *dreads* parecia prestar atenção a tudo e a todos, analisando todas as informações ao nosso redor. Hum, com os materiais certos, eu poderia construir um dispositivo desses de coleta de dados instantânea, seria útil pra caramba... A tecnologia desse sujeito é bem peculiar, preciso perguntar... só que ainda estou muito assustada, não tô entendendo patavinas do que tá rolando. O que eu fiz lá no parque? Eu realmente tenho superpoderes? Pra onde estamos indo? Como tá o meu pai? O que a Fernanda faria...?

Tava tão atolada em questionamentos, que o cara acabou me perguntando se tava tudo bem; acabei gaguejando a resposta, quase não ouvi o que o cara tinha falado... porque este trem é uma barulhada!

O Velho Trem Fantasma... Um negócio enorme, de formas quadradas e grosseiras, todo feito de madeira e metal, parafusos e engenhocas, dividido em 13 vagões quadrados e grosseiros; está sempre lotado, em qualquer horário, e agora não era diferente; o velho trem pegava toda a extensão da Rua Treze, início ao fim, e ainda se ramificava em várias outras linhas. Este trem e todos os demais trens da metrópole viajam na superfície, passando pelas áreas urbanizadas e até mesmo por entre os enormes parques florestais, que são verdadeiras florestas; e, também, vai até mesmo além de Ketu Três, pelas regiões selvagens para além das muralhas...

Nunca deixei Ketu Três, mas tenho muita curiosidade para conhecer o que há além dos grandes muros que cercam a nossa nação... Quem sabe um dia eu não consiga fazer que nem meu pai Ogum e vá perambular pelas planícies infinitas do mundo? Bom, pelo menos é o que acontece nos meus sonhos, quando estou em forma de fera... eu sou mesmo uma fera furiosa...?

Mas que barulhada que não me deixa pensar!

Todo esse barulho, de engrenagens arcaicas se chocando e se triturando, vem do condutor desta joça, um fantasma muito velho e rabugento, que reclama demais da vida...

Por que esse senhor trem reclama tanto da sua não vida?? Deve ser um saco carregar tanta gente todo os dias...

Tínhamos saído da casa do cara, que fica no Setor 6, andamos pelas ruas, aparentemente tranquilas, com pessoas comuns andando pra lá e pra cá, mas eu, nervosa e perdida, me sentia vigiada e desconfortável, por estar fora do meu ambiente e andando do lado de um cara estranho; fomos a pé até a Estação Lua Prateada, passamos pela catraca movimentada e agora estamos aqui no trem, sentados nos bancos mais afastados do vagão, de costas para as paredes de metal, de frente para um monte de pessoas.

Entrei calada e calada ainda estou, de cabeça baixa e com a cabeça a mil.

De vez em quando, eu arriscava dar uma olhada nas pessoas no vagão; parecem alegres, cansadas, felizes, tristes, sonolentas, dispostas, uma variedade de gente e de humores, peles pretas e marrons, roupas brancas e coloridas, mulheres e homens, jovens e velhos, tranças, *dreads*, *black powers*, crespos azuis, rosa, roxos, amarelos, uma misturada louca. E os perfumes? Cheiros adocicados de ervas e flores nobres, uma ciranda de odores penetrantes e maravilhosos. O povo de Ketu Três sempre tombando no visual; eu constrangida usando as roupas esquisitas que o estranho tinha me dado, tenho mais é que ficar escondida aqui no meu canto mesmo. Sei lá. Às vezes, gostaria de ser telepata para saber o que todas essas pessoas bonitas e gentis estão pensando... O que esperam da vida? Sonhos? Esperanças? Será que pensam em mudar o mundo de alguma forma...?

O que é mudar o mundo? O que isso significa?

Enquanto estou perdida nas minhas lamúrias bestas, o cara cibernético de *dreads* continua sério, vigilante, olhando tudo e todos. Não entendi direito para onde ele está me levando, nem lembro se ele chegou a me dizer... Acho que é para uma amiga dele que pode me ajudar com o meu... problema. A garota furiosa que urra e quebra tudo. Por que estou acreditando num cara desses? Por que estou aqui? Difícil pensar, me sinto exausta... Será que consigo lembrar...? Eu estava ferida no chão, sangrando, porque... fui esfaqueada? Eu acho que... fui agredida na caçada do parque... fui ferida por ele... o moleque safado...

Pedro Olawuwo??

Mas... ah... Aquele moleque...! Ele... quero *matá-lo*! Tô tremendo... raiva... quero arrebentar todo mundo...!

– Está tudo bem? – Perguntou o cara, olhando para mim de repente.

– T-tudo bem, eu acho, sim, tô melhor, hã, desculpa...

Muito bom, Jamila. Respondi parecendo uma imbecil dessas qualquer... Ah, eu tinha de tentar argumentar; falei que o meu pai devia estar muito preocupado, que eu tinha um monte de paradas para fazer e tal...

Fiquei muda. Apareceu um homem uniformizado de azul e amarelo. Acabou de entrar no vagão... Era um guarda da Akosilé Oju. Pelo amor dos ancestrais. Akosilé Oju, ao lado da Aláfia Oluxó, é a maior empresa de segurança de Ketu Três, que caça criminosos e ameaças para manter a ordem e a paz na metrópole... nem que fosse na marra! O guarda veio andando por entre as pessoas, todo mundo abrindo espaço para ele passar. Estava vindo na nossa direção, esses caras fazem leitura de pensamento usando dispositivos... Ai, caramba!

O cara cibernético de *dreads* mandou eu esvaziar meus pensamentos. Tipo, agora. Quê? Como??

Dúvidas. Paralisada. Muitas pessoas no trem. Só eu tô me questionando? Serei alguém nesta vida? Estou esquecendo. O que eu fiz ontem? Devia bater em todo mundo? O guarda tá vindo. Pra onde estamos indo? Pai? Fernanda? Pedro Olawuwo... Dúvidas. Quebrar, destruir. Superpoderes? Esvazie os pensamentos. Como? Destruir, pilhar, acabar com tudo. Esfaqueada pelo Olawuwo? Raiva. Calma. Destruir tudo. Treme. Dúvidas. Não consigo pensar direito. Dúvidas. O que eu sou? O que eu fiz? Quebrar todos eles. Destruir o mundo. Raiva. Esfaqueada. Pra onde estamos indo? Raiva. Olawuwo. Por quê? O que está acontecendo? Pensamentos. Dúvidas.

– Engole essa pílula! – O cara estranho quase gritando. O guarda chegando... – Engole! – Certo, engoli. Hum... Ai! Tosse! Minha cabeça! Não tô entendendo nada! Tosse! Argh!

Muita tosse depois... vi que o guarda já tinha ido embora. Meus pensamentos... haviam simplesmente sumido enquanto eu tossia e passava mal! O guarda perguntou alguma coisa? O que aconteceu? Não entendi nada... O cara cibernético de *dreads* só parecia aliviado.

O que a Fernanda faria numa situação dessas...?

"Conduza você mesma os rumos da sua vida, ou será conduzida de acordo com os caprichos dos outros..."
– Frase que se acredita ter sido dita por Mãe Presidente Ibualama a uma filha negligente de si mesma.

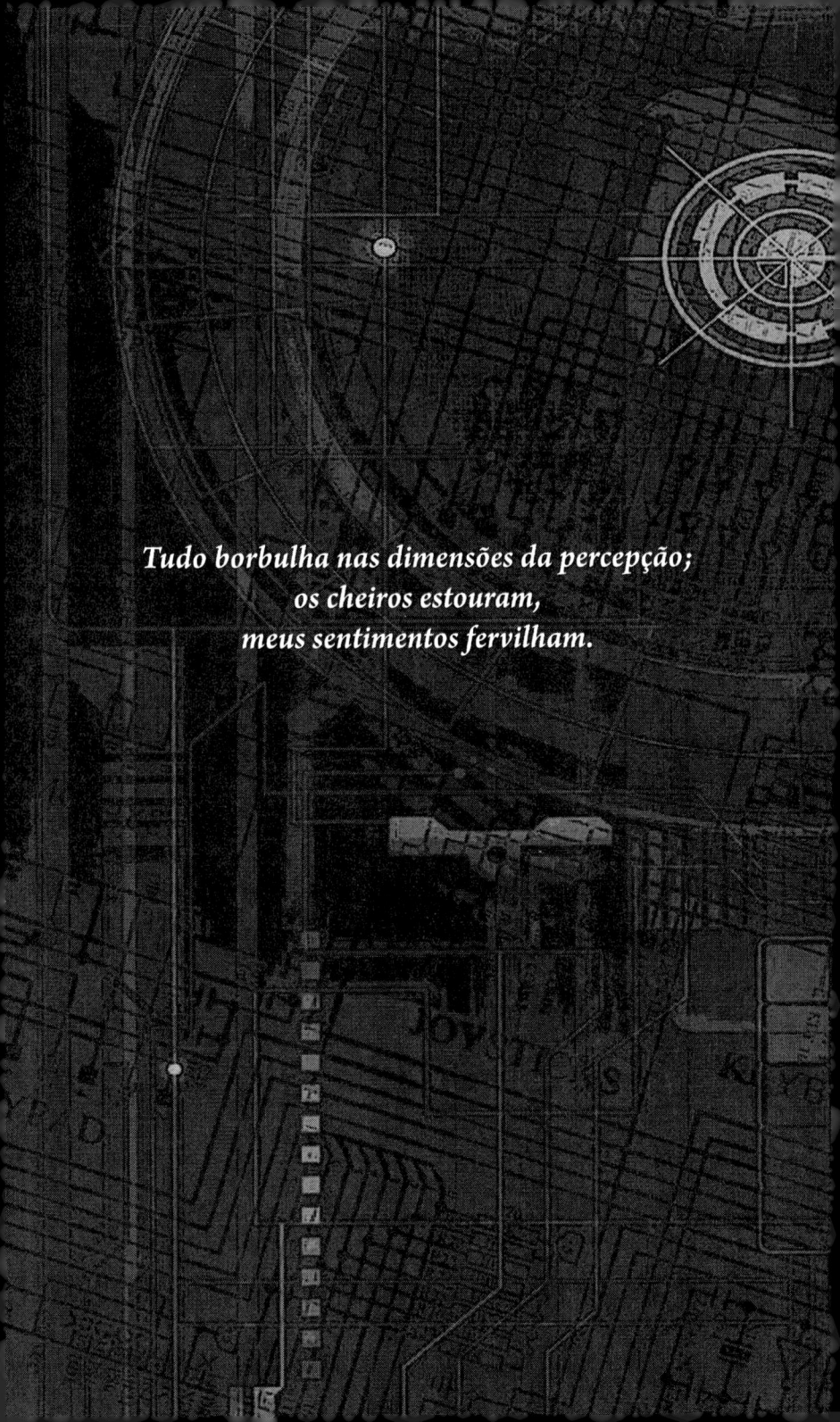

*Tudo borbulha nas dimensões da percepção;
os cheiros estouram,
meus sentimentos fervilham.*

8. Alturas

O que a Fernanda faria numa situação dessas...?
Isso é bem óbvio: estaria gritando de emoção!
— Isso aqui é o máximo!! — gritava Fernanda, eufórica, enquanto eu me esforçava para não vomitar nas pessoas lá embaixo.

Estávamos num veículo retangular de formas arredondadas, feito de metais, borracha, plástico, madeira, fios e circuitos. A parte externa brilhava com a pintura laranja e verde, enquanto que internamente as paredes eram um acolchoado branco simples; os assentos, revestidos com couro marrom, e o painel, uma miríade de botões e chaves. O volante, feito de madeira e borracha endurecidas, se remexia loucamente nas mãos enlouquecidas da Fernanda, que gargalhava ao vento; os cachos encaracolados dela esvoaçavam alucinados. Eu, sentada ao lado dela, cinto de segurança bem firme, me encolhia e abraçava a mim mesma com força, implorando para os ancestrais que não despencássemos lá do alto — afinal, estávamos a toda a velocidade num carro voador, sem teto e sem idade para dirigir, nas alturas de Ketu Três, a Cidade das Alturas.

— Pai Ogum não deixa a gente morrer Mãe Oxum nos salva Pai Ogum não deixa a gente morrer Mãe Oxum nos salva Pai Ogum não deixa a gente morrer Mãe Oxum nos salva... — eu repetia, pateticamente, ainda me esforçando para não vomitar.

Nossa metrópole Ketu Três tem esse apelido de "Cidade das Alturas" não porque voa pelos céus do mundo; seria bem bacana, mas não é o caso; a colossal área redonda na qual se localiza a cidade está bem fixada no chão do Mundo Novo, em contato com os ancestrais; Ketu Três possui tal alcunha porque seus arranha-céus *realmente* arranham os céus; devem ser os prédios mais altos do mundo, alcançando as nuvens. Bom, há alguns prédios e casas que flutuam de verdade, por meio de dispositivos telecinéticos...

Eu e Fernanda estávamos simplesmente correndo em alta velocidade na altura dos edifícios mais altos da metrópole.

Correndo em um carro roubado, é bom ressaltar – porque a senhorita patricinha Adaramola queria *emoção*. Emoção do quê, minha filha? Aquilo tudo foi aterrorizante! Poderíamos ter morrido feio! Fora que, se tivéssemos sido pegas, a patricinha *emi ejé*, no máximo, levaria uma bronca da senhora Mãe Diretora dela... enquanto eu teria a minha vida arruinada para sempre, seria detida, marcada mentalmente como delinquente, reduzida ao degrau mais baixo da sociedade, etc.

– Sou sangue comum! – gritei, em algum momento. – Se eu não morro agora meu pai me mata quando eu chegar em casa! Por que você quer acabar de vez com a minha vida?!

– Para de chorar, curte essa emoção!! – gritou a Fernanda.

– Desculpa! – retruquei. – Desculpa se não sei curtir a vida! Desculpa se não entendo esse tipo de diversão... Ai!!

Enquanto eu falava, Fernanda tinha acabado de desviar, por pouco, de um arranha-céu bem na nossa frente. Repetiu essa manobra mais um tanto de vezes, gargalhando sempre, enquanto eu tentava me abraçar desesperadamente.

Apesar daquela situação, não tinha como negar a beleza das alturas de Ketu Três: milhares de letreiros luminosos e propagandas holográficas desfilavam nos céus, aglutinando imagens e cores alucinantes que enchiam os olhos; arranha-céus e prédios flutuantes emitiam um brilho metálico intenso, enquanto que casinhas menores lá embaixo piscavam com fogueiras e luminárias. Todas aquelas luzes pareciam mais vivas e fortes naquela hora, pois era início de noite de um dia sem nuvens. Gostaria muito de ter apreciado toda aquela paisagem com calma, mas eu estava mais preocupada em não morrer. Outros carros passaram por nós, arredondados e quadradões, também com cores bastante chamativas como azul-turquesa, rosa-choque e amarelo-dourado, porque as pessoas de Ketu Três não sabem ser discretas... inclusive, algumas pessoas passaram voando, sem ajuda de carros ou dispositivos, usando seus próprios poderes sobrenaturais. Naquele momento, eu queria muito ser capaz de voar para saltar daquele carro maluco e voltar para casa ...

    O caminho à frente parecia um labirinto de pilares metálicos, e a Fernanda se desviava deles como que se estivesse jogando *videogame*, passando por cima e por baixo dos pequenos prédios que flutuavam, e desviando na última hora dos arranha-céus bem na nossa frente. Eu já estava farta de tudo aquilo quando finalmente disse:

    – Chega! Sua patricinha arrogante! Chega!!

    – Calma! – retrucou Fernanda. – Estamos quase lá! E não me chame de patricinha!

    – Quase lá onde, sua ... !

    Perdi todo o pouco de fôlego que eu ainda tinha naquele instante em que um ser gigantesco se ergueu de repente no meio do nada bem na nossa frente. Fernanda se assustou tanto quanto eu, mas manteve a frieza e conseguiu desviar a tempo; só que, em vez de seguir em frente para bem longe daquilo, ela fez uma curva fechada, contornando um edifício, para voltar e encarar aquela coisa.

    O que tinha acontecido simplesmente era que uma criatura, maior que os maiores prédios, havia se erguido de repente, bem no meio do Setor 9 de Ketu Três. Um monstro feito de lama, pelos, garras e ossos. Vários de seus órgãos deformados pulsavam à mostra devido à sua bizarra pele borbulhante de lama. O rosto, se é que podia chamar aquilo de rosto, era um amontoado de bocas e olhos que se reviravam para dentro da criatura e se cuspiam por cima de tudo, um espetáculo de horrores difícil de descrever e que me deu a maior ânsia de vômito que já tive na vida. O monstro urrava, como se estivesse sofrendo, por suas muitas bocas, o que me deu uma vontade imensa de chorar ...

    Calmamente, Fernanda parou o carro, que ficou flutuando no ar, a poucos metros da criatura; se levantou, e eu a vi, com o rosto muito sério, o vestido rasgado esvoaçando; pegou um pequeno dispositivo circular, que parecia ser um dispositivo de comunicação, atou-o na orelha esquerda, e disse:

— Mãe, está confirmado, é coisa da Olasunmbo... chame as tropas agora.

Olasunmbo... já tinha ouvido esse nome antes. Eu ia perguntar, mas percebi a Fernanda concentrada, olhando para baixo, lá para os destroços de onde tinha emergido a criatura; eu não conseguia ver nada além de escombros do que parecia ter sido um galpão de madeira e barro, tão grande quanto um quarteirão; fora ser gigantesco, não vi um monte de pessoas correndo para todos os lados, conforme eu esperava... foi então que a Fernanda voltou a dizer para o aparelho telefônico:

— Não há civis no local... abram fogo!!

Ela tinha falado aquelas palavras com uma calma e autoridade que me alarmaram, nunca antes a tinha ouvido falar daquela maneira durante o pouco mais de um ano em que estávamos juntas. Foi então que, assim de repente, surgiu um monte de agentes armados, vestindo uniformes brancos e vermelhos, com mochilas voadoras, armados com rifles e canhões de ombro. De onde tinham aparecido para estarem tantos aqui de repente? Nem deu tempo de eu pensar sobre isso na hora, porque abriram fogo contra a criatura! Disparos invisíveis de energia telecinética, jatos de fogo espiralado, jatos de água fervente, jatos de luzes multicoloridas, os rifles e canhões dispararam uma diversidade de tiros psíquicos, uma explosão de energias espirituais que se chocavam contra a pele de lama do monstro e, aos poucos, ia dissolvendo-o; a criatura berrava tanto de dor por suas muitas bocas que não aguentei e me desabei em lágrimas... ao mesmo tempo que bufava de raiva.

— *Pare com isso* — rosnei para a Fernanda — Mande eles pararem, *agora*, ou eu vou *acabar com todos eles*!!

Eu tinha ficado de pé, ali naquele carro flutuante nos céus de Ketu Três, com o meu uniforme escolar e tranças meio desgrenhadas, olhando bem nos olhos da Fernanda; na hora, eu não havia percebido, mas acabei socando, e destroçando, o painel de controle do carro; senti o medo nos olhos da Fernanda, aqueles olhos cheios de segurança e autoridade até pouco tempo atrás; o que acabou me deixando ainda com mais raiva!

Enquanto a horrenda criatura à frente do carro gritava de dor ao ser atingida por disparos espirituais de guardas voadores, entre mim e a Fernanda havia apenas um silêncio ameaçador, pronto para explodir a qualquer instante... Mas aí acabei sentindo uma pontada fina no pescoço... a Fernanda à minha frente ia se tornando um borrão... tentei me esforçar para manter a consciência... mais duas pontadas... Tentei mexer no pescoço...

* * *

... E me percebi deitada, parada. Calma. Respirava devagar, com tranquilidade. Fui abrindo os olhos, tentando entender. Meu corpo todo estava suave. Alguém me deu banho? Porque eu não estava mais sentindo o suor de ontem... Ontem? Era de manhã? Parecia ser um dia cinzento, mas era de manhã, porque ouvia os vizinhos fazendo aqueles barulhos irritantes que fazem enquanto estão saindo para trabalhar e tagarelar. Abri os olhos, finalmente, e me vi olhando para um teto que me parecia familiar: o da minha própria casa. Era meu quarto.

Eu acordei no chão, ou seja, na minha esteira, minha cama. Olhei devagar para mim mesma, e me percebi de pijamas novos. Meu cabelo estava solto. Definitivamente alguém tinha me dado um banho, porque eu estava limpa e cheirando a... Que perfume era esse? Pareceu-me a fragrância Café de Rosas que a Fernanda costumava usar... e era. Então, me levantei devagar para a posição de sentada, e então vi a Fernanda encostada num dos cantos do meu quarto, tirando uma soneca.

– Ô, patricinha...! – tentei dizer em voz alta, mas acabou saindo foi um sussurro; percebi que ainda estava entorpecida, sob o efeito de seja lá o que tenha sido o que me fez adormecer – Hei! Acorda! O que você...?

– Já disse para não me chamar de patricinha – murmurou a Fernanda, ainda de olhos fechados. – Sou sua mais velha, esqueceu? E não tô dormindo, só estou descansando a vista... – disse ela, sonolenta.

Tentei me levantar de vez, mas meu corpo ainda não me obedecia; acabei aceitando ficar sentada, por enquanto.

– O efeito vai passar em mais algumas horas... – murmurou a Fernanda, abrindo um pouco os olhos. – Sim, fui eu quem te deu banho, se você não se importa, estava muito suada; sim, você recebeu disparos de tranquilizantes espirituais dos guardas, porque você estava muito nervosa... sim, você já sabia que a minha mãe é uma Mãe Diretora, mas não sabia qual empresa ela comanda; é a Aláfia Oluxó.

Aláfia Oluxó... esse nome é bem conhecido, porque se trata de uma das maiores empresas de segurança de Ketu Três, com um dos maiores contingentes de funcionários militares da metrópole. Uma das corporações mais endinheiradas... essa menina é filha da dona? É mesmo uma patricinha!

– Aquele não era um carro roubado – disse Fernanda, ainda sonolenta – e sim um veículo de um dos nossos agentes...

Ela tem agentes à disposição dela, tem autoridades sobre homens adultos armados. Estávamos juntas fazia pouco mais de um ano e só naquele momento fiquei sabendo daquilo. A senhorita Ebomi Fernanda ainda tinha muitos segredos que eu sequer imaginava naquele momento...

– Se realmente tivesse sido um carro roubado – eu disse –, meu pai ia acabar comigo... – Resolvi não perguntar detalhes sobre agentes nem nada, nem por qual motivo havia um carro disfarçado de veículo comum e pertencente a um agente da Aláfia Oluxó bem num estacionamento qualquer no Setor 5, nos arredores da minha escola...

– Ah, confessa a emoção de desobedecer a seu velho, vai... – disse ela, sorrindo e ainda de olhos fechados.

– Nós, de sangue comum, ao contrário de vocês, folgados da elite, ainda seguimos a tradição de obedecer a nossos mais velhos... – retruquei, orgulhosa demais para admitir que tinha gostado sim de um pouco de rebeldia na vida.

– Até parece! – disse a Fernanda aos risinhos. – Mas não se preocupe, falei para o seu pai que você bebeu demais numa festa a que teríamos ido ontem, por isso você teria chegado desacordada...

Naquela hora eu quase tinha me levantado horrorizada, mas tinha esquecido que meu pai gostava muito da Fernanda e parecia acreditar em tudo o que ela falava para ele. Além do mais, eu ainda me sentia exausta, meio sedada... Percebi que a Fernanda ia me induzindo a um papo furado, e eu queria pelo menos algumas respostas; então, depois de um tempo, ainda com voz fraca, ousei perguntar:

– Escuta... O que que foi aquilo...?

Foi então a hora que ela parou de sorrir e abriu bem os olhos; e disse:

– Aquilo... é algo difícil de explicar agora. Infelizmente, como não há provas concretas, e devido também a uma série de complicações em que não posso te envolver, não posso entrar em detalhes e muito menos dar uma declaração oficial...

Fiquei olhando para a Fernanda, fazendo cara de interrogação, enquanto me esforçava para me manter acordada; acabei fazendo mais uma pergunta, que não era bem uma pergunta, embora fosse, na forma de um sussurro:

– Olasunmbo...?

– Olasunmbo... – disse Fernanda, aparentemente ainda com mais receio. – É uma das grandes famílias tradicionais... e também uma empresa farmacêutica que... *talvez*... esteja fazendo experimentos ilegais...

Depois só lembro, mais ou menos, que acabei dormindo de novo, sei lá por quantas horas. Achei tudo aquilo muito estranho, mas ainda mais difícil de arrancar informações da Fernanda, a mestra em se fazer de sonsa e desentendida... essa característica dela, tão presente no estereótipo das filhas de Mãe Oxum, me irritava muito! Mas, ao mesmo tempo, aquela sagacidade e esperteza inerentes da Mãe Dourada me faziam me apaixonar ainda mais pela Fernanda...

O que será que ela viu em mim? Eu era só a garota esquisita da escola!

*Eu só queria ser ouvida.
Só queria ver a Senhora Lua...*

9. Escola

Eu era só a garota esquisita da escola! O estereótipo da estranha, sem amigos, no fundão da sala de aula! Lamentável...

Talvez, um dia, quem sabe, eu consiga acreditar mais em mim mesma.

Estava eu, mais um dia, naquele salão retangular cheio de carteiras retangulares sem graça, feitos de madeira nobre; o chão era de terra, bem reto, tratado e limpo; as paredes, de barro vermelho, endurecido com partículas de alta densidade espiritual, que fazia as paredes serem mais rígidas que ferro. Lá na frente, ao lado da porta, havia um quadro negro no qual se escrevia e desenhava holograficamente. Seria uma bela visão de sala de aula normal e entediante se as carteiras não estivessem infestadas de alunos...

O Colégio Agboola, "o palco da riqueza", com suas salas bonitas e um milhão de corredores, foi só um dos piores lugares em que vivi.

– Quem poderia nos dizer quais as principais características do movimento futurista ancestral? – perguntou o professor Roberval, um homem alto, pele marrom clara, jaleco estampado, *black power* redondo, rosto alongado, óculos redondos de aro grosso, um olhar quadrado e triste, uma voz morosa e monocórdia. Professor de caminhos da cultura, brilhante e muito eficiente em fazer todo mundo morrer de tédio.

– O movimento futurista ancestral se caracteriza por uma total reinvenção da maneira de olhar as artes tradicionais padronizadas, pois se trata de uma contracultura cujo foco é experimentar novas formas de expressar as manifestações culturais dos vários povos descendentes do Continente. Outra questão importante de ressaltar é a arte de contar histórias com o protagonismo de autores e personagens pertencentes aos povos antigos das primeiras dimensões do mundo. Dessa forma, é imprescindível considerar os paralelos entre as muitas realidades que se confluem nos diversos planos de existência, tais como aqueles nos quais as divindades futuras dançam ao toque profundo dos tambores cósmicos anteriores a todas as coisas que existem, portanto...

...podemos concluir logicamente que falhei miseravelmente no meu esforço extraordinário de me manter acordada. Quem havia respondido à pergunta do professor Roberval foi, logicamente, a Valentina Adebusoye, a queridinha da turma e rainha vlogueira, a menina alta de topete crespo volumoso que todos amam, pele pretinha brilhante, sorrisão branco resplandecente, tinha se levantado para responder, gestos largos, expansivos, ondulando os braços, sacudindo a cabeça, balançando os crespos, igualzinho ela faz nos seus vídeos, igualzinho; o mesmo teatro que lhe garantia milhares de seguidores todos os dias.

Apesar de ela não estar no nível de, digamos, um Joselito Abimbola, o "bruxo das mídias sobrenaturais", a Valentina Adebusoye se esforçava. A real é que ela só respondeu à pergunta do professor para ser aplaudida pelos seus fãs, ou seja, a turma inteira; na verdade, o colégio inteiro, a minha sala era famosa só por causa daquela senhorita celebridade...

Bocejando muito, eu não tinha escutado os aplausos naquela ocasião, estava muito concentrada tentando tirar aquela soneca porque tinha cansado de tudo aquilo...

...porém, era óbvio que o Pedro Olawuwo não permitiria, lógico que não; uma borracha voadora, bem dura, acertando a minha testa; óbvio que abri os olhos no susto, soltei um grito; a querida Valentina soltou um gritinho, o professor Roberval deu um gritão de pânico, todos ficaram olhando para a cara dele, que ficou olhando para a minha cara, gaguejando, bufando; Pedro Olawuwo começou a rir, a sala inteira caiu na gargalhada, a Valentina só arrumou o cabelo e fez carinha de triste, foi consolada por menininhas e garotinhos; o professor Roberval, bufando, atolado em constrangimento; lógico que fui expulsa da sala, outra vez, outra vez por causa do Pedro Olawuwo; a aula não me importava, porque tudo aquilo era ridículo, mas era humilhante, irritante, frustrante, toda era hora ser ridicularizada por aquele sujeitinho bosta, meu odiado inimigo!

Todos os dias, todos os dias...

***

"Melhor escola do Setor 5", etc. O Colégio Agboola era chamado de "Joia do Subúrbio", porque era uma escola cara numa área que não é central; em Ketu Três, quanto mais alta a numeração do Setor, mais poderoso ele é; o Setor 5 é médio-baixo, digamos; mesmo assim, tem uma escola que nem essa, de mensalidade cara... cheia de aluninhos *emi ejé* que se achavam. Eu tinha de ir todos os dias para aquele lugar porque era a escola mais cara que o meu pai conseguia pagar – e por isso ele trabalhava em três empregos, por isso nunca parava em casa. Meu pai sabe que tenho uma inteligência muito alta, mas não sabe lidar com isso; acha que seu dever é dar o melhor de si para que eu tenha a melhor oportunidade possível; ou seja, se matar de tanto trabalhar pra que eu possa estudar numa escola do tamanho da minha inteligência. Infelizmente, o melhor que ele consegue fazer ainda não é suficiente...

Será que era culpa minha por ser esperta demais?

– Você não passa de uma aberração maldita... uma desgraçada que não precisava existir!

Assim havia dito, carinhosamente, como era de seu costume, meu amável colega Pedro Olawuwo, enquanto estávamos na aula de computação sobrenatural, aula de que eu mais gostava... só que ao contrário.

Naquele lugar, não havia uma matéria que não me parecesse uma perda total do meu tempo; eu tinha de resolver equações complicadíssimas para criar meus inventos, então matemática cósmica eu já tinha dominado fazia anos; tinha de decifrar linguagens antigas do Continente para conseguir me comunicar com os espíritos das máquinas, então na aula de linguagens ancestrais eu só bocejava; até mesmo geografia espiritual e história mitológica eu já estava anos à frente; física ancestral e química melaninada não preciso nem comentar...

Agora. Era uma crueldade sem tamanho submeter a aulinhas de computação quem tinha criado seu primeiro computador aos 5 anos de idade. A partir de sucatas.

— Sua convencida nojenta! Se acha! Presta a atenção na aula, se não vou chamar a professora!!

No grande salão onde ocorria a aula de computação sobrenatural, tendo como plateia uma professora monótona e cerca de trinta alunos entediados, Pedro Olawuwo berrava, triunfante, a gestos largos, todo espaçoso; sentado em sua mesa repleta de telas e gabinetes, um grande número de aparelhos que ele não entendia, só para rivalizar comigo; no rosto, ele ajeitava a grande armação de óculos que ele não precisava usar, mas necessitava urgentemente parecer mais inteligente do que realmente era; e, para aumentar o efeito dramático da sua encenação medonha, Olawuwo se deslizava na cadeira com rodinhas, alcançava as mesas dos outros alunos; alunos que se esforçavam para fingir indiferença, porém, no caso do Olawuwo, a maioria se rendia e o aplaudia, ufanos; exclamavam com entusiasmo, você é o cara!, esse é o nosso "bróder"!, aplaudiam mais uma vez, o grande Olawuwo, maior que vários alunos, de clã nobre, todo cheio de si; a sala grande da aula de computação parecia se tornar maior ainda com o Pedro Olawuwo, o mito ambulante; ele se esbaldava, gritava os impropérios que queria, a professora olhava e sorria, oh, que fofinho esse menino!, lindinho da titia!, a professora se demarrava nos elogios, não apenas ela, vários outros professores, todos, a ponto de o Olawuwo e a Valentina disputarem quem era mais queridinho da turma, e nessas horas eu tinha de me esforçar o máximo para não vomitar...

– Sou muito mais inteligente que essa magrelinha! – ele exclavama, levantando os braços. – Ou melhor, eu sou realmente inteligente, enquanto ela apenas finge! Eu decifrei todos esses sistemas! O primeiro da turma a vencer o desafio dos espíritos eletrônicos das encruzilhadas! – Olawuwo até tinha se levantado da cadeira, para aumentar ainda mais o efeito dramático de seu monólogo; ele suava de satisfação, os olhos vidrados, o peito se estufando, suas roupas quadradas mal conseguiam conter as vibrações que emanavam de seu corpo. – Sou guerreiro que nem meu Pai, o Grande Rei Xangô! Todos vocês devem me respeitar! Eu tenho o conhecimento! Eu sou o mais forte!!

Mais forte...

Olawuwo se referiu ao tal desafio de decifrar sistemas complexos nas encruzilhadas digitais das almas computadorizadas; apesar do nome impressionante, apesar de ser um desafio realmente duro para a maioria dos alunos comuns, para mim... bom, eu já mencionei que criei meu primeiro computador, a partir de sucatas, com cinco anos de idade? Alguém tem noção de quantos acordos precisavam ser realizados com as almas das máquinas e quantas equações sobrenaturais tinham de ser decifradas para se criar um artefato dessa complexidade? E eu nem era *emi ejé*... certo? Então, por que eu me daria ao trabalho de participar de um desafio medíocre como esse?

Mais forte...

Então, por que, naquele dia, eu subi na minha própria mesa, perante a professora e os trinta alunos, interrompendo o monólogo de eloquência soberba do Pedro Olawuwo, e gritei aquelas palavras? Por quê??

– *Eu* é que sou a mais forte!!

Se a voz do Olawuwo era uma rajada de trovão, a minha voz era o próprio ribombar da terra... pelo menos foi o que me pareceu naquele momento. Eu gritava a voz do martelo que golpeava a bigorna incandescente do centro do mundo.

– Não preciso provar que sou mais inteligente que todos vocês juntos! Que sou mais inteligente que a professora! Que todos os professores! Não tenho que provar nada! – apontei então o dedo indicador para a fuça do Olawuwo. – Não preciso provar que estou muito acima de você, seu elite de araque! O pele preta de um clã fracassado! Filho do Onofre Olawuwo, o maior perdedor que Ketu Três já conheceu!!

Eu me tremia toda ali em cima da mesa, me tremia de timidez, me tremia de medo, mas, principalmente, me tremia toda de raiva, muita raiva. Minhas tranças se balançavam, minhas perninhas queriam desabar, meus braços e a minha cabeça parecia que iam se desprender a qualquer instante; a turma inteira não parecia saber como reagir, olharam estupefatos, bocas abrindo e fechando sem nada dizer; a Valentina parece que teve um faniquito, enquanto que a professora, cujo nome nunca lembro porque é irrelevante, essa já tinha desmaiado...

O Pedro Olawuwo tinha virado alguma coisa vermelha, que expelia uma respiração pesada, com punhos cerrados como se fossem machados, as roupas quadradas quase arrebentando, os olhos faiscando de malícia.

Então... foi o momento do golpe final.

– Seu *emi ejé* sem poderes! Sangue comum!!

Foi uma correria. Muitos alunos tinham começado a gritar de desespero, enquanto outros foram na minha direção, na intenção de me tirar de cima da mesa o mais rápido possível. Mas era tarde demais; eu tinha conseguido me desviar, por bem pouco, do gabinete que o Olawuwo havia arremessado contra mim; arremessou monitores também, mas eu já tinha descido da minha mesa para me esconder embaixo desta; ele então avançou rápido, empurrou quem quer que estivesse no caminho, e começou a socar a minha mesa com um ódio nunca antes visto nem por mim nem por ninguém da turma; foi então que finalmente alguns garotos desceram do seu palco de indiferença e agarraram o Olawuwo, dominando-o com força, no chão, enquanto ele se debatia e berrava, praguejava, amaldiçoava o meu nome até a décima segunda geração; todo o mundo que no início tinha rido naquele momento tinha se escondido debaixo da mesa também; a professora tinha despertado, inesperadamente, e, com o dedo em riste na cara do Olawuwo, ordenou que ele fosse para a sala da Diretoria; pela primeira vez, presenciei Pedro Olawuwo sendo expulso de uma sala de aula e, de quebra, enviado para a detenção de alguma Mãe Diretora casca-grossa, dessas que arrancam o couro – literalmente... – de alunos problemáticos que ofendem a ordem natural dos ancestrais.

E há poucas ofensas maiores para a ancestralidade que tentar matar uma pessoa fisicamente mais fraca que você, ainda por cima na frente de tanta gente.

Após expulsar meu inimigo, a professora foi me ajudar a sair de debaixo da mesa; professora Olívia, da computação sobrenatural, o nome dessa heroína que se recompôs a tempo de desgraçar a vidinha boa do Pedro Olawuwo. Nunca mais a chamaria de irrelevante.

Mas eu ainda estava brava! Esse lixo tentou me matar!

...

...Calma...

Todos os dias rogo, para o meu pai Ogum manter a minha calma...

"Quem acha que sabe muito não é sábio de verdade."
– Provérbio proferido por Mãe Presidente Ibualama durante pronunciamento público.

Sou uma besta carnívora.
Sou a grande fera do universo.
Preciso caçar, preciso comer, preciso matar.

10. Ogum

Todos os dias, rogo para o meu pai Ogum manter a minha calma...

Ogum mata com violência.

Ogum mata com razão.

Ogum mata e destrói completamente...

Peço calma ao mais terrível de todos os guerreiros que já existiram no mundo.

Senhor da tecnologia, criador do ferro, cuja forja é o pulsar que move o universo.

Você consegue sentir? A própria terra que treme ante suas passadas?

Ogum é o pioneiro, o guerreiro, o ferreiro. O senhor da guerra, que se veste com folhas de palmeira, se banha com o sangue dos seus inimigos.

Quando Olodumare criou o mundo, chamou seus filhos e dividiu os bens da terra; cada um pegou o que lhe cabia: joias, dinheiro, tecidos. Para Ogum, sobrou só uma espada e um saco de terra preta; ele pegou essas coisas e desceu ao mundo pela corrente que ele próprio havia criado; pôs-se a andar, porque Ogum é o pioneiro, abre os caminhos.

Cansado, Ogum subiu na copa de uma palmeira, fechou os olhos e dormiu. Caiu o mundo, um chuvaréu tremendo, alagou tudo. Ele acordou, pôs-se a trabalhar; abriu o saco e espalhou a terra pelo mundo alagado. Do fundo de uma lagoa, apareceu a velha Nanã, senhora das profundezas primordiais. Ogum fez uma canoa, e saiu junto com ela para criarem o mundo.

Ogum construiu casas, fez plantações. Construiu um grande reino, e foi consagrado rei. Porém, seus irmãos cobiçaram suas posses, e conspiraram para tomá-las do rei. Aconselhado por Nanã, o guerreiro pegou sua espada mágica, benzida por Olodumare, e destruiu todos os exércitos que tentaram usurpar o que lhe pertencia.

Ogum chama para a briga, ele mata com violência, mata com golpes do seu facão. Ogum é o senhor da guerra, ele mata e destrói completamente...

Ogum criou a forja. Para se tornar rei, consultou Ifá. O babalaô disse que o guerreiro deveria fazer um *ebó* – que consistia em abater um cão selvagem, se banhar com seu sangue e levar sua carne para ser cozida e consumida por todo o seu povo. E ele assim o fez, caçando a fera pelas matas do mundo. Ainda conforme as instruções do adivinho, Ogum aguardou a próxima chuva; onde houve erosão na terra, percebeu uma areia preta e fina, a qual recolheu e botou para queimar. A areia se transformou numa massa quente, que se solidificou em ferro. O ferro era duro, uma substância rígida e resistente, como ele próprio; porém, era maleável quando estava aquecida.

Até Ogum, o ferro rijo e maciço, submete-se ao fogo para se transformar em ferramenta útil.

Maravilhado, ele criou toda espécie de objetos de ferro. Forjou primeiro um tenaz para retirar o ferro incandescente do fogo; então, forjou uma faca, um facão, forjou equipamentos e dispositivos, criou tecnologias inéditas e incríveis, e ensinou a toda sua população; seus filhos e filhas criaram tecnologias ainda mais impressionantes e assombrosas, dando prosseguimento à sua grande obra no mundo.

Ogum é o senhor da guerra, senhor do ferro, senhor da tecnologia.

Ogum mata com violência, ele mata e destrói completamente.

Eu, filha do meu pai, serei a maior cientista que existe, e vou arrebentar qualquer imbecil que cruze o meu caminho.

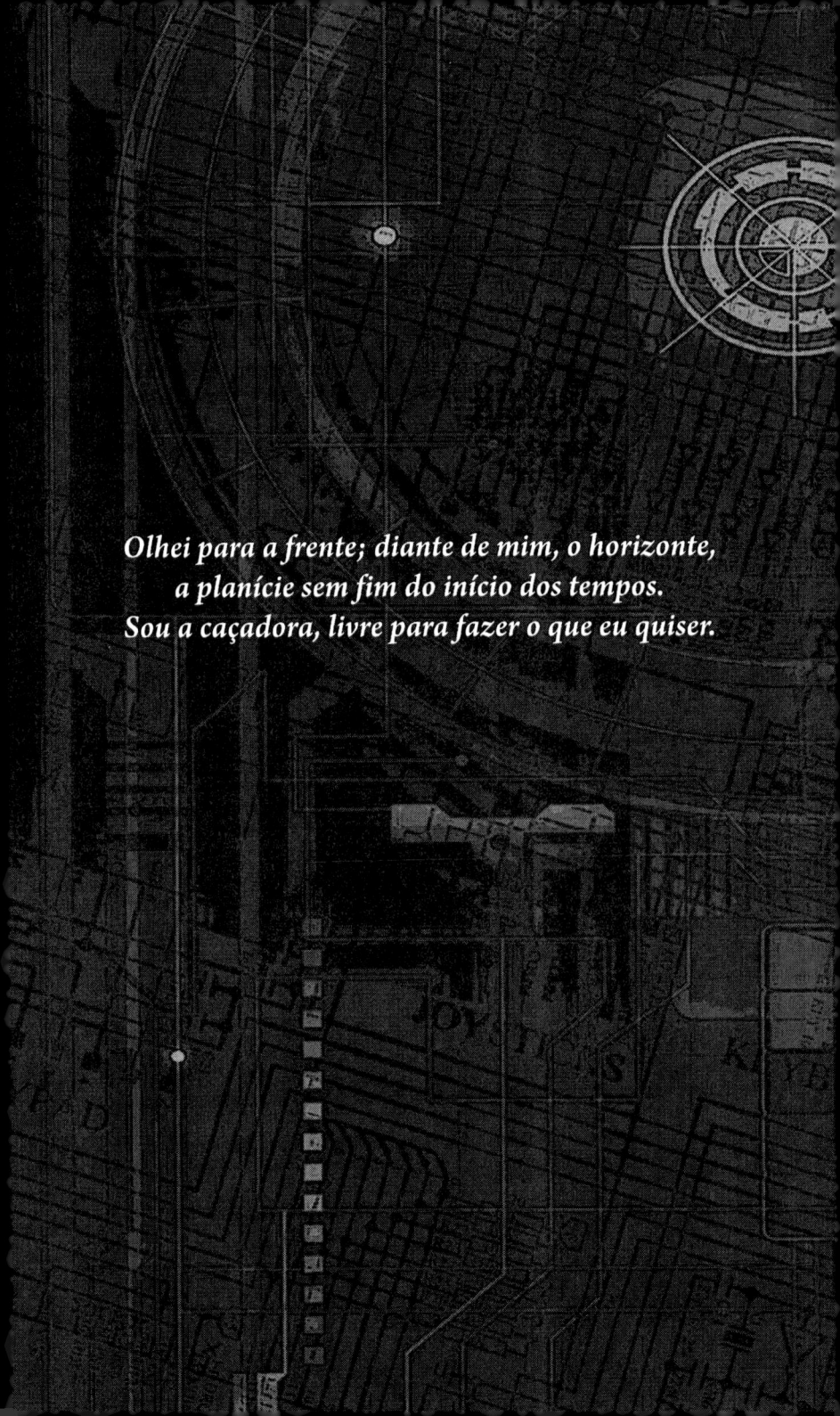

*Olhei para a frente; diante de mim, o horizonte,
a planície sem fim do início dos tempos.
Sou a caçadora, livre para fazer o que eu quiser.*

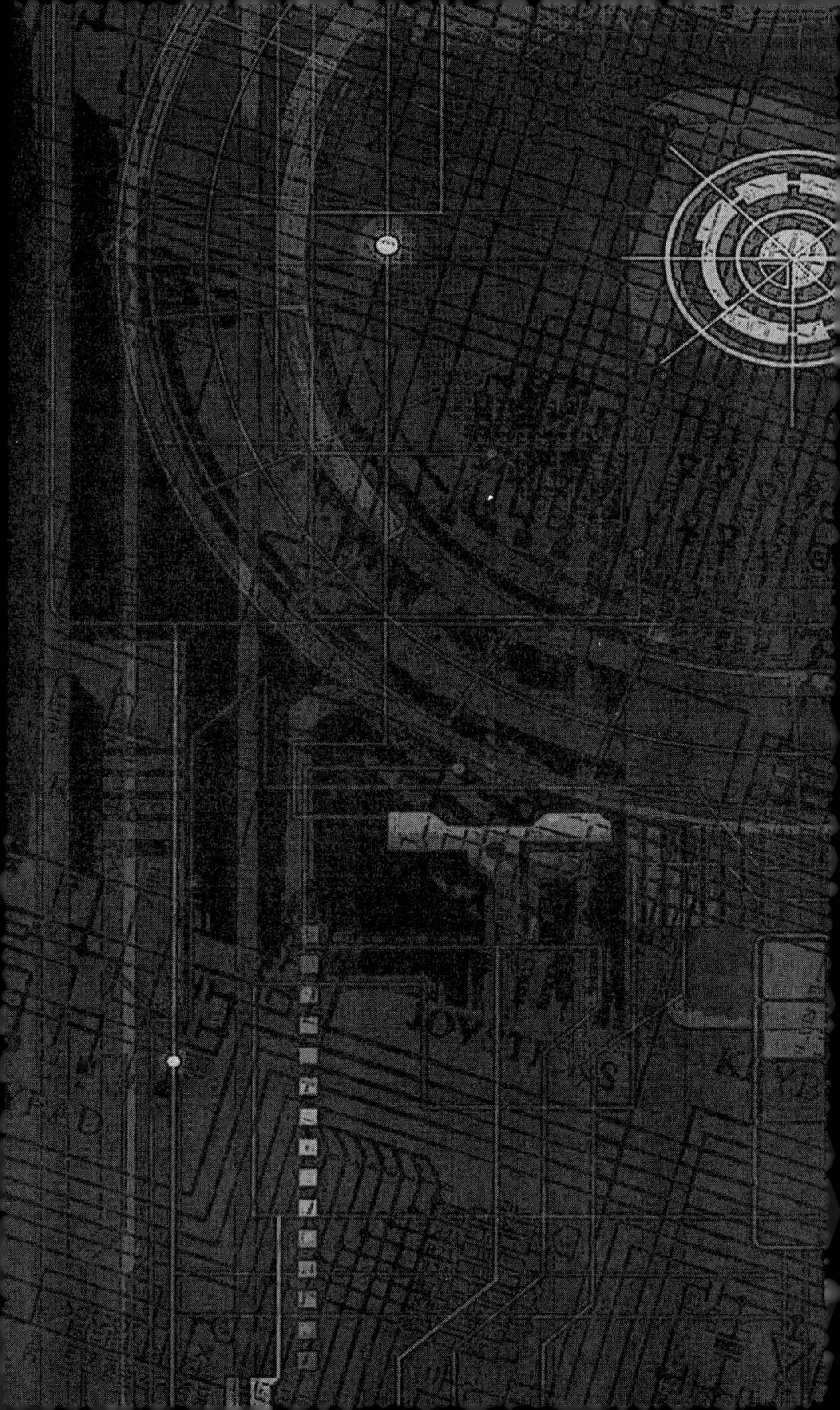

11. Ciência

Eu, filha do meu pai, serei a maior cientista que existe, e vou arrebentar qualquer imbecil que cruze o meu caminho.

Então, me deixem trabalhar!

Aquela tarde no meu quarto eu estava especialmente inspirada, sentada na minha esteira, de short e camiseta, estava quente pra caramba, pra variar; da minha janela, eu ouvia os gritos da molecada, geral se divertindo, os raios de sol invadindo meu quarto, dava para ver a poeira suspensa no facho de luz, meu pai barulhento na sala assistindo a mais uma partida de futebol sobrenatural, uma maravilha de dia, mas não para mim, que estava fazia dias buscando uma solução para um certo projeto no qual eu vinha me debruçando por dias e dias e meses e anos... Porque não há graça em estar viva se não for para tornar seu sonho realidade.

É difícil estar 100% disposta, porque há muitas distrações no mundo. É que o mundo é um lugar absolutamente incrível.

Carros voadores. Arranha-céus brilhantes. Celulares holográficos. Alguém criou tudo isso. Enquanto a maioria só consome, e faz fofoca nas redes sobrenaturais sobre a moda do momento, alguém em algum lugar tá criando algo novo... Alguém tá ganhando muito dinheiro, muito prestígio e reconhecimento.

Desgrenhada e absorta nos meus cachos despenteados, com os olhos vidrados e os bracinhos suados, estava eu rodeada dos meus robozinhos, que piscavam, flutuavam, tagarelavam naquela língua eletrônica que só eu entendia; essas coisinhas de aço e metal que eu mesma tinha construído é que eram meus amiguinhos de infância. Nunca consegui brincar com as crianças na rua, porque eu preferia criar a próxima invenção que iria revolucionar o mundo.

Qual é a sua cor favorita para criar e destruir o mundo? A minha é o azul-marinho.

Enquanto as crianças da vida se divertiam e colecionavam namoradinhos, eu sozinha já tinha criado um montão de protótipos antes de completar a primeira década de existência: impressoras 5D, celulares fantasmagóricos, simuladores de realidade espiritual, limpadores instantâneos de banheiros. Parece impressionante, não? Tudo besteira, na real! Óbvio, eu havia ganhado todas as feiras de ciência da escolinha sem precisar me esforçar muito.

Morte por excesso de tédio era um perigo para mim.

Naquele dia, que nem todos os demais dias no quarto, ficava eu pensando... o mundo tá cheio de restos! Um monte de desperdícios, ideias mal-acabadas. Eu tinha de aproveitar, fazer desses restos as minhas ferramentas. Todo mundo só falando bobagens de celebridades do momento! Eu tinha de fazer algo diferente. Uma mais velha, acho que era a minha avó, me disse, certa vez, quando eu era bem pequenininha: "O mundo é o rascunho de Ogum, o Ferreiro."

Então, concluí que tenho que elevar essa obra à perfeição.

O calor lá fora não cessava, o riso das crianças me irritava e os gritos do meu pai na sala pareciam berros no meu ouvido. Mas eu realizava aquele esforço extraordinário para manter o foco no que eu estava fazendo. Estava cansada, sabe? Precisava de algo que agitasse as coisas pra valer.

Gente. Naquele dia de sol bonito, eu, enfurnada e descabelada no quarto suando horrores e com os olhos esbugalhados, estava me sentindo especialmente inspirada porque finalmente tinha sacado qual é a maior falha da nossa tecnologia: quando dá pane. Vou explicar melhor: quando os fantasmas das máquinas surtam... coisas muito ruins acontecem! Pessoas morrem devoradas por espíritos malucos! Não dá pra ficar toda hora chamando esses caçadores de monstros, né? Aí, pensei num bagulho capaz de resolver esse problema, um troço que chamei de: Regulador Eletromagnético de Partículas Espirituais. R.E.P.E.

Quando eu tinha uns quatro anos de idade, já tinha entendido: tudo o que existe no universo possui uma assinatura eletromagnética.

De pedregulhos a montanhas, de parafusos a arranha-céus, os animais, as plantas, as pessoas, tudo. Esse padrão eletromagnético é o axé, o poder que constitui a essência da vida. Todas as coisas possuem axé. A base da nossa tecnologia é o redirecionamento dessa energia ancestral para ativar e alimentar as máquinas. Todos os nossos dispositivos possuem pelo menos uma otá, pedra que emana e guarda o axé. Pedras otá armazenam lendas, conhecimentos, sonhos, esperanças. Energia limpa, ilimitada.

Lembro que comecei a descobrir e refletir sobre tudo isso depois de desmontar vários relógios e celulares do meu pai quando ainda era uma piveta; ele ficou muito bravo!

Minhas mais velhas, sacerdotisas e cientistas famosas, me ensinaram: todos nós, residentes de Ketu Três, e do Mundo Novo, somos descendentes do Continente, que fica no Mundo Original. Somos pessoas melaninadas. A melanina é a substância mais importante do universo, pois é um semicondutor orgânico; melanócitos codificam as experiências de vida, registram aprendizados, interagem com o poder eletromagnético do sangue. A melanina nos aproxima da divindade, porque os espíritos ancestrais são seres compostos por puro pensamento; ou seja, puro padrão eletromagnético.

Tudo gira em torno de energia; logo, pra resolver o problema das máquinas, eu tinha de criar um negócio que a regulasse. Caramba, conclusão óbvia, ninguém pensou nisso antes??

Então, naquele dia eu comecei a me dedicar pra valer pra criar essa que seria a minha maior invenção até aqui. Dei o melhor de mim: pesquisei, esbocei, me debrucei, me desdobrei e me desembrulhei. A maioria das coisas que crio demoro horas, no máximo dias; essa coisa me consumiu meses. Pois é. Mas fiz! Eu, no maior estilo racional, criei o R.E.P.E!

Imagina se eu vendo esse projeto para as Corporações? Ganharei muito prestígio e muito, muito dinheiro! Meu pai então não vai mais precisar trabalhar em três empregos, e poderá passar mais tempo comigo...

Só que... quando finalmente terminei o trabalho, fui passear no parque para espairecer, e aí começou essa confusão maluca. Sabe, lembrei agora que o babalaô tinha dito que eu deveria oferecer um ebó para o meu Pai Ogum para que tudo desse certo no meu trabalho, para que não houvesse maiores problemas... E eu não fiz. Porque preferi não me distrair e me dedicar 100% ao trabalho... mesmo não tendo dedicado 100% porque me distraí com bobagens e fofocas de perfis nas redes sobrenaturais, por exemplo!

Ebó é justamente um dos procedimentos mais antigos da ciência primordial do nosso Mundo Original; por meio dos elementos presentes na oferenda, são ativadas, sutilmente, as engrenagens metafísicas da máquina que move a realidade, e a energia eletromagnética que é a essência da vida, ou seja, o axé, realiza pequenos "ajustes" a nosso favor!

Hoje em dia, infelizmente, cada vez menos pessoas realizam os ebós que são solicitados, porque cada vez mais nos distraímos com bobagens e futilidades de celebridades e cada vez mais nos voltamos só para os resultados mais imediatos da nossa tecnologia... e nos esquecemos de que o fundamento dessa tecnologia vistosa e de tudo o que move a realidade vem dos rituais mais antigos, de acordo com as tradições dos nossos ancestrais. Infelizmente, eu também estou incluída nessa parcela de negligentes!

Seja como for, neste momento, tô longe do meu quarto, acompanhando um estranho de braço cibernético.

"Os filhos de Ògún devem aceitar se submeter perante a paciência, ou não conseguirão sair do lugar..."
– Conselho atribuído à Mãe Presidente Ibualama.

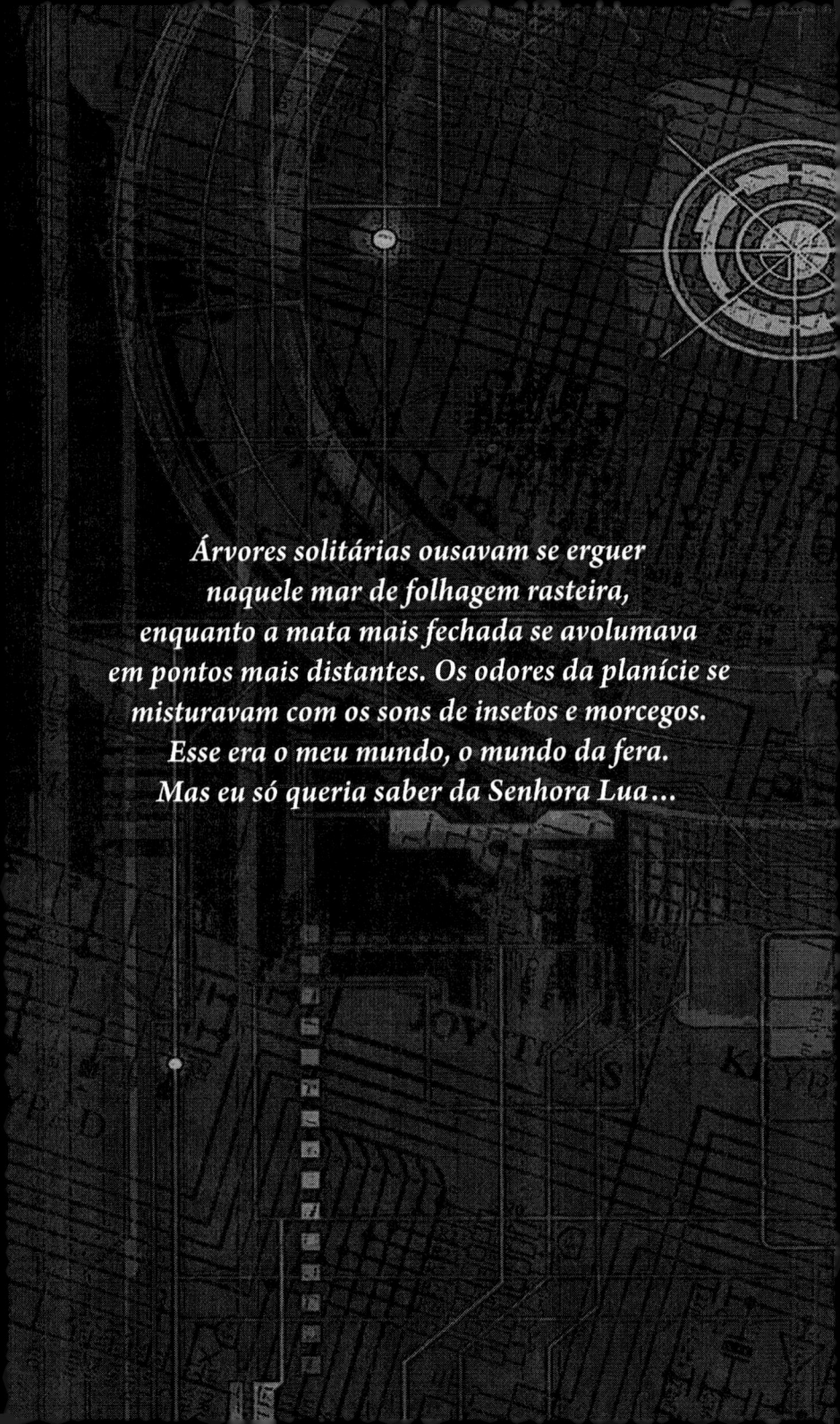

*Árvores solitárias ousavam se erguer
naquele mar de folhagem rasteira,
enquanto a mata mais fechada se avolumava
em pontos mais distantes. Os odores da planície se
misturavam com os sons de insetos e morcegos.
Esse era o meu mundo, o mundo da fera.
Mas eu só queria saber da Senhora Lua...*

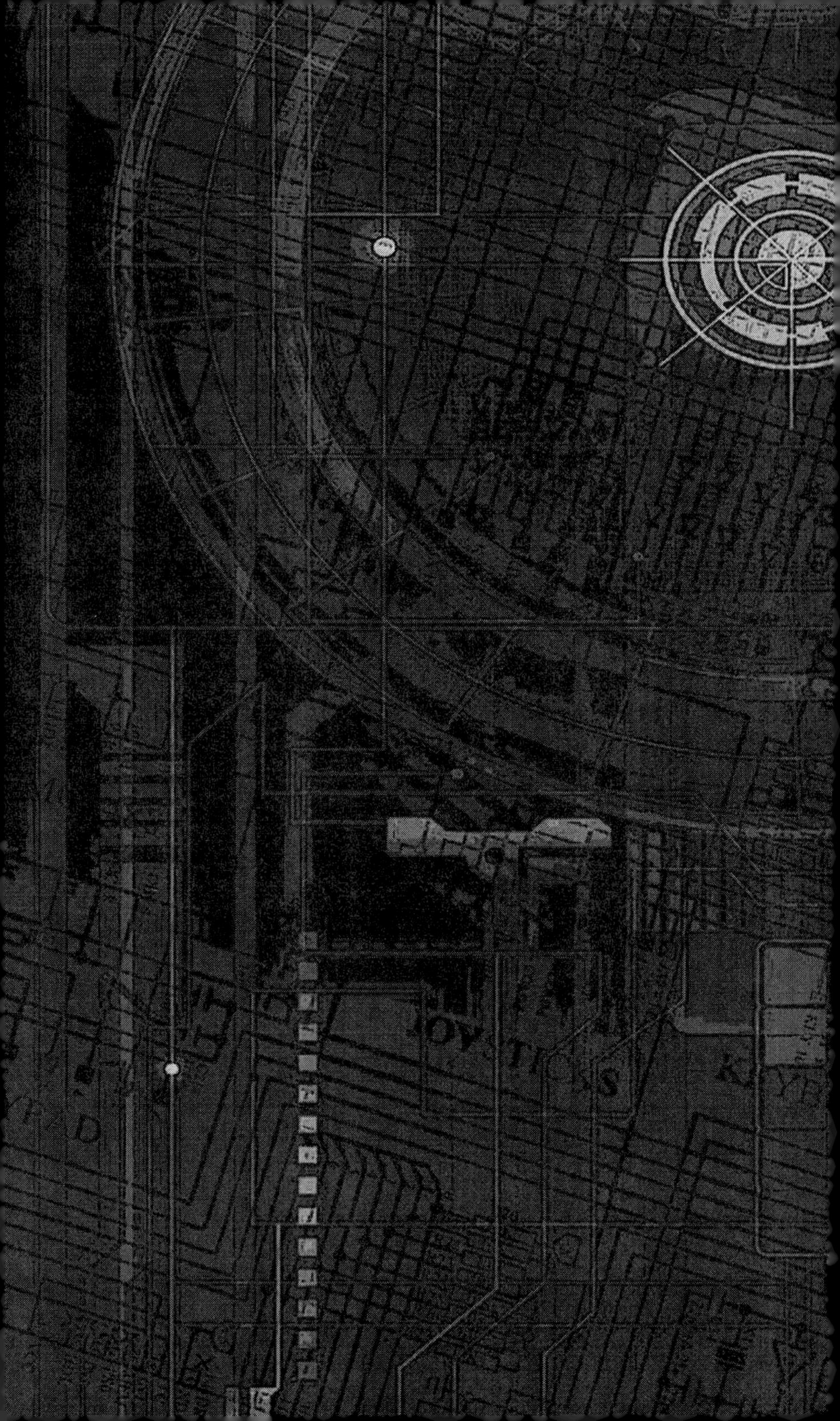

12. Subúrbio

Seja como for, neste momento, tô longe do meu quarto, acompanhando um estranho de braço cibernético. Após aquela situação de pílulas e guardas, saímos do Velho Trem Fantasma, descemos na Estação Aldeia Leste e estamos perambulando pelas ruelas do Setor 3.

As estações de trem de Ketu Três são aglomerados humanos pelos quais milhares de pessoas circulam todos os dias, e, por isso, estão repletas de propagandas brilhando nas paredes, ou pululando na sua frente na forma de anúncios holográficos. Cada estação é um espetáculo à parte; não consegui reparar bem na Estação Lua Prateada lá do Setor 6, porque eu estava confusa e assustada – ainda estou, só me permiti relaxar um pouco mais – mas pude notar lá que as paredes exibiam um efeito de brilho metálicos e havia estrelas holográficas passeando no ar por entre diversas fases da lua igualmente etéreas; já nesta estação daqui do Setor 3, há grafites e paredes cimentadas com falhas propositais que exibiam tijolos avermelhados de barro; então fui ver que essa estação era apenas um mero prelúdio para o que estava por vir.

A Aldeia Leste no Setor 3, bem distante dos centros urbanos, é um horizonte infinito de casas, morro e mato; imperam as moradias mais simples, feitas de pedra e madeira, espalhadas por todo o espaço, casas no chão de barro, casas nas colinas verdes, casas nas árvores mais altas; a maioria dessas residências, na verdade, eram meio quadradonas, um estilo chamado de "barroco", pois eram resquícios das moradias construídas pelos alienígenas, aqueles que raptaram nossos ancestrais do Continente no Mundo Original para este Mundo Novo em que vivemos; os alienígenas já não existiam mais, e as residências todas foram remodeladas pela nossa gente, com muito grafite nas paredes e trepadeiras verdes se espalhando pelos muros. Além das casas, havia o chão de barro, ruas de pedra, muito capim, muito mato, arbustos, árvores, praças recreativas, piscinas, lagos e parques florestais.

Beep beep. Quando saímos da estação, tomamos a quarta saída, mais afastada, andando por um longo corredor, onde quase ninguém andava; acabamos saindo numa viela nas proximidades, um caminho estreito, entre muros de comércios fechados ou abandonados, chão de barro, não tinha ninguém aqui. *Beep beep*. Por que esse cara cibernético ainda não disse para onde a gente está indo? *Beep beep*. Ele soltou um resmungo. *Beep beep*. Não aguentei mais e perguntei:

– Não vai atender?

Beep beep. Resmungou de novo. Não tá jovem demais para ser um resmungão chato? Atende logo esse negócio!, pensei. Então, paramos ali naquela viela estreita; ele finalmente apertou o botão auditivo daquela cara remendada dele. Atendeu:

– Oi, Maria. Saudades também. Estive ocupado com trabalho. Hum. Caso queira, nós podemos… Isso. Vai ser bacana. Ansioso também. Maria, tenho que desligar agora. Estou num serviço agora. Beijos. Até mais…

Clic.

Quê? Um cara desses…?

– Era a sua namorada? – perguntei logo de uma vez.

– Quê?

– Você está sorrindo. – O que eu realmente achei incrível, porque foi a primeira vez que vi esse cara mostrando os dentes; então, só porque eu disse, ele para imediatamente de sorrir… E se lembra de ficar olhando para todos os lados, enquanto estamos parados ali naquela viela.

– Sabe… – continuei dizendo, parece que eu estava finalmente descontraindo um pouco ao lado daquele estranho. – Eu tenho uma namorada também. Chama-se Fernanda. Ela é linda… Também tenho muitas saudades… Será que a sua namorada Maria é tão linda quanto a Fernanda…? Você… você gosta dela?

O cara cibernético fechou a cara e não respondeu. Que maluco chato! Só porque eu tinha me sentido mais aliviada com o fato de ele me parecer mais humano, em vez de alguma espécie de máquina incapaz de amar e sorrir...

Ah, chega. Não aguento mais!!

– Ah... quem é que construiu as suas... partes? – eu disse, já indo para cima dele. – Esse seu braço... oh!

Cansei de esperar! Cansei de só ficar olhando! Ali naquela ruela de barro, entre os muros grafitados de construções abandonadas, n'algum lugar da Aldeia Leste do Setor 3, eu, Jamila, meti as duas mãos no braço metálico de um homem estranho tatuado de *dreadlocks* que me conduzia sei lá para onde. Chega de ser só levada pra lá e pra cá! Preciso eu mesma dar rumo à minha própria vida, com minhas próprias mãos!!

Ficou um silêncio constrangedor e interminável, enquanto eu, a pequena menina assustada, assumia o controle do corpo de um homem alto e mal encarado... Até que eu disse:

– Sabe? Consigo sentir. O metal de que é feito o seu braço. Está vivo. Consigo perceber a energia. O seu braço é... é um aglomerado de seres minúsculos. É um tecido vivo de circuitos. Transmissão de elétrons ocorre por meio de melanócitos. O seu braço... é um aglomerado de minúsculos seres tecnorgânicos. Tecnovírus!... seu braço é todo feito de tecnovírus. Que belíssimo trabalho, meu pai Ogum...!

Perdido e indefeso, o mané cibernético se limitava a levantar a sobrancelha, enquanto mantinha sua pose de vigilante; mas quem estava no comando da situação naquele momento era eu! Continuei:

– O dispositivo na sua cara remendada – apontei para o rosto dele – titânio. Mas que acabamento grosseiro! Essa safira azul do olho artificial... essência espiritual cristalizada, capaz de ver espectros invisíveis de energia eletromagnética... ou seja, consegue enxergar espíritos. Também confere visão noturna. Certo. Esse botão auditivo, no lugar onde estava a sua orelha direita; escudos mentais, análise instantânea de dados, conexão com a rede espiritual...

O cara não dizia nada, ficava me olhando com cara de interrogação; ele seguia se esforçando para fingir que não se sentia desconfortável, enquanto eu seguia me irritando com o silêncio dele, mas que chato esse diálogo de uma pessoa só! Continuei falando...:

– O que foi? Se surpreendeu porque eu entendo dos seus brinquedos mais do que você próprio? Aposto que você só usa o botão auditivo pra telefonar, ou pra ouvir música. Ah. Você bem que podia cobrir tudo com pele de circuitos orgânicos... poderia ter um rosto, em vez dessa cara remendada...

Talvez eu tenha pegado pesado dessa vez; depois de um minuto que parecia interminável, o cara finalmente disse alguma coisa:

– Não é hora para brincadeiras. Vamos andando...

– Brincadeiras...

E foi só isso! Ele se desvencilhou de mim, com o máximo de suavidade possível, e pediu encarecidamente que seguíssemos caminho, que não era seguro permanecermos parados por muito tempo no mesmo lugar. Ok, ok...

Andamos a viela até terminarem os muros que nos cercavam, e aí saímos numa praça bastante ampla, cheia de brinquedos, capim e gente, e então dei uma boa olhada naquela galera da Aldeia Leste.

Era final de tarde e o sol ainda brilhava no céu. A estação na qual descemos era mais próxima da Rua Treze quanto possível, mas, ainda assim, distante; uma área com mais calçadas, mais ruas de pedra, um aglomerado maior de pessoas: peles pretas, peles marrons, tatuadas, escarificadas, crespos, trançados, soltos, panos, mantos, jeans, camisetas estampadas, roupas coloridas, roupas brancas, colares, pulseiras, essências, fragrâncias e perfumes de ervas, *hip-hop*, *jazz*, *funk* e *soul* tocando pelas ruas, muitos sorrisos e gargalhadas. Apesar de não usufruírem da tecnologia mais arrojada e dos superpoderes do pessoal do centro, a gente do Setor 3 parecia ainda mais viva, mais alegre, e mais sincera; o povo comum de Ketu Três, que, apesar de até ansiarem pelas alturas da metrópole, vivia orgulhosamente com os pés no chão, conquistando o mundo à sua própria maneira.

– Onde estamos? – perguntei, mais uma vez, enquanto andávamos, eu olhando para todos os lados, maravilhada, tentando fingir que não estava assustada, envergonhada por estar no meio daquele monte de gente vestindo roupas que não tinham nada a ver comigo, pensando no quanto o meu pai devia estar preocupado, desesperada por um aparelho telefônico para conseguir avisar onde eu estava, queria minhas roupas de volta, essa saia nada a ver estava me incomodando, eu estava ridícula usando este chapéu redondinho, eu precisava voltar para o meu quarto imediatamente para terminar meus ajustes finais no R.E.PE., eu precisava falar com a Fernanda... mas eu estava fingindo que estava calma e tranquila, mas tudo tem limite, né? – Onde estamos? Para onde estamos indo?

– Quase chegando – respondeu ele, uma vez mais, naquele tom monocórdio que tanto me irritava, tentando fingir que não estava mais com medo de mim, sem me olhar no rosto um instante, todo paranoico olhando para todos os lados, mas fingindo que não estava olhando, tentando agir naturalmente enquanto se borrava todo, tentando fingir que não estava um pouco feliz porque recebera ligação da namorada, tentando fingir que estava no controle da situação, tentando fingir que não estava apreensivo, que não estava perdido, que raiva! Mas, sim, estava tudo bem.

Seguimos andando, atravessando umas duas ruas cheias de gente, carros velhos e aparelhos de som no talo, pelas calçadas irregulares cheias de cachorros e gatos com asas, evitamos uns dois guardas nos misturando à multidão, meu coração bateu forte, mas eu aguentei firme; e fomos andando, andando, um monte de gente linda, e eu vestindo esta roupa estranha...

... Até que viramos, de repente, numa travessa espremida... Entre muros de construções abandonadas... de novo isso...? Andamos pisando em concreto destruído, entre sobrados quebrados, entulhos cheios de mato, cheios de mosquitos; afinal, era um dia quente, pra variar... Estava começando a escurecer quando alcançamos então um amplo terreno baldio, uma clareira no meio das residências vazias, em cujo chão de terra viam-se os restos do que, um dia, deve ter sido uma casa; só tijolos, mato, cheiros de cimento podre, besouros e mosquitos. Uns gatos alados voavam por ali, com tufos de pelo faltando, dava pena de ver...

– Bom – disse o homem cibernético, parando bem no meio do terreno baldio –, é aqui.

– É aqui o quê? – perguntei. Tá de sacanagem, não tem nada aqui...

– É aqui que a sua vida mudará para sempre, Jamila Olabamiji – disse alguém... que não era nenhum de nós dois!!

O meu amigo cibernético imediatamente sacou uma lança enorme sei lá de onde, a arma simplesmente apareceu na mão dele; se prostrou bem na minha frente. Fomos cercados! Ali naquele terreno quadrado do que um dia deve ter sido uma casa, entre muros de outras casas abandonadas, apareceram, de repente, duas mulheres e três homens, todos armados com espadas, lanças e pistolas; será que eram teleportadores igual ao cara de *dreads*? Ou...

Gente... adrenalina disparando... meus punhos se fechando... pronta para...

Além dessas pessoas armadas, brotou do chão de entulho um monte de máquinas velhas, dispositivos arruinados, como se fossem vermes gigantes, apontados para gente de forma ameaçadora... Os cabos elétricos espalhados no chão também ganharam vida e se ergueram; pareciam até sibilar como se fossem serpentes.

Adrenalina... estou tremendo... o caçador ainda estava posicionado tentando me proteger; muito nobre da parte dele, mas não preciso que ninguém me proteja... adrenalina... força... energia eletromagnética pulsando dentro de mim... pessoas estranhas me olhando... armadas... o senhor da guerra formigando dentro de mim... monstros de sucata... força... eu vou...

... eu vou quebrar tudo e destruir todo o mundo ...

"*Oi, Jamila, tudo bem? Pedimos muitas desculpas pela brincadeira...*"

... mas o quê?

Foi então que meu amigo cibernético resmungou, relaxando e baixando a arma. Ainda estava resmungando enquanto aquelas cinco pessoas estranhas se riam da situação; todos baixaram as armas, as criaturas de sucata não pareciam mais ameaçadoras... Já eu ainda tremia, ainda nervosa, sem entender nada.

"*Meu nome é Joana Adelana. Prazer! Novamente, em nome da nossa líder, peço desculpas...*"

Tá de sacanagem? Mensagem telepática na minha cabeça sem a minha autorização??

"*Estou bem na sua frente. Veja...*"

Uma das mulheres, que carregava um bastão bem grande, ponta dupla, feito de madeira e metal, se adiantou, e parou a poucos metros na minha frente; tinha pele marrom mais clara, um grande *black* pintado de roxo coroando a cabeça; vestia blusa larga de cor verde e um shortinho jeans; era magra feito uma caçadora. Ela se aproximou, sorriu:

– Então essa é que é a menina Jamila. Que gracinha!

"*Oi, eu sou a Joana!*"

Que audácia! Fingindo que era a primeira vez que se dirigia a mim, enquanto mantinha essa conversinha telepática comigo... Só tinha uma coisa que eu deveria dizer; então, disse:

– V-você é muito bonita, moça – eu disse – M-mas eu já tenho namorada...

As pessoas riram. Perfeito, Jamila... Até as sucatas animadas e os cabos elétricos pareciam estar tirando com a minha cara...

"*É, não tem jeito, meus amigos são muito zoeiros...*"

Olha aqui, moça; em primeiro lugar, só quem tem autorização para falar na minha cabeça é a minha namorada; em segundo, quem são vocês, afinal??

– Chega desse teatro – disse o meu amigo cibernético – estão assustando a menina...

Ninguém tá me assustando, cara! Aliás, até agora você não me disse seu nome e quem você é... Caramba, quem são essas pessoas? O que eu estou fazendo aqui?? O que é tudo isso?

"Jamila, olhe para mim."

Estou olhando! Ela é linda demais para eu ficar olhando, mas estava olhando...

"Vou explicar tudo agora sobre o nosso grupo, rapidamente."

De relance, olhei para os outros; a outra mulher, que parecia ser a líder, vestida de preto, chapéu, óculos e um antebraço metálico que nem o meu amigo cibernético – tecnovírus!! Os três homens: um sem camisa, gordo, pele bem preta, cabeça raspada, calça larga e botas; outro gordo, também mais escuro, atlético, macacão marrom; e um magro, pele marrom, camisa colorida e calça. Todos armados com fuzis e espadas.

Eu continuava parada no mesmo lugar, olhando para essa menina que se chamava Joana, enquanto o meu amigo caçador conversava com a mulher de preto, como se fossem velhos amigos. Já tinha caído a noite, mas a brisa estava quente e agradável.

"Nós somos o grupo Ixoté, 'aqueles que se rebelam'. Somos todos emi ejé. Somos uma organização independente, que atua à revelia das Corporações Ibualama e suas leis opressivas; nossa pretensão é proteger nossa gente da corrupção de valores que atinge boa parte da elite emi ejé. Somos considerados criminosos por sermos emi ejé rebeldes, por isso estamos sempre atentos e armados, e agimos em segredo. Queremos você conosco para não ser morta e tampouco transformada numa arma, porque é isso que as Corporações têm feito com emi ejé que nascem fora do berço da elite. Eu me chamo Joana Adelana, como já havia dito; aquela moça de preto se chama Nina Onixé, nossa líder e nossa cientista chefe, que constrói vários artefatos incríveis usando tecnologia tecnorgânica; ela é amiga de longa data do João Arolê, o rapaz caçador que te encontrou e te conduziu até nós. Os outros rapazes se chamam Rodolfo, Alfredo e Lourival. Queremos você conosco, para treiná-la no uso dos

seus poderes. Você é uma emi ejé *imensamente poderosa, porém sem controle e sem noção do que você é. Estou vendo também que você tem uma inteligência incrível, que se dedica à criação de artefatos tecnológicos, vai se dar muito bem com a Nina! De qualquer forma, a escolha se vai com a gente ou não é toda sua. Enfim, resumindo bem resumidamente, é isso!"*

...Uau.

Tudo isso me foi dito em menos de um segundo, tamanha é a velocidade do pensamento. Enquanto a Joana me explicava as coisas, meu amigo cibernético, que acabei de saber, finalmente, que se chamava João Arolê, ainda estava conversando e falando com a sua amiga Nina, beijando a mão um do outro ao mesmo tempo. Os outros três homens, que se chamavam Rodolfo, Alfredo e Roberval, circulavam pela área, ao redor de nós, vigiando, com armas em punho, atentos para qualquer eventualidade.

– Pronto – disse o João Arolê – está entregue o pacote: uma jovem *emi ejé*, que acaba de despertar, totalmente fora de controle... Boa sorte. Estou indo...

– Nossa, você não muda, hein, João? – disse a mulher que se chamava Nina. – Um tempão que a gente não se vê! Vamos tomar umas! Conhece o meu pessoal? Essa aqui, que tá no papo telepático com a menina Jamila, se chama Joana; esses caras aqui se chamam...

– Não me interessa, Nina – interrompeu João Arolê, ainda pagando de antipático – estou partindo, tenho mais o que fazer...

Foi então que comecei a falar para ele tudo isso que a Joana tinha me falado, assim de repente; o João Arolê ficou me olhando com uma expressão cínica, enquanto a moça Nina Onixé parecia se segurar para não rir; aí, me virei para ela e disse:

– Nossa, você quem projetou e construiu esses membros tecnorgânicos? O seu também é? Fantástico, fantástico! Olha, sem falsa modéstia, eu, Jamila Olabamiji, sou uma inventora brilhante! Gostaria muito de conversar contigo a respeito desses procedimentos, gostaria de apresentar os meus projetos, minhas criações mais recentes...

João Arolê levou a palma da mão no rosto.

– Parabéns, Nina. Acaba de doutrinar mais uma...

– Olha aqui – falei para ele com o dedo em riste bem naquela cara remendada – o que você quis dizer com "doutrinar"? Não ouse caçoar de mim.

– Para de fingir que é gostoso, João – disse a Nina Onixé, toda cheia de humor, dando tapinhas no ombro dele. – Vamos. Temos muito trabalho pela frente. Passamos por muitas coisas juntos, eu e você; acho que já passou da hora de você...

– Já te falei, Nina – interrompeu João Arolê, antipático, arrogante e todo não me toque até o fim – tenho mais o que fazer... – E desapareceu usando seus poderes.

Que se dane esse chato atormentado! Sou grato por ter me ajudado e me guiado até aqui em segurança, mas, se prefere agir sozinho, então vá se danar! Morre de medo de mim! Porque, aqui bem diante de mim, tenho duas novas amigas bem interessantes e poderosas! Minha vida até pode estar uma zona e, provavelmente, estou me metendo numa cilada maior ainda ao me associar com esses rebeldes criminosos, mas... Eu sou filha do maior guerreiro cientista que já existiu, e quero mais é conquistar o poder que existe dentro de mim com as minhas próprias mãos.

"Quem planta barulho, acaba colhendo balbúrdia."
– Provérbio antigo proferido pela Venerável Mãe Presidente Ibualama durante pronunciamento em rede nacional.

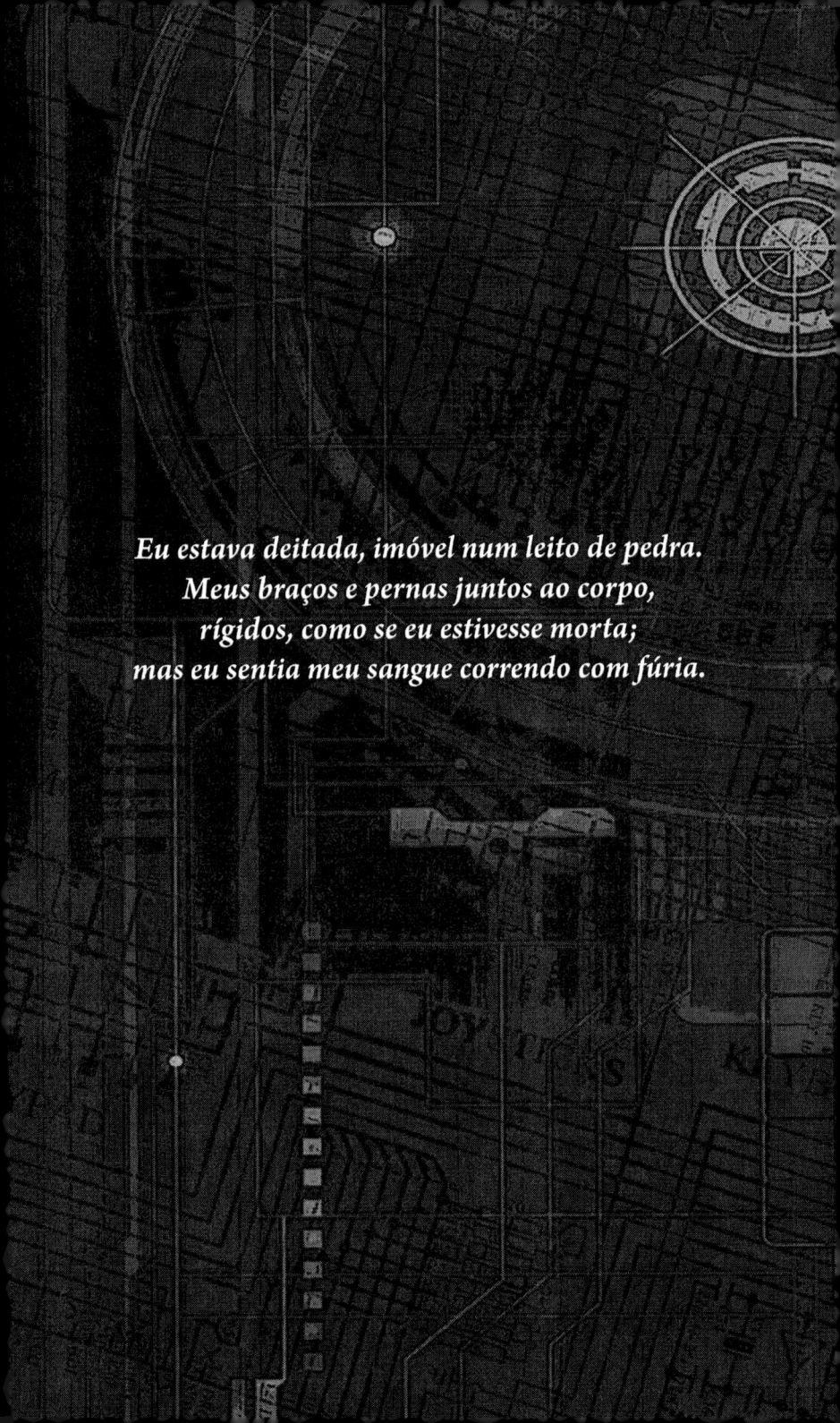

*Eu estava deitada, imóvel num leito de pedra.
Meus braços e pernas juntos ao corpo,
rígidos, como se eu estivesse morta;
mas eu sentia meu sangue correndo com fúria.*

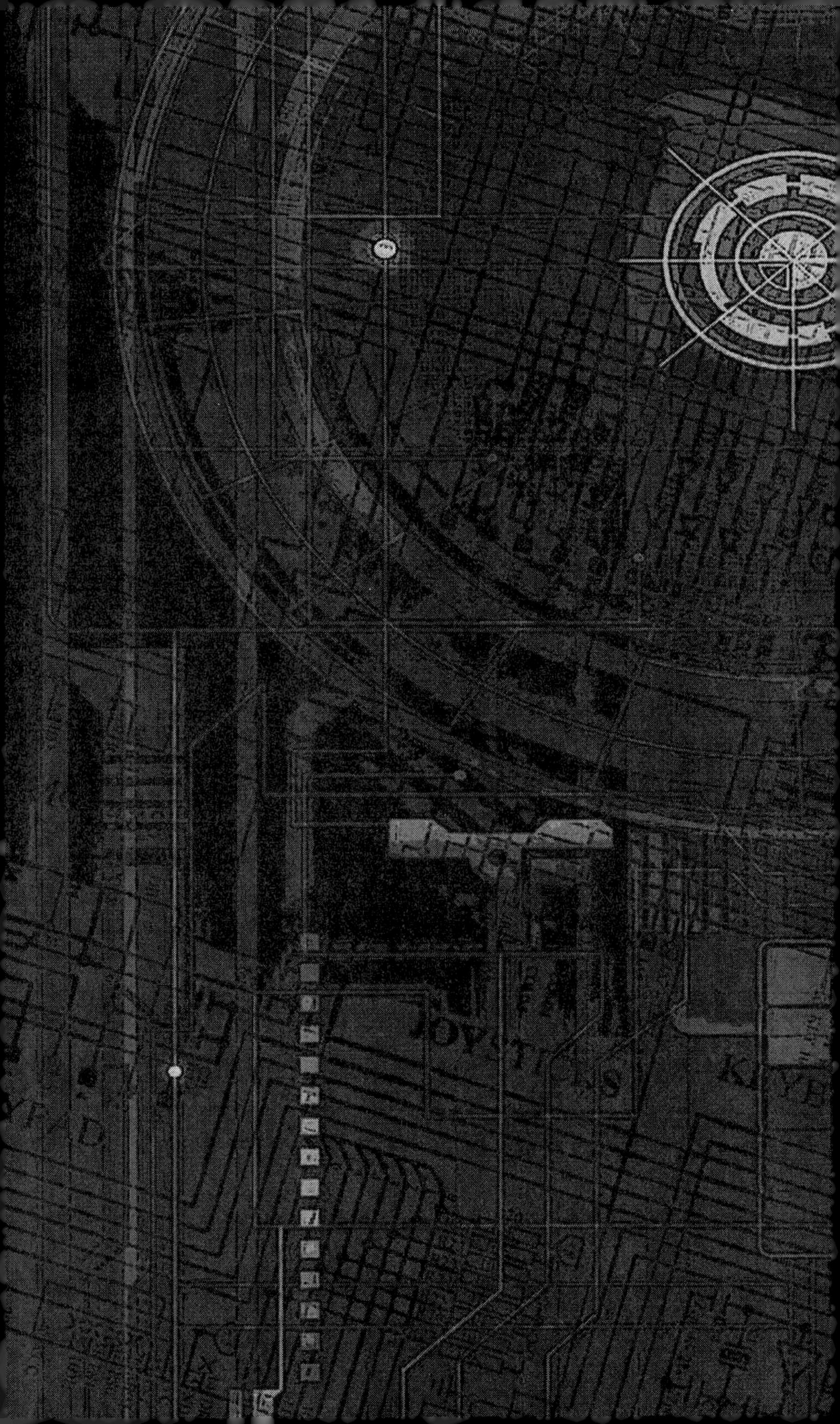

13. Poderosa

Eu sou filha do maior guerreiro cientista que já existiu, e quero mais é conquistar o poder que existe dentro de mim com as minhas próprias mãos.

Contam nossos mais antigos que Olorum, Senhor do Céu, é o próprio Universo; é a manifestação espiritual e física de tudo o que existe na natureza e no espaço; é passado, presente e futuro; é a força vital que move tudo; é o Sol, que aquece e ilumina tudo o que existe neste mundo e no mundo invisível. Ou seja, é a própria definição de poder.

Meu pai disse certa vez que a gente deve evitar falar de Olorum em vão, pois o Senhor do Céu é responsável por afazeres muito além da nossa alçada nas dimensões mais elevadas da existência.

Os filhos do Senhor do Céu são os Orixás, nossos pais e mães ancestrais; são as nossas divindades, nossos progenitores, personificações das forças da natureza e das forças que fervilham dentro de nós; são herdeiros do poder de Olorum.

Então nós, seres humanos, filhas e filhos dos Orixás, somos herdeiros do poder divino.

Poder...

Tudo mudou para mim naquele dia em que meus poderes ancestrais despertaram pela primeira vez...

— Atrasada estou atrasada estou atrasada meu pai vai ficar bravo atrasada estou atrasada fiquei até tarde atrasada estou atrasada eu tinha de terminar aquele projeto estou atrasada aquele professor chato vai falar um monte atrasada estou atrasada vai ligar pro meu pai meu pai vai falar um monte atrasada estou atrasada eu precisava terminar aquele projeto atrasada estou atrasada eu só quero ser alguém atrasada estou atrasad...

— Calma, Jamila!! – exclamou a Fernanda, me sacudindo. – Não adianta surtar! Fica calma, respira que vai dar tudo certo!

Perante os orgulhosos portões do grande Colégio Agboola, na manhã ensolarada de um Ojó Isegum – dia do meu pai Ogum – e na frente de vários coleguinhas da escola, em meio a olhares e risadinhas de quem por ali passava, a jovem e deslumbrante e linda e maravilhosa Ebomi Fernanda Adaramola, segurando meus bracinhos, me sacudia como se eu fosse uma boneca de pano dessas qualquer. Enquanto eu vestia meus trajes habituais de garota safa do subúrbio – camiseta de futebol, moletom largo, boné maior que a minha cabeça e tênis de basquete – a Fernanda estava vestida como uma executiva: terninho, camisa, saia longa e ojá enfeitado na cabeça, tudo colorido com babados dourados. Essa discrepância entre as nossas vestimentas só tornou aquela cena ainda mais ridícula.

— Tá bom, Fernanda, já entendi! – respondi, meio ríspida, já que estava de mau humor. – Pode parar de me balançar agora...

— Certo! – disse Fernanda, me soltando e sem importar com a minha rispidez. – Agora seja uma boa menina e vá calmamente para a sua sala de aula – ela olhou para o relógio holográfico no pulso – pois agora eu tenho de ir trabalhar, tá?

Ela olhava para aquele relógio e falava com uma calma, certeza e aquele desdém complacente, bem típico das mulheres adultas *emi ejé* executivas, dessas que têm o mundo inteiro na palma da mão; essa atitude dela só me irritou ainda mais...

— Sim, mamãe, estou indo para a minha humilde sala de aula...

— Humilde? – respondeu ela, ainda olhando para o aparelho holográfico e digitando coisas nele. – Essa é a melhor e mais cara escola desta região, não tem nada de humilde.

Essa patricinha tá zoando da minha cara.

— Já disse para não me chamar de patricinha – disse a Fernanda, terminando de digitar e se virando para ir embora; todos os meus coleguinhas que ainda estavam ali olhando e rindo da minha cara também se viraram para voltar para a aula, provavelmente já tinham se entediado com a situação.

– E eu já disse pra você não entrar na minha mente, sua metida. – É, aquele dia meu mau humor tava irritando até a mim.

Sem dizer mais nada, ela veio e me deu um selinho... Até me acalmei um pouco. Ela então pegou a maleta que tinha deixado no chão e se foi, andando pela rua, ainda olhando para o aparelho holográfico no pulso e sendo olhada por garotos e garotas, homens e mulheres, enquanto sacudia a sua saia e seu grande lindo corpo. Os moleques da minha turma passaram a me odiar mais naquele dia em que a Fernanda me beijou bem na frente da escola, e algumas meninas também passaram a me invejar. A Fernanda tinha a minha idade e parecia tão rainha quanto a divindade que governa a sua cabeça.

"Vá para a sua sala", disse ela na minha cabeça, já depois de ter virado a esquina movimentada da rua que dava para a escola; pra variar, a patricinha abusando do poder só pra me sacanear, já que eu tinha ficado lá, com cara de tacho, bem na frente dos portões, enquanto todo mundo entrava e saía. Tinha sido só um selinho da Fernanda, eu tinha me acalmado só um pouco, mas, ainda assim...

Me virei e saí correndo para dentro dos infinitos corredores do Colégio Agboola.

Eu tinha chegado tão atrasada porque virei a noite tentando consertar meu Conversor Espiritual Energético de Moléculas; experimento fracassado, acabou com a eletricidade de várias casas, passei a noite tentando consertar a bagunça, tomei bronca do meu pai...

...Não, não foi isso. Na verdade... isso foi pretexto para eu não dormir, porque não queria dormir, porque não queria mais uma noite com sonhos sobre feras e monstros, líquidos melequentos, bisturis e mesas frias, sangue, destruição e morte...

...Todos os dias esses sonhos, todos os dias...

...Fui correndo esbaforida no corredor, cheia de raiva na alma...

...Só que aí. Um pé. No meio do caminho. O corredor. De repente. Eu estava correndo. No corredor. O pé. Do Pedro Olawuwo.

Minha cara foi pro chão. Meu nariz quebrou.

Ele apontou o dedo. Bem na minha cara. Riu. Várias coleguinhas pararam para ver. Alguns riam. Outros tentaram me ajudar. Mas foram impedidos por quem queria rir. Correria. Confusão. O grande Pedro Olawuwo. Rindo. Chefe dos moleques. Ria. Segurava quem tentava me ajudar. Um monte de gente. De onde tinha vindo aquele monte de gente? Risos. Gargalhadas. Gargalhadas do Olawuwo. Confusão. Um monte de gente. No corredor. De repente. E eu. Bem no meio. Daquele palco patético. Num dos corredores. Eu. Estatelada no chão. Nariz destruído. Dor horrível. Muito sangue. Um monte de gente. Muitas vozes. Correria. Risos. Gritos. Empurra-empurra.

Mas. Eu. Só ouvia. Os. Risos. Dele.

– Sua aberração! – gritava Olawuwo, alucinado. – Essa é por ter me humilhado naquela vez! Seu lixo!!

Então, gritei mais alto que todo mundo.

* * *

– Acordou? – disse alguém para mim. – Que bom!

– Hã... – balbuciei – mas o quê...?

Depois daquele espetáculo pavoroso no corredor da escola, fui acordar num leito frio de pedra do Hospital Fátima Fijinoluwa. Tinha um tubo injetando soro fisiológico na veia do meu braço esquerdo. Era um aposento branco, sem graça e sem maiores detalhes, que eu conhecia muito bem... porque eu sempre ia parar naquele leito, naquele lugar. Ou nalgum lugar muito parecido com aquele, não lembrava bem... Aquele enfermeiro que falou comigo eu conhecia, era o Rafael, sempre atencioso... De novo, ele presente enquanto eu recobrava a consciência, porque, de novo, eu tinha ido parar naquele leito frio que sempre me trazia más lembranças...

Ketu Três é a cidade de Rei Oxóssi, e seus filhos e filhas, logicamente, são a maioria aqui na metrópole; Rafael, por exemplo, era um filho do caçador, magrinho de dar dó, os trajes brancos dele pareciam um pijama de tão largos que ficavam naquele corpinho miúdo... É que, mesmo que o arquétipo dos filhos de Oxóssi e dos filhos de Ogum seja de pessoas magras, a magreza, na nossa sociedade, não era muito benquista; sempre achavam que eu tava doente, sempre constrangiam meu pai perguntando por que ele não me alimentava bem... E, talvez mesmo por eu ser tão magra, eu era muito fraca, e sempre ia parar naquele hospital, naquele leito frio de pedra, porque, muitas vezes, ficava debilitada e desmaiava. Como se eu realmente tivesse algum defeito de fabricação...

Por que estar deitada no leito me arrepiava tanto? Por que parecia tanto com os meus sonhos sinistros?

– Como se sente, Jamila? – perguntou Rafael, de costas para mim, macerando ervas medicinais num pilão em cima da mesa do aposento. Rafael era um pele marrom quase tão magricela quanto eu, de *black* curtinho, um sujeito sem maiores atrativos, mas sempre muito atencioso e focado nas suas funções. Eu gostava dele, apesar de detestar sempre ir parar naquele lugar.

– Me sinto um fracasso de ser humano – respondi, ainda toda tonta e grogue.

– Certo... – disse Rafael, ao mesmo tempo distraído e, de novo, sem saber lidar com aquela minha tristeza lamentável de sempre. – Vou repassar seu quadro para a Doutora Ekundayo... – outra coisa que ele sempre me falava, já que, infelizmente, ele era só um enfermeiro das folhas, e não um terapeuta...

Apesar disso, lembro que queria aproveitar pra descansar, porque tinha acordado muito cansada. Mas não foi possível...

– Maldita! Você destruiu meu filho!!

...Porque o grande pai do Pedro Olawuwo tinha invadido o quarto do hospital aos berros!

Era a primeira vez que eu o vi em pessoa: Ogã Onofre Olawuwo, esposo da grande doutora Mãe Yolanda Olawuwo; era um pele preta gordo, enorme e musculoso, que nem o filho, Pedro, ou melhor, Olawuwo filho é que era igualzinho ao pai; vestia um robe vistoso, orgulhoso e exagerado, e segurava uma bengala de madeira nobre, uma peça muito bonita, realmente.

Então, com aquele pedaço de pau chique, Onofre Olawuwo tentou me acertar na cabeça.

Aí, o senhor Agenor Olabamiji, que por acaso seria o meu pai, também tinha aparecido de repente, esbaforido, e segurou a mão do Olawuwo pai pouco antes de a bengala dele quase acertar o meu crânio.

Aí, Olabamiji pai e Olawuwo pai se atracaram ali mesmo, no chão de pedra daquele aposento branco de hospital, observados pelos bustos de bronze ancestrais, trocando socos e pontapés, se engalfinhando com fúria, enquanto um trêmulo Rafael tinha se esforçado ao máximo para não desmaiar de pavor enquanto tentava me proteger daquela briga de gigantes.

– Você não passa de um experimento fracassado! – gritava Onofre Olawuwo enquanto socava o meu pai e era socado por ele. – Não passa duma aberração! Maldita!!

Aí me enfezei pra valer.

– Vai, pai, quebra esse vagabundo! – gritei, me levantando do leito, toda empolgada. – Quebra esse babaca, é pior que o filho!

Mas, infelizmente, acabei apagando de novo ao levantar de repente... pois é.

Ah, Rafael me contou depois que a segurança do hospital tinha aparecido pra acabar com a bagunça, uns robôs brucutus, com armas que injetam tranquilizantes psíquicos, deram um belo dum tranco nos dois brigões e os botaram pra fora...

– Quanto ao que aconteceu na escola... – continuou dizendo o Rafael – os alunos que presenciaram a cena juram que você se levantou, assim de repente, babando que nem um bicho... Ai, me arrepio contando essas coisas que não deveria... Falaram que... você parecia um animal selvagem, urrando, olhos revirados... você teria avançado pra cima desse menino chamado Pedro Olawuwo... pegou ele pela perna e bateu ele no chão, umas três vezes, como se fosse um boneco desses qualquer... Depois, arremessou o menino, através da parede do corredor, para o outro lado do pátio! Depois disso, você simplesmente caiu num sono profundo, só foi acordar aqui... já o menino Olawuwo... foi internado, em estado gravíssimo, com todos os ossos quebrados! Ai, Jamila...!

O enfermeiro Rafael, todo apavorado, me contou isso enquanto eu ainda estava acordando, sonolenta, após a briga do meu pai com o pai daquele moleque, e eu só fui lembrar desse diálogo bem mais tarde, ou eu teria ficado apavorada também no instante em que ele me contou tudo aquilo; provavelmente teria duvidado de tudo aquilo. Ah, se eu soubesse...

***

Depois de alguns dias em observação no hospital, sem mais nenhum outro incidente digno de nota, sem mais visitas do meu pai, e, surpreendentemente, sem nenhuma visita sequer da Fernanda, eu finalmente tinha recebido alta; e fui para casa, sozinha, a pé mesmo, porque esse hospital era bem perto, só uns quarteirões acima; então, em vez de me enfurnar no meu quarto, como eu tanto queria, acabei vestindo as minhas roupas de sempre, e fui passear no parque.

Por que a Fernanda não tinha ido me visitar dessa vez? E cadê meu pai que deveria estar no sofá pra ver o jogo do time favorito dele em pleno Ojó Aiku?

O que o Onofre Olawuwo quis dizer com "experimento fracassado"?

Então... naquele Ojó Aiku de sol e brisa suave, totalmente avoada, atolada em um milhão de pensamentos e questionamentos, estava eu lá perambulando, quase feito uma sonâmbula, pela Rua Treze de Ketu Três, onde todas as tendências, vontades e sentimentos, se encontram e se misturam. Fui andando do Setor 5, por entre os sorrisos e as meninas muito lindas de shortinho e cabelos coloridos e fui parar lá no Setor 8, que é sempre agitado, tipo os Setores 9 e 10, cheio de gente descolada e *emi ejé* exibidos; era no Setor 8 que as casinhas passavam a rarear, e os arranha-céus espelhados e casas flutuantes começavam a predominar; os carros voadores, os celulares holográficos, as roupas com brilhos sobrenaturais; as pessoas que voavam e que moviam objetos com o poder da mente, e tudo o mais. Passei despercebida, porque era só mais uma garota do subúrbio invadindo a área dos peles pretas; mas, mesmo com todo o meu orgulho de pele marrom sangue comum, eu me sentia insignificante perante toda aquela elite superpoderosa...

– A mente era a mesma coisa que alma? – confabulava eu comigo mesma, na tentativa de me distrair de toda aquela doideira que eu tinha passado. – A alma realmente existia? Sim, cientificamente falando existe como um padrão estável de energia; esse padrão continua existindo após a morte do corpo físico? Os Orixás seriam, na verdade, *emi ejé* que se desenvolveram demais? Seriam os Orixás seres compostos apenas por pensamento? O Orum, lar dos ancestrais, seria a dimensão mais elevada dos reinos invisíveis do pensamento? Os *emi ejé* são descendentes diretos das pessoas que desenvolveram tanto seus poderes psíquicos que acabaram se tornando nossas divindades?... Afinal, o futuro é psíquico – o passado e o presente também. Os *emi ejé*, a elite do mundo, detêm o poder das divindades...

A rua tava cheia de gente bonita, peles pretas, peles marrons, peles mais claras, *black powers*, *dreadlocks*, cabelos coloridos, roupas cheias de cores, belos rapazes, garotas lindas, ou seja, o normal de Ketu Três; mas, naquele dia, no Setor 8, tava demais, eu de sonâmbula atribulada passei pra boquiaberta maravilhada...! O Parque das Águas Verdes tava logo ali, queria entrar naquela floresta, andar naquele chão de terra, ver os rios esverdeados e puros, presenciar o pessoal realizando os ritos, vestes brancas lindas, sentir um pouco dos ancestrais...

...Até que alguém pegou no meu braço. Quê? Gordinho de capuz e óculos escuros... Pedro Olawuwo??

— Mas o q...?

— Adeus, sua imbecil.

Foi uma pontada bem no meio das costelas. Olawuwo tinha saído correndo. Ele não tava quase morrendo no hospital? A pele dele exibia um aspecto muito estranho, parecia... circuitos? Antes que eu pudesse pensar, o Olawuwo já tinha sumido no meio da multidão; desde quando ele corria tão rápido?? Fui ficando tonta... e acabei caindo de joelhos. Bem em cima da poça formada com o meu próprio sangue.

A faca do Pedro Olawuwo tinha perfurado bem fundo.

Só lembro que foi uma correria. Pessoas gritando por ajuda, telefones chamando o serviço médico; ele tinha me esfaqueado; eu não sentia mais o corpo, mil pensamentos; onde estava meu pai? Por que a Fernanda não tava lá? Eu, morrendo, vomitando sangue, ele tinha me esfaqueado; tudo isso tinha acontecido porque eu era fraca, ainda não era uma grande cientista; tentaram me levantar, gritos de ajuda, alguém me ajuda, cadê o meu pai, cadê a Fernanda, eu me afogando no meu próprio sangue, fracassada, ridícula, estirada no chão feito um lixo desses qualquer, derrotada pelo meu pior inimigo, ele tinha me esfaqueado; se meu pai Ogum se banhava com o sangue dos seus inimigos, por que eu tava lá estirada no chão feito uma fracassada qualquer? Ele tinha me esfaqueado porque eu não estava revolucionando o mundo; como é que fui agredida desse jeito? Por que eu estava lá estirada no chão, afinal?

Então, veio a resposta: porque o Pedro Olawuwo tinha me esfaqueado.

* * *

E foi assim que eu tinha despertado o poder de fúria potencialmente capaz de partir o mundo ao meio, pelo menos de acordo com esses meus sonhos mais loucos. Somente no dia seguinte, na casa daquele João Arolê, que fui saber, pela televisão, que eu havia começado a me transformar num monstro terrível...

...E, também, enquanto assistia àqueles relatos terríveis sobre mim mesma na TV, lembro de ter rogado para que meu pai Ogum me escutasse – antes que o meu poder me arruinasse por completo...

*Preciso viver, preciso existir,
seja qual for a situação.*

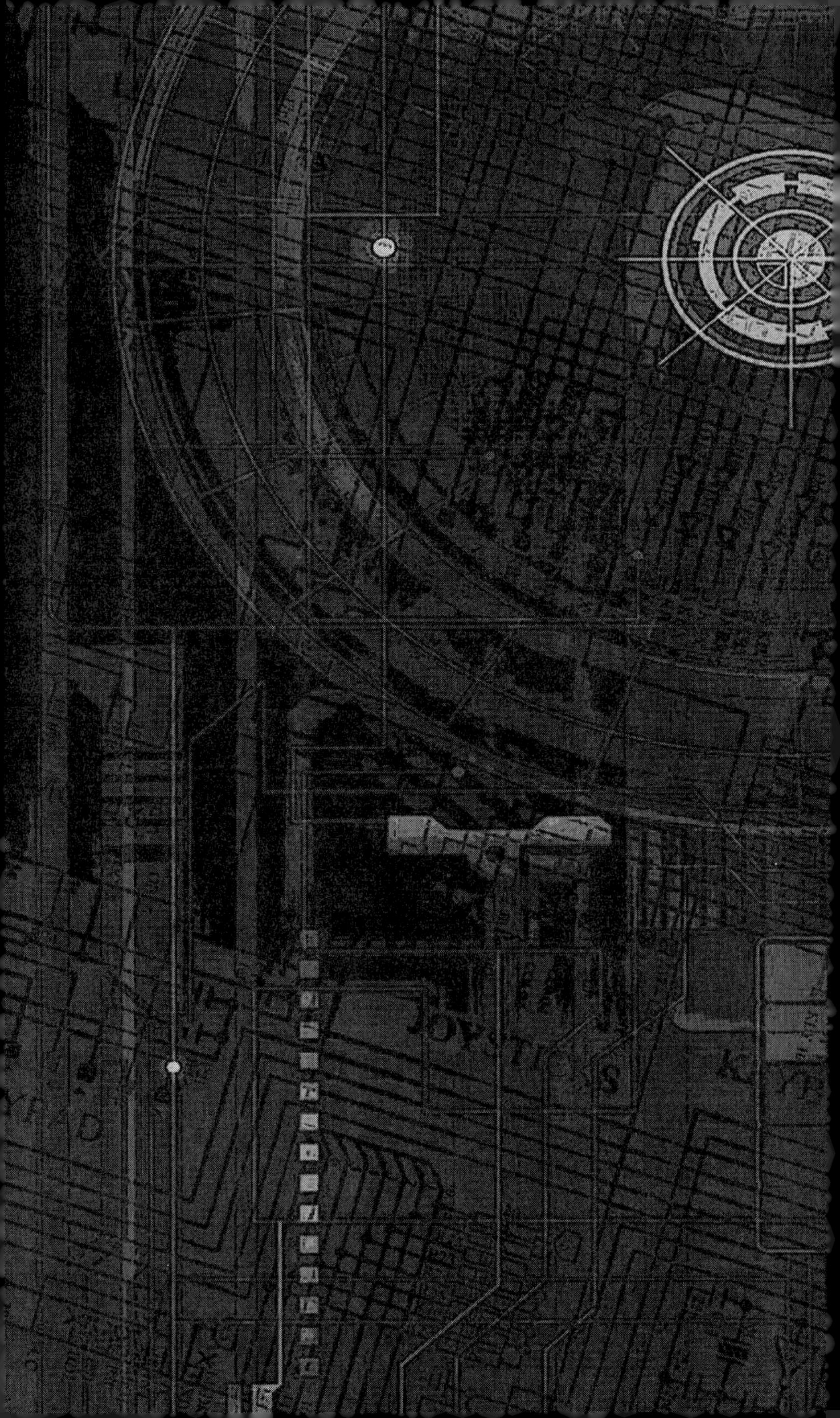

14. Ogum (Guerreiro)

Lembro de ter rogado para que meu pai Ogum me escutasse – antes que o meu poder me arruinasse por completo...

Ouça, ouça...

Ninguém ouviu Ogum quando ele voltou.

Ogum, filho de Odudua, estava sempre fora, guerreando. Saía para a batalha, com exército ou sozinho, com facão ou metralhadora, saía pra guerrear, conquistar novas terras, novos mundos, destruía tudo e todos que estivessem em seu caminho.

Ogum, rei de Irê, o maior guerreiro que já existiu; vestia-se com folhas de mariô e se banhava com o sangue dos seus inimigos. Ogum mata e destrói, mata com golpes de facão, é senhor da guerra. Ogum é a própria guerra.

Ouça a fúria do guerreiro!

Ogum estava de volta, cansado e satisfeito, sujo do sangue de seus inimigos. O rei tinha voltado para Irê, seu reino, depois de muito tempo fora. Tinha muita fome... viu seus súditos, exigiu que o limpassem, que o alimentassem e que guardassem seus espólios de guerra. A palavra de Ogum era lei; aguardou então que fosse cumprida a sua vontade.

Ninguém ouviu Ogum quando ele voltou...

Ninguém olhava para ele. As pessoas, seus súditos, passavam pelo rei e não lhe davam atenção. Sequer olhavam...

Absurdo!!

Ogum, rei de Irê, ignorado por sua própria gente! Logo ele, que tinha regressado com espólios e riquezas! Rei guerreiro, poderoso! Como assim não o reconheciam? Como ousavam ignorar o rei?? Sentiu-se humilhado, desprezado!!

Então, explodiu a fúria de Ogum. Ouçam!!

Ogum passou a faca em seus súditos. Metralhou fileiras de pessoas. Cortou várias cabeças. Ogum cortou tudo e todos, matou todo mundo! Matou com golpes de facão, com tiros de canhão, destruiu com facão e explosão! Se banhou com o sangue de homens, de mulheres e de crianças, todos eles seus cidadãos. Ogum era a guerra, e a guerra nunca diz não!!

Ninguém tinha escutado Ogum; então, ele matou todo o mundo, e estava vingado. Fim.

Só que um dos sobreviventes finalmente falou; mesmo agonizando depois de ter sido retalhado pelo rei, ele saudou Ogum, prestou as devidas reverências e se portou como um verdadeiro súdito do guerreiro; se desculpou ele mesmo em nome de todos que não lhe haviam dado ouvidos antes; explicou que, na ocasião, a cidade de Irê estava cumprindo preceito, o voto sagrado de silêncio e guarda total após realização de ritual sagrado em homenagem ao rei e aos ancestrais. O cidadão prestou mais uma vez as homenagens a Ogum. Se desculpou pelos demais súditos outra vez mais. E morreu...

Na verdade, todos tinham escutado a volta de Ogum; ele é que não tinha escutado o amor sagrado de seus súditos...

Quantas vezes não nos sentimos ouvidos? Quantas vezes nos sentimos silenciados quando deixamos de ouvir as vozes do sagrado? Quantas vezes cedemos à gritaria da nossa intolerância, sem realmente ouvir a verdade? Quantas vezes ouvimos apenas a sinfonia de ódio e destruição da nossa fúria?

Ogum estava desconsolado. Não queria mais viver. Jogou então todas as suas armas no chão, e se despiu das suas indumentárias de rei. Viu as pessoas degoladas e despedaçadas por ele. Chorava, e chorava, e a tristeza não terminava. Ogum correu para a mata, uivando enlouquecido, disposto a se destruir para sempre.

Ouça, ouça...

Ogum já estava morto por dentro; fincou seu facão no chão, pronto para morrer de verdade. A terra então se abriu, e o engoliu inteiro, num instante. Ogum tinha-se ido, não era mais humano; tinha-se tornado um orixá.

Meu pai me disse uma vez: *"Minha filha, ouça a história de Ogum, aprenda e não repita seus erros; os exemplos de virtudes e defeitos das divindades são guias para você travar as suas próprias batalhas; os ancestrais querem que você vença, acima de tudo, querem que você ouça a si mesma, e seja feliz, em paz..."*

Estou tentando ouvir, pai, estou tentando, juro! Só que, quando paro pra tentar me escutar, não consigo ouvir nada além de gritos de ansiedade e incompreensão.

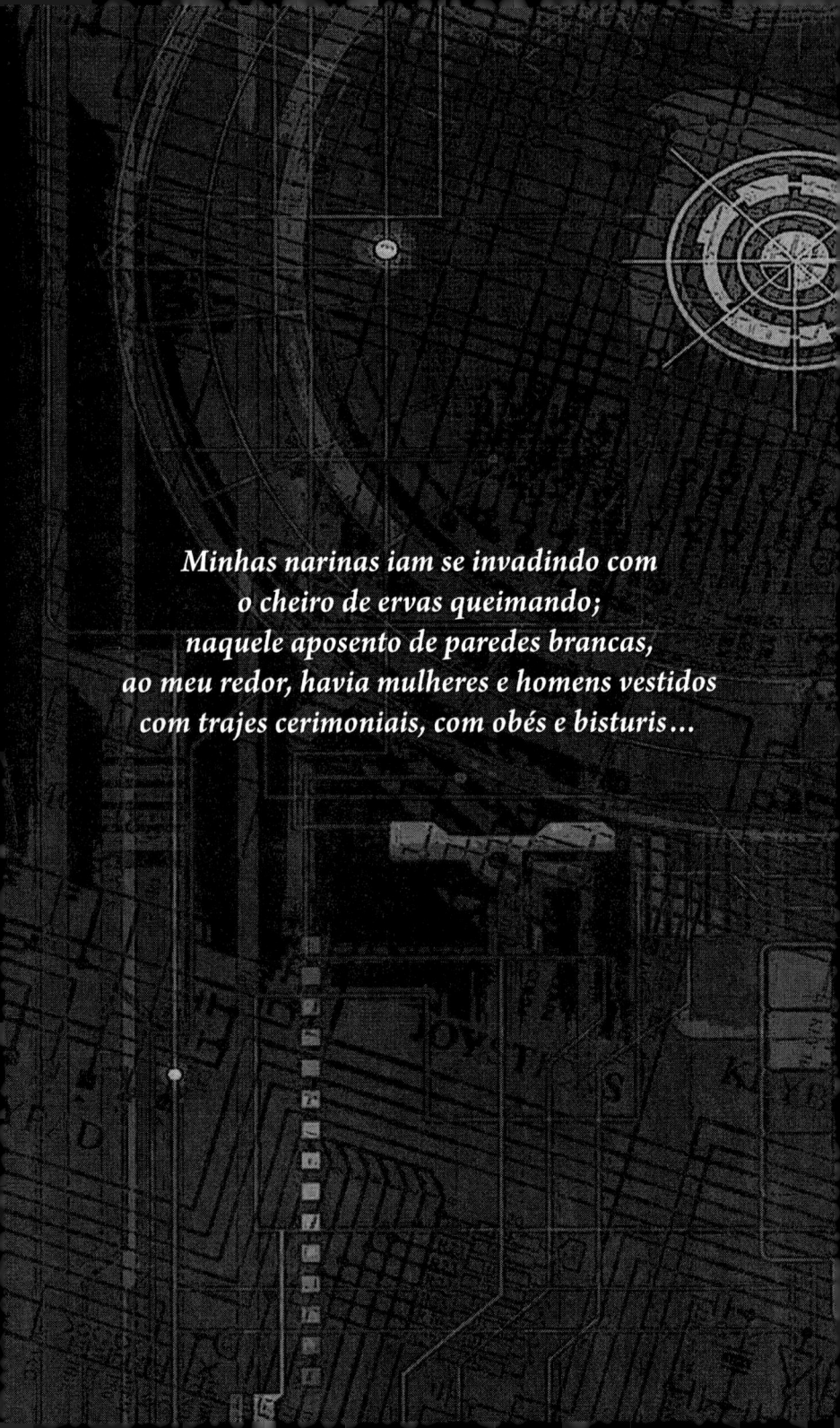

*Minhas narinas iam se invadindo com
o cheiro de ervas queimando;
naquele aposento de paredes brancas,
ao meu redor, havia mulheres e homens vestidos
com trajes cerimoniais, com obés e bisturis...*

15. Rebeldes

Só que, quando paro pra tentar me escutar, não consigo ouvir nada além de gritos de ansiedade e incompreensão.

Eu estou perdida. Não sei o que fazer.

Quem está perdido, sem agenda, não tem outra saída senão seguir a agenda alheia...

Meu nome é Jamila Olabamiji e eu tenho 15 anos. Nunca fui grande coisa nem acredito que um dia eu consiga ser algo, mas mesmo assim tenho esse sonho de ser a maior engenheira do mundo. Construo umas coisas no meu quarto, mas nunca acabo realmente os meus projetos. Sou uma nulidade na escola, uma ninguém, não sou vista, não sou percebida. Exceto pelo moleque que mais odeio, esse sim faz questão de me perturbar todos os dias. Eu tenho uma namorada que não mereço, uma garota de elite muito acima de qualquer coisa que eu possa imaginar. Tenho um pai muito amoroso e responsável, porém, extremamente ausente por causa do trabalho. Ah, tenho uns sonhos malucos de sangue e morte todas as noites... Por fim, descobri recentemente que eu tenho um poder que não controlo e que me transforma num monstro raivoso que arrebenta todo o mundo e destrói tudo o que vê pela frente.

Agora que a sessão de autopiedade acabou, vamos seguir com a história.

Como sou uma perdida, sem agenda própria, sempre uma indecisa sem a mínima ideia do que fazer, acabei me metendo em muita confusão e me tornei uma criminosa procurada; resolvi, então, me juntar a uma célula terrorista que pretende derrubar as Corporações. Quem nunca, né?

Estou confinada num pequeno complexo subterrâneo, com paredes de metal e ferro, que consiste em uns corredores e umas celas minúsculas que eles chamam de quartos; parece uma dessas penitenciárias abandonadas... em algum momento da nossa sociedade, o conceito de cadeia se tornou obsoleto, pois, se as autoridades são capazes de alterar mentes, então basta reconfigurar a mente de quem cometeu crimes... Então, esse lugar é um pequeno posto prisional abandonado, subterrâneo, secreto, onde provavelmente foram confinados prisioneiros especiais, longe do conhecimento da população. Certo.

Se eu tivesse claustrofobia, estaria morrendo agora.

Pelo menos, há plantinhas em tudo quanto é lugar; vasos pequenos, grandes, com flores, arbustos, trepadeiras, galhos e cipós se espremendo entre as paredes, folhas redondas, folhas pontiagudas, até cactos, folhas verdes, roxas, azuis... Há até uma família de galinhas e galos, com pintinhos e tudo, todos geneticamente modificados, alguns com duas cabeças, outros com quatros asas, caudas de cobra e outras estranhezas... Ah, além dos perfumes naturais desta microflora, há um harmonizador de ambiente que exalava um cheiro verde-clarinho... Nunca vi uma prisão tão confortável e cheirosa assim.

Isto aqui é a base do grupo rebelde Ixoté, que tem a pretensão de se opor à elite psíquica que governa a metrópole. Parece que há várias células desse grupo espalhadas pela cidade, esta aqui é só mais uma, localizada em... algum lugar que ainda não me disseram, já que ainda não tenho permissão para sair, nem de fazer muitas perguntas, "é para a sua própria segurança", me disse a tal Nina Onixé, a líder deste bando. Deixei de ser apreendida pelos agentes da Aláfia Oluxó para ser prisioneira de um bando criminoso de jovens revoltados?

É essa Nina quem está comigo, neste momento, numa espécie de pequeno galpão que é o maior aposento deste esconderijo; deve ter sido uma sala de reuniões, dessas que são a prova de intromissões psíquicas; é que está cheio de placas metálicas nas paredes, que devem ser abafadores psíquicos, desses que impedem sondagens telepáticas, tanto externas quanto internas. Além disso, parece ser o único aposento deste lugar que não tem planta alguma, nenhuma forma de vida, justamente para dificultar ao máximo qualquer atividade sobrenatural.

Estamos só nós duas aqui no salão; bem na minha frente, há um bloco de ferro, maior que eu e infinitamente mais pesado. Essa moça Nina quer que eu destrua esse pedaço maciço de sucata com as minhas mãos nuas.

— Precisamos testar os seus poderes de uma forma segura – disse Nina para mim. – O Rodolfo teve um trabalho para juntar todo esse ferro pesado, na surdina, e esculpir esse bloco aí.

— E eu com isso? – eu disse.

— Ah, quebra esse galho, vai...

Olhei bem na cara dessa tal Nina Onixé. Toda vestida de preto, uma espécie de uniforme militar justo, cheio de dispositivos escondidos; óculos de aro redondo; fio de contas azul-escuro, que nem o meu; chapéu marrom, redondo; não era gorda nem magra; cabelo crespo cortado bem curto; antebraço direito de metal, tecnorgânico, igual ao do João Arolê... e um sorriso cretino de canto de boca. Essa é a líder desse grupelho.

Estávamos as duas em pé; ela, à vontade, com uma das mãos na cintura enquanto gesticulava a outra para falar, justamente a mão tecnorgânica, a qual eu olhava com interesse. Já eu, nem um pouco à vontade, de braços cruzados, falhando miseravelmente em parecer supersegura de mim.

— Vou repetir – eu disse, tentando parecer durona –, o que eu tenho a ver com isso?

— Te descolei roupas bacanas – disse ela, apontando o dedo tecnorgânico para os meus trajes. Realmente, logo depois que cheguei, apareceram com conjuntos de roupas que eu costumo usar: tênis, moletom, boné. Não eram as minhas roupas, mas me sentia muito mais confortável nesses trajes do que com os farrapos que o tal do Arolê tinha arranjado pra mim.

— ... E daí? – disse eu, me esforçando ao máximo para fingir frieza.

— Cê curtiu as roupinhas que eu sei – disse ela, abrindo ainda mais aquele sorriso cínico. – Joãozinho não entende nada de moda, mas é só fechar com a gente...

— ... Continuo nem um pouco impressionada – eu disse.

— Ah, impressionada cê tá... – disse Nina, faiscando uma malícia nos olhos, coisa que me assustou um pouco – especialmente por esta minha mão de metal. Você curte, não curte?

— Bem... – estava cada vez mais difícil eu manter a minha máscara.

— Posso te ensinar uma coisa ou duas sobre como trabalhar com artefatos tecnorgânicos – disse ela, num tom meio debochado – se você for uma boa menina, é claro...

Ah, que saco!

— Olha aqui! – disse eu de repente, com o dedo em riste – Se você pensa que nós vamos ser amiguinhas, ou que eu vou passar a andar com o seu grupinho...

— Arrebenta esse bloco, Jamila – disse Nina, com calma. – Não precisa ter medo...

— Eu não tenho medo de nada! – exclamei de repente. – Eu sou a mais forte!

— Então prove! – exclamou Nina, toda empolgada. – Vai, garota, manda ver!!

É oficial: essa moça me irrita!

Tão irritada que fiquei que soltei um rosnado de cão, avancei para cima do bloco de ferro e soquei com toda a força!...

... E isso me irritou ainda mais porque era justamente o que essa Nina queria. O bloco havia sido feito em pedaços com um único soco meu. Foi a primeira vez que eu vi uma demonstração desse meu tal superpoder estando consciente. Fiquei olhando para o meu punho esquerdo, que formigava, mas eu não sentia dor alguma. Meu coração palpitava e a adrenalina se agitava. Não sinto nada nos meus músculos, porque não é exatamente um feito de força física... Magricela desse jeito, mal tenho músculos, na real. Calma, pense. Por que das outras vezes caí no sono? Resposta: o que está sendo exigido não são meus músculos, e sim a minha mente. Mente é o mesmo que alma? Sinto minha alma fervendo... Energia. Essa força é uma onda de energia mental que se apossa do meu corpo... A capacidade de acessar os circuitos eletromagnéticos da minha mente para aumentar *muito* as capacidades físicas; superforça, supervelocidade, super-resistência... Isso é... *Psicometabolismo*! Um poder que vem da minha mente, da minha alma, do meu sangue espiritual que herdei de meu pai Ogum... Eu me tornei... sou... *emi ejé*?!

– ...Vejo que compreendeu tudo com apenas um único golpe – disse Nina, me olhando, coçando o próprio queixo com a mão tecnorgânica. – É realmente muito esperta!

– Quê? – exclamei daquele meu jeito abobalhado que detesto quando sou interrompida n'algum raciocínio. – Tá lendo meus pensamentos? É telepatia??

– Não seja tola – disse Nina, de novo toda debochada, chutando para longe alguns pedaços de sucata no chão enquanto se aproximava –, este salão é antitelepatas, e eu nem tenho esse poder. É só olhar pra sua cara pensativa de quem está analisando e decodificando todas as informações, que nem um computador... e de computadores eu entendo muito bem!

– Veja bem! – tentei argumentar.

De repente, um barulho estridente de sirene invadiu o espaço, se espalhando e alcançando até a profundeza dos meus ouvidos; Nina aproximou a mão tecnorgânica à boca e começou a falar rápido, provavelmente com algum aparelho de comunicação embutido; por causa da sirene, não consegui ouvir nada do que falava; então, o sorriso cretino dela foi se desfazendo e sendo substituído por um semblante de seriedade; assim que terminou de falar, a mão tecnorgânica dela pegou no meu ombro, eu senti o frio do metal mesmo através da blusa que eu usava; ela olhou bem nos meus olhos, e disse:

– Pelo visto, uma missão de emergência... Quer vir conosco?

– Quê...? – fiz uma cara de interrogação. – Você é maluca? Não quero brincar de rebelde com o seu grupo! Não era para vocês me manterem aqui, longe de confusão??

– Não é uma brincadeira – respondeu ela, ainda mais séria, ajeitando o chapéu –, só não gostaria que você ficasse sozinha aqui neste lugar, vai ficar chateada... – então do nada ela sorriu, com a boca e com os olhos.

Moça, não adianta me tratar como se eu fosse uma garotinha... Há muitas coisas rolando que ainda não saquei, mas não se preocupe, eu vou entender, e vou seguir o meu próprio caminho. Por ora, vou fazer o seu joguinho...

– Claro – disse eu, sorrindo de volta. – Um passeio seria legal mesmo.

**

"Tarde bonita" é pleonasmo aqui em Ketu Três. Acho todos os dias bonitos, o sol quente onipresente, o perfume das flores e as plantas verdes em toda parte, mesmo onde predominam arranha-céus e casas de aço e metal. "Gente bonita" também é um pleonasmo para descrever o povo melaninado ao qual pertencemos, dentre os peles marrons e peles escuras das mais variadas tonalidades, as roupas belíssimas que sempre me deslumbram. Gente, então. Estávamos em mais uma tarde bonita e ensolarada nos subúrbios do Setor 4, numa avenida repleta de gente linda...

... correndo para bem longe, gritando com muito pavor de uma criatura grotesca que flutuava lá no alto – acho que é possível descrever essa coisa como uma gigantesca cabeça de vaca, com corpo de serpente, patas de aranha e asas de pássaro. Havia... penas em todas as partes da criatura... E o bicho ainda mugia medonhamente alto. Sério.

Era a Avenida dos Bugalhos, nalgum lugar do Setor 4, um espaço amplo, chão de terra batida e muitas casinhas tradicionais de barro, onde ocorre a Feira das Bugigangas, na qual se vendem todas as tranqueiras de ferro que se pode imaginar, desde sucata inútil até artefatos tecnológicos de ponta que foram descartados por motivos que ninguém sabe; eu mesma já quis muito passar aqui para comprar peças para os meus inventos, mas meu pai nunca deixou eu vir aqui sozinha, nem nunca teve tempo de vir aqui comigo. Nesta avenida não era permitido carros, só pessoas, animais e um trilhão de bugigangas sendo vendidas nas milhares de tendas espalhadas por toda parte...

...E me partia demais o coração tudo sendo arruinado porque as pessoas tinham de fugir para bem longe do monstro que aterrorizava os céus.

Porém... a princípio, achei que todos estivessem correndo do monstro lá no alto... só que ninguém tava olhando pra cima. Então, percebi que estavam fugindo das próprias pessoas ao seu redor; muitos corriam rindo, gargalhando, enquanto outros choravam, outros ainda urravam e tentavam agredir quem estivesse por perto, mesmo que fossem crianças; enquanto isso, a criatura lá no alto mugia, mugia e mugia bem alto, e as pessoas iam agindo mais e mais de forma bizarra.

— Abafadores psíquicos, agora!! – gritou Nina, exigindo que ativássemos os aparelhos minúsculos atados em nossas orelhas esquerdas – O mugido é um ataque mental que está enlouquecendo todo mundo!

Viemos do esconderijo para cá em segundos, porque um dos rapazes, um dos gordinhos, aparentemente é um teleportador capaz de levar muitas pessoas consigo; acabamos aparecendo no meio da uma confusão, mas outro dos rapazes, o gordo sem camisa, parece-me ter utilizado de poderes psicocinéticos para afastar os mais violentos para longe de nós.

Excetuando aquele meu piripaque lá no Parque das Águas Verdes, do qual lembro pouco, eu nunca na minha vida estive presente em uma balbúrdia tão grande... Tanta gente se ferindo, se machucando... pessoas apavoradas, gritando... Enquanto eu estava absorta olhando tudo aquilo, a líder chamada Nina Onixé, com uma frieza incrível no meio daquela bagunça, começou a gritar ordens para o seu grupo:

– Joana, faça uma varredura telepática, tente acalmar as pessoas de alguma forma; Rodolfo, tente afastar todo mundo uns dos outros, para não se ferirem mais; Alfredo, use a cabeça para criar ilusões que distraiam as pessoas e as proteja de alguma forma, especialmente as crianças; Lourival, teleporte tantas pessoas quanto for possível para quarteirões mais à frente; Jamila, fique atrás de mim. Vão!!

Num piscar de olhos, todos partiram para a realização de suas tarefas; o homem gordo que se chamava Rodolfo ia sobrevoando a área e desfazendo os bolsões de briga, afastando as pessoas que tentavam matar umas às outras; a Joana Adelana, de *black* roxo e shortinho, ia correndo, tocando na cabeça das pessoas e as acalmando; o outro rapaz gordo, um pele preta de macacão marrom, também corria por entre as pessoas e as fazia desaparecer; por fim, o pele marrom magrinho, de nome Alfredo, realizava uns espetáculos de magia ilusória que eu não conseguia dar conta de descrever, mas que conseguia satisfazer o objetivo de tirar as pessoas do perigo.

Enquanto isso, lá no alto, o monstro com cabeça de vaca e corpo de serpente soltava uns mugidos estridentes, como se estivesse frustrado com aquelas quatro pessoas que estavam dispersando o seu rebanho.

Impressionada, apavorada e envergonhada, eu permanecia atrás da Nina, conforme ela havia me ordenado, e de qualquer forma eu não tinha ideia do que eu poderia fazer; no meio de toda aquela confusão, Nina permanecia em pé, de olhos fechados, murmurando palavras, como se estivesse preparando um feitiço...

...até que ela abriu os braços...

...e todos, eu digo *todos* os aparelhos e dispositivos do local ganharam vida! Telefones, aparelhos de som, televisores, máquinas de lavar, geladeiras, máquinas de limpar banheiro... Todas essas bugigangas eletrônicas começaram a se amontoar, peça por peça, formando uma espécie de... robô gigante? Sério??

— Não me olhe assim — disse Nina, de soslaio para mim — Sempre gostei de histórias de robôs arrebentando monstros... Não é coisa da época de vocês, crianças!

Olhei ao redor e percebi que as pessoas foram quase todas dispersas, mandadas para longe e, assim espero, em segurança em algum lugar; os membros do Ixoté estavam visivelmente exaustos, suando muito... pelo visto, o uso de poderes sobrenaturais desgasta sobremaneira a mente e acaba afetando o corpo...

Naquela altura, o pássaro-vaca-serpente-aranha estava furioso, e parecia se preparar para descer e nos atacar fisicamente! Mas... o robô bizarro da Nina, feito com todas as bugigangas e tranqueiras da feira, estava pronto, e era mais alto que muitos arranha-céus; então, o robô-sucata-gigante deu um belo dum murro no monstro!

— Rodolfo! Alfredo! Joana!! — gritou Nina. — Sei que tá todo mundo exausto, mas preciso que o Rodolfo leve a Joana e o Alfredo lá pra cima! Joana e Alfredo! Trabalhem em conjunto na mente da criatura! Rápido, porque não consigo manter meu brinquedo por muito tempo!!

Suando horrores, Rodolfo acatou a ordem e levitou Alfredo e Joana até a cabeça do monstro, que estava sendo imobilizado pelo robô da Nina; com enormes mãos de sucata segurando seu corpo de serpente, a criatura se debatia inutilmente e continuava mugindo, mas não tinha mais pessoas ali vulneráveis a seu ataque mental; então, suando ainda mais que o Rodolfo, Joana e Alfredo tocaram na cabeça da criatura e fecharam os olhos; consegui ver que seus narizes sangravam devido ao esforço; o monstro mugia e mugia e mugia...

... Até que se soltou dos braços do robô da Nina! Alfredo e Joana caíram, inconscientes, mas foram pegos no ar pela telecinésia do Rodolfo, que também mal se aguentava em pé; o robô de bugigangas da Nina também foi se desfazendo, e ela nitidamente se esforçava para não apagar de exaustão. O pássaro-vaca-serpente-aranha ficou olhando lá do alto...

...E aí deu as costas e saiu voando. Sem fazer mais nada. Saiu voando e foi embora. Foi na direção dos Setores 3, 2 e 1... Acho que saiu da cidade. Saiu voando para bem longe e pronto.

Eu fiquei ali piscando, sem acreditar no que tinha visto; nessa de piscar, quando dei por mim, estávamos todos de volta ao esconderijo dos Ixoté; o Lourival então desabou e desmaiou com esse último esforço de nos trazer todos de volta; o Rodolfo aproveitou a deixa também para cair no chão e tirar uma soneca. Somente a Nina permanecia consciente e, com muita dignidade, caiu de bunda no chão, arfando de cansaço. Eu também estava consciente, lógico, já que não tinha feito nada... mais uma vez, inútil!

– ...Viu? – disse Nina, com dificuldade. – É isso que fazemos. É para isso que serve este "grupo rebelde de jovens criminosos"...

Eu só olhei para baixo, rosto corado de vergonha.

– Mas o que... – consegui balbuciar, depois de um tempo – o que foi tudo aquilo?! Por que você me levou?? O que foi...? Não entendi nada! Mas... O que está acontecendo?? Aquele monstro...! O que é?! Por que aquelas pessoas...?! O que que...!? Quem...!?

– Muitas perguntas! – disse Nina, arfando. – E eu vou desmaiar em breve. Só dá pra responder uma... Escolha!

Fiquei olhando para a Nina, exausta, suando muito. Então é isso que acontece quando se abusa dos próprios poderes... Todo mundo do grupo Ixoté detonado... ter Devia haver mais de mil pessoas naquele lugar! Então é isso que acontece comigo também, quando caio no sono após... Foco, Jamila, foco! Ela vai desmaiar! Pergunte, pergunte...

– Por que aquele monstro assumiu aquela forma que ninguém, além de nós, conseguia ver?

A Nina abriu largamente um sorriso.

– Realmente é esperta... – arfou ela. – Uma pergunta que vale por todas. Pois bem. Aquele ser invisível é um espírito malévolo artificial, é um *ajogun* criado por seres humanos. Assumiu aquela forma porque... é uma criatura espiritual criada com várias almas... sentimentos negativos... extraídos à força de pessoas... testes realizados na própria população... aquela forma é... uma criatura mitológica... um pássaro maléfico das...

Nina estava fechando os olhos, estava se calando; no desespero da ansiedade, eu já estava em cima dela, chacoalhando-a pelos ombros.

– Acorda, Nina! – exclamei. – Pássaro maléfico de quem? Quem fez aquela criatura? Com qual finalidade? Como evitamos que façam mais desses monstros??

– Ué... – disse Nina, com a respiração pesada – você quer fazer parte do nosso grupo...? – ela abriu aquele sorriso cretino que detesto. – Era só uma pergunta... mas... deve ser coisa da... Olasunmbo... para recriar... a...

De novo, senti um arrepio ao ouvir o nome Olasunmbo. Por quê?

Acabei soltando os ombros da Nina, que finalmente perdeu os sentidos. Ali no chão de ferro e folhas da sala principal, em meio às folhas e flores e paredes de metal da base, estavam os cinco membros do Ixoté, inconscientes, dormindo, exauridos após utilizar o máximo dos seus poderes para salvar pessoas que nem conheciam de um monstro terrível que estava arrasando tudo...

...Enquanto eu apenas me sentava agarrando meus joelhos, recolhendo a minha insignificância.

Acabei percebendo que queria muito voltar à minha vida normal de jogar *game* com o meu pai...

"Julgar apressadamente o que não conhece é nada mais que um atestado da sua estupidez."
– Fala atribuída à Venerável Mãe Presidente Ibualama para um jovem e arrogante filho de Oxóssi.

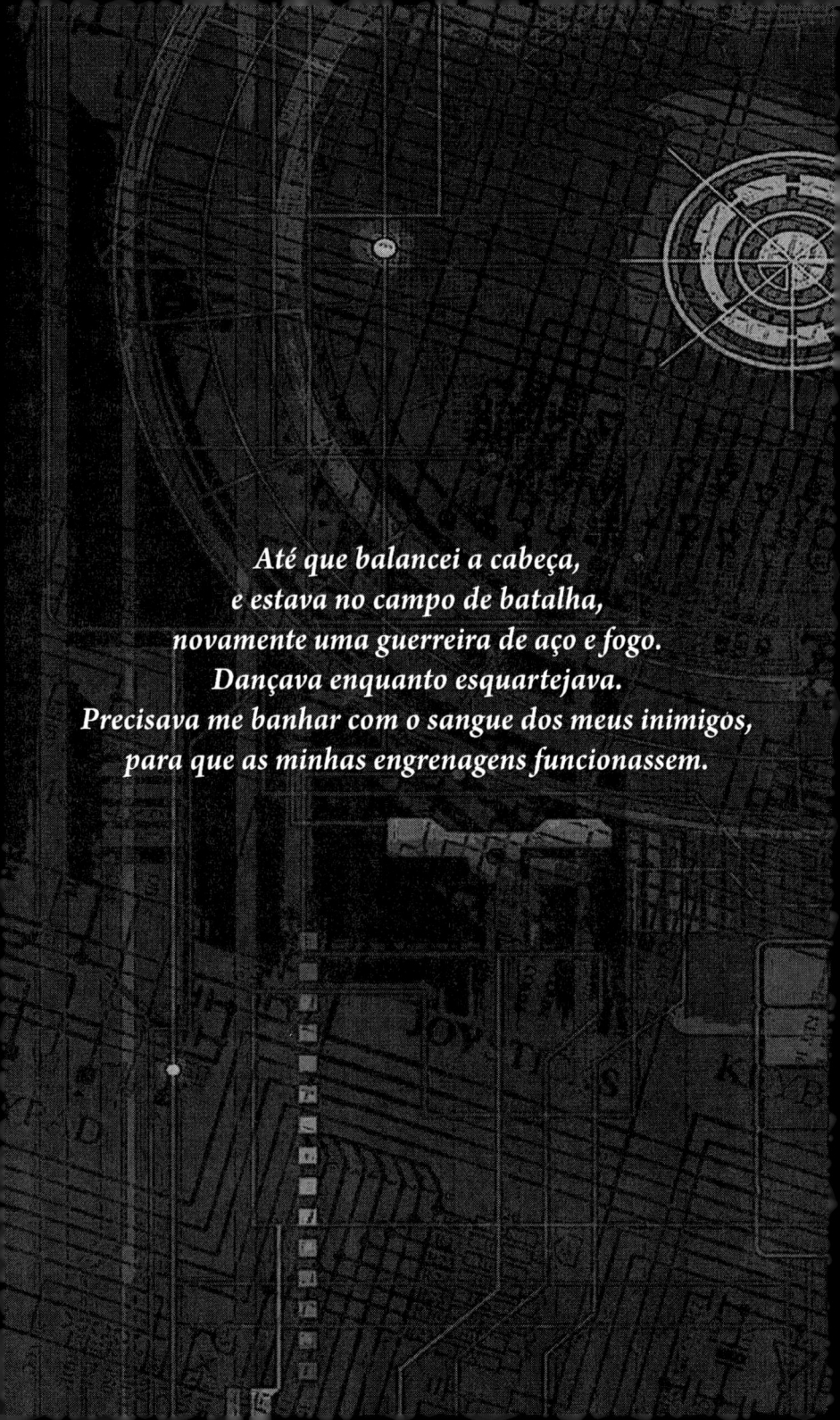

*Até que balancei a cabeça,
e estava no campo de batalha,
novamente uma guerreira de aço e fogo.
Dançava enquanto esquartejava.
Precisava me banhar com o sangue dos meus inimigos,
para que as minhas engrenagens funcionassem.*

16. Pai

Acabei percebendo que queria muito voltar à minha vida normal de jogar *game* com o meu pai...

– Jamila! Bora jogar, minha filha! Tô em casa!!

Já falei do meu pai? Senhor Agenor Olabamiji, homem alto, musculoso. Trabalha em três empregos como pedreiro. Um pele marrom, rosto sério; parece de poucas ideias, mas, na verdade, é "Jamila!", "Jamila!", "Jamila!" toda hora!

– Vamos jogar *videogame*, filha!!

Era um Ojô Aiku chuvoso, desses torrenciais mesmo, não dava pra passear no parque, nem ir pra estádio ver futebol e muito menos ir pro samba; então, era nós dois na sala, nosso sofazinho simples de tecido colorido, a televisão retangular modelo antigo, vários dos meus robozinhos espalhados no chão, chuva lá fora fazendo aquele barulhão, mas não importava, era hora do jogo com o meu pai!!

– Caramba, filha! Cê não alivia nem com o papai!!

Senhor Agenor Olabamiji, um cara comum do Setor 5 de Ketu Três, suburbano padrão, desde que me lembro por gente gosta muito de jogar *videogame* comigo!

Há duas coisas no meu pai que ainda hoje me intrigam: 1) não sei seu nome de solteiro; Olabamiji é por causa da minha mãe, porém, não sei qual é o nome dele antes de se casar, nunca consegui acessar esses arquivos, mesmo com os meus dispositivos *hackers* mais avançados! 2) desconfio de que o meu pai finge ser um cara bronco... porque, na real, ele é bem esperto; afinal, um homem tem que ser muito sagaz pra conseguir me vencer no *videogame*!

– Ai, filha! O papai quase te pegou nessa, hein? Opa, calma, calma!! Perdi de novo...

As mulheres naturalmente governam nosso mundo, pois somos um povo matriarcal, desde nossa origem no Continente Original. Nossas mais velhas nos ensinam que a nossa hierarquia tradicional não se dá por ser mulher ou homem, e sim por quem é mais velho ou mais novo. Ainda assim, nós, as mulheres do povo melaninado, estamos no topo da sociedade, no comando das maiores empresas; somos as maiores artistas e cientistas, as maiores celebridades, as grandes atletas. Somos as mães, as que geram vida, ora essa! Os homens são nossos companheiros, exercem as mesmas funções, em sua maioria.

Eu, sinceramente, sempre achei os homens estúpidos pra caramba, de forma geral – que os ancestrais me livrem de um mundo governado por homens...

– Opa! Consegui! Dessa vez o papai venceu, filha!!

Por isso, pra mim era incrível que o meu pai conseguisse me ganhar no *videogame*!

Estávamos jogando um *game* de luta naquele dia, estávamos pau a pau, mas é óbvio que eu tinha mais vitórias. Os dias em que eu jogava com o meu pai eram poucos e raros; por isso, eu valorizava demais... Nós dois na sala, lado a lado, controles na mão, poucas palavras, nos conectando por meio do jogo. Meu pai sempre foi de exclamar muito e, na verdade, falar pouco; então, aquele era nosso momento de pai e filha. Fosse num *game* de luta, aventura, RPG ou de destruição de alienígenas pálidos que queriam escravizar o mundo, a gente trocava altas conversas só apertando loucamente aqueles botões... e as exclamações obrigatórias de papai.

– Vai, vai, vai! Quase consegui, caramba... Vai, vai... Ah! Tomei de novo... Minha filha é a melhor jogadora do mundo, não tem jeito!

Sim, eu jogo melhor que qualquer pessoa que eu conheça, estou no nível das maiores jogadoras profissionais. Óbvio. Ninguém era capaz de me acompanhar, nem mesmo a Fernanda... mas o senhor Agenor conseguia.

— Venci de novo! Venci da maior jogadora! Eba!!

Tem que ter muita habilidade para coordenar os movimentos! Apertar os botões na hora certa. Prever os movimentos do oponente. Fazer a combinação de comandos na hora mais crítica. Por isso que sou imbatível nos jogos de luta! Mas meu pai, naquele dia, conseguiu me encarar de igual pra igual... Ele também me acompanhava naqueles jogos de aventura mais intensos, de correria desenfreada, que exigiam atenção, raciocínio rápido! Mesmo quando eu aumentava a dificuldade para níveis insanos, ainda assim tava lá o seu Angenor me desafiando. Como podia??

— Filha! Adorei jogar contigo mais um dia! O tempo passou rápido, já escureceu e até a chuva já passou! Mas vou ter que ir dormir agora, porque o papai precisa acordar cedo para trabalhar...

Esse era o momento que mais me entristecia, o fim da jogatina... A ausência dele me deixava chateada, mesmo eu sabendo que era pra garantir o máximo de qualidade de ensino que ele podia me dar. Eu amava demais aqueles dias de *videogame*...

O engraçado é que esse meu pai, que geralmente só exclamava bobagens sem importância, naquele dia, antes de dormir disse:

— Nunca mostre o seu maior trunfo; mas, se for pra mostrar, então que tenha um trunfo maior ainda.

Qual será o grande trunfo que estou escondendo de mim mesma?

*Meu corpo é uma máquina de guerra,
um instrumento de morte capaz
de mutilar qualquer coisa.*

17. Distúrbio

Qual será o grande trunfo que estou escondendo de mim mesma?

Estou realmente escondendo meu verdadeiro potencial ou sou uma fraude que se acha alguma coisa?

Por quantos dias mais terei de permanecer confinada neste buraco dos Ixoté??

Quando abri os olhos, olhava pra um teto metálico, num quarto minúsculo; mais parecia uma cela; não tinha nada além duma cama de ferro e uma televisão simples na parede. Ah sim, lógico, havia vasos de plantas, uns quatro. Era a imagem superempolgante desse aposento que estava servindo como meu quarto fazia dias ... desde que me juntei a essa célula de jovens rebeldes criminosos. Ainda não consegui falar com o meu pai, nem com a Fernanda. Sabe, é muito estranho eu ficar me referindo só a esses dois como se fosse tudo o que eu tenho, já que a perspectiva da nossa sociedade é de famílias grandes! Muitos filhos! Muitas tias e tios! Por que será que eu só tenho o meu pai ... ? Por que será que não tenho irmãs e irmãos? Se esses rebeldes aqui com os quais tenho sido obrigada a conviver acham que serão alguma espécie de família para mim, estão enganados!

– E nem ouse ler a minha mente, viu?? – exclamei para a Joana, que estava bem na minha frente.

O dia a dia naquele lugar era bastante monótono; acordávamos todos cedo, pelo menos quem tinha dormido na base; era bem raro estarem todos os cinco lá, já que frequentemente alguém estava fora nessas tais missões; sempre ficava alguém na base comigo, quase sempre a Nina ou essa Joana; somente aquela vez do monstrão gigante, logo nos meus primeiros dias aqui, que saímos todos juntos. Mas então. Acordávamos cedo, e íamos realizar os *orikis* para os ancestrais e os Orixás de cada um – isso me surpreendeu, porque achei que fossem rebeldes contra as tradições; cantar *oriki* pela manhã infelizmente muita gente não faz mais hoje em dia, eu mesma me esquecia várias vezes... Enfim; depois, tomávamos um desjejum simples de frutas, biscoitos, suco, ovos, nada demais; aí, ia cada um para os seus afazeres, quase sempre longe daqui; eu, como já disse, ficava sob os cuidados ou da Nina ou da Joana, para ser entretida... já que eu me recusava a absorver a maioria das bobagens que me passavam.

Hoje era o dia da Joana. Estávamos as duas sentadas frente a frente, na mesa da sala. Ninguém estava lá naquele dia, só eu e ela. Eu não gostava de ficar com ela porque sempre parecia que ela estava querendo sondar a minha mente... certo, eu não gostava de ninguém ali, tanto faz.

– Você não gosta mesmo, ou se esforça para convencer a si mesma? – perguntou Joana.

Aí, de novo.

– Você é muito irritante, moça! – eu disse, tentando não me exaltar. – Já disse pra não ler a minha mente!

– Seus pensamentos gritam... – disse Joana, com gravidade. – Às vezes, gritam tão alto que sobrepujam os abafadores psíquicos. Tudo bem, não estão ligados no máximo, e a Nina precisa sempre aprimorar os aparelhos... Mas tente não deixar tão evidente o que está pensando. Vivemos um mundo perigoso.

– Perigoso para vocês, que são criminosos – retruquei, colocando a mão no queixo.

– Faz tempo que você não pensa mais assim – disse Joana, enquanto tamborilava os dedos em cima da mesa. – Mais precisamente desde que nos acompanhou naquela missão. Você viu o que realmente fazemos e por que nos arriscamos tanto.

Eu era realmente uma criaturinha teimosa e uma péssima perdedora.

– E daí?? – falei. – Não me impressiona nem um pouco!

— Também gosto de você, Jamila – disse ela, sem se alterar… Mas meu rosto corou de um jeito medonho que me deu vontade de sumir para sempre.

Joana Adelana; muito linda, *black* roxo, blusa larga, shortinho, um jeitinho meio meigo, meio rude, meio típico de quem é filha de caçador; filha da orixá Otim, por sinal. Ela me causou um encanto logo à primeira vista, e eu jamais admitiria tal coisa para uma pessoa dessas… mas era inútil. *"Eu causo esse efeito nas pessoas, você não está traindo ninguém"*, disse ela, certa vez, na minha cabeça. Por isso que não gosto dessa gente que lê mentes… Joana é uma *emi ejé* que possui o dom de sintonizar com as ondas eletromagnéticas do pensamento, e estabelecer um canal entre as mentes; em outras palavras, ela é uma telepata.

— E as empresas de segurança? – comecei a falar, para mudar de assunto e recuperar um pouco do que tinha restado da minha dignidade. – A Aláfia Oluxó, que prontamente se apresentou para me neutralizar, quando tive o meu… ataque… lá no Parque das Águas Verdes, mas nenhum sinal deles quando apareceu aquele monstro na Feira das Bugigangas… Por que isso?

Joana se recostou na cadeira, ajeitou o *black* de forma casual, mas, aos meus olhos, parecia provocativo, e com certeza ela sabia isso, o que me enervava ainda mais; então, ela disse:

— As empresas de segurança não existem para garantir o bem-estar da população – disse Joana, com calma. – As empresas de segurança existem para eliminar ameaças aos interesses das Corporações…

— E que interesses seriam esses? – perguntei.

— Nós já falamos disso com você – respondeu Joana, olhando bem nos meus olhos –, mas você não prestou a atenção.

— Ah tá… – tentei me fazer de sonsa. – Poderia me repetir? Acho que acabei me distraindo…

— Não – disse Joana.

O quê?

– Vou assistir a uns desenhos – disse Joana, se levantando. – Por que surpresa? Acha que vivemos à sua disposição?? – ela então ficou olhando nos meus olhos. – Você entendeu muito bem o que fazemos aqui. Você sabe muito bem a sua situação e os motivos pelos quais está aqui. Até quando vai bancar a garotinha teimosa? Se quiser, pode se retirar, porque temos mais o que fazer; se não, você já sabe onde pode encontrar, sozinha, as respostas das perguntas a que já respondemos...

Eu arregalei os olhos. E não falei nada, porque não tinha nada que eu pudesse dizer...

– Até mais – disse ela, abrindo a porta de aço para sair da sala. – Quando tiver terminado de encontrar o que queria, pode ir ao meu quarto assistir a desenho comigo, se quiser.

Meu pai Ogum, conceda-me paciência, dá vontade de esmurrar essa moça!

***

A Joana sabia muito bem o que eu ia fazer para obter as respostas que eu queria: fui *hackear* o sistema. Ela praticamente me convidou a isso, quando foi assistir a desenhos no seu quartinho, e a Nina não estava lá para interferir. Certo, farei seu joguinho então, Joana, porque a minha curiosidade está me esfolando viva...

Sentada na cama deste meu quarto da base, apenas com o meu pequeno celular em mãos, estava eu tentando adentrar nas profundezas dos bancos de dados dos *Ixoté*. Invadir redes é um divertimento irrelevante pra mim, dada a facilidade; no entanto, encontrei um desafio à altura no intelecto da Nina, com seus sistemas repletos de *firewalls* impenetráveis, senhas aleatórias e vírus autorreplicáveis...

Além disso, as máquinas amam a Nina! Os computadores, os dispositivos, os mecanismos em geral, todos obedecem a ela sem maiores resistências. Como é que funciona isso? É simplesmente o dom da eletrocinese? O que é esse poder? "É o dom de conversar mentalmente com os computadores e sistemas eletrônicos por meio da interação direta com o eletromagnetismo espiritual das máquinas", diz um artigo aqui que encontrei na rede. Creio que seja mais complexo que isso, na verdade. É um bate-papo entre a alma da Nina e os espíritos máquinas? Os dons sobrenaturais são interações entre os espectros eletromagnéticos que permeiam todas as coisas? Isso significa que um poder sobrenatural é uma interação mais severa com o tecido existencial do mundo? Estamos falando de manipulação direta da própria realidade??

Divagações que não interessam agora, pois comecei a achar coisas interessantes aqui.

Os *Ixoté* atuam em células – grupos de três a seis pessoas no máximo. Nesta célula na qual me encontro, são os cinco que já conhecemos, ou seis, se contarem comigo... aff. Parece que há outras células *Ixoté* em outras partes de Ketu Três, mas não são conectadas em rede, não se comunicam; por isso, não consigo acessar qualquer informações de outras células... certo, vamos para a próxima.

Apesar de todas as proteções e becos sem saída, acabei encontrando alguma coisa aqui sobre o passado da Nina e do João Arolê; foi difícil, mas, ao mesmo tempo, fácil, se pensar que os demais dados são simplesmente inacessíveis até para as minhas capacidades. Será que ela deixou aqui de propósito para que eu achasse?

Me sinto manipulada, isso me incomoda; porém...

O passado desses dois, estou vendo aqui uns arquivos... sequestrados desde crianças? Inscrição compulsória na "escola para jovens superdotados"; "programa de incentivo ao jovem espiritualmente talentoso"; sessões de treinamentos; privações, castigos, doutrinamento... mas... Que bosta é essa? "Forças especiais, esquadrão de supressão"; "missões confidenciais de altíssima periculosidade" ... Nomes, datas, alvos... Nina e Arolê foram obrigados, desde pequenos, a *matar pessoas*?? Esquadrão de jovens assassinos?

Que perversão é essa? E os nossos valores tradicionais? A Mãe Presidente Ibualama sabe da existência desse órgão pavoroso? Como os ancestrais permitem uma coisa dessas??

Estou quase chorando, lendo esses arquivos, quase aos prantos... Vou me encolhendo na cama, enquanto passo o dedo pelo celular... Por isso que esses dois são meio... Então é isso que fazem com *emi ejé* "selvagens"...? É assim que chamam os *emi ejé* que nascem ao acaso, fora das linhagens nobres... Selvagens... então, somos animais, é isso? Para a elite de Ketu Três, nós não passamos de bichos, é isso??

Pelo amor dos ancestrais... Acho que... quero abraçar a Nina... até mesmo o João Arolê...

"Quem procura, acha!", dizia o meu pai. Pois é...

Pior que tem mais aqui, não consigo parar de ver... outros "programas de incentivo" para determinadas categorias da população... Mas o quê...? As farmacêuticas? Olha isso... Remontagem de partículas espirituais fragmentadas... Experiências com entidades fantasmagóricas... Alta concentração de energias corrosivas... deve ser a criação de espíritos maléficos que a Nina falou! Bateria de testes... na população do Setor 4? Setores 3, 2 e 1?? Absurdo! O pessoal do subúrbio é descartável, é isso?? Peraí, tem nomes aqui... farmacêutica... Olasunmbo...

...de novo, esse nome...

...e tem mais. Coleta de material espiritual-genético... extração de cérebros?? Extração de almas? Psicogenética... Psiborgues? Pessoas inocentes transformadas em monstruosidades biotecnológicas? Ah, não dá... não dá... Mas que raiva! A Mãe Presidente sabe dessas coisas todas?? Não dá... eu quero... quebrar...

...Começo a tremer na minha cama... celular começando a rachar nas minhas mãos...

...Calma, respira...

...Porque tem mais.

Olha isso... Duplicação de essências espirituais... Peraí, clonagem?? Clonagem de organismos humanos? Clonagem de almas?? Estão falando sério? Mas o que que são as Corporações, afinal...? Deixa eu ver se consigo ver mais sobre esse programa de clonagem... Não estou acreditando... Subespécies de vegetais psíquicos... Seres com telepatia vegetal... Humanos artificiais?? Criados do nada? Criados em... tanques com líquidos de borbulhas verdes? Pera, aqui não diz nada sobre "borbulhas verdes", então como eu sei disso...?

Borbulhas... leito frio... bisturis... Olasunmbo...? O quê? Lembranças de...?

Calma... Isso não tem a ver comigo. Concentre-se na leitura!

Aqui, achei mais coisa sobre esse tal programa de clonagem e criação de humanos artificiais, que absurdo... Codinome "Maria". Maria? Uma série? Maria... Eu já não ouvi esse nome...?

Ai, que susto! A televisão do quarto ligou sozinha. Assim do nada! Quase que dei um pulo até o teto... Deixei o celular cair... Agora que a pesquisa está esquentando! Preciso saber mais...

...Mas o quê...? O que é isso que tá passando na TV?

– *...e estamos aqui ao vivo na casa empresarial* Akosilé Oju *com o jovem que está revolucionando tudo o que conhecemos por tecnologia! Sim! Este jovem brilhante foi capaz de criar um aparelho que pode resolver um dos maiores problemas relacionados à regulação da energia que move nossa tecnologia espiritual...*

...O quê?

– *Sim! Esse jovem inteligentíssimo criou o que ele chama de R.E.P.E. – Regulador Eletrolítico de Partículas Espirituais. É simplesmente brilhante! Ninguém nunca fez nada igual! Então, com a palavra, o superbrilhante jovem inventor, Ogã Analista da Akosilé Oju, Pedro Olawuwo!*

HÃ?!

– *Obrigado, obrigado. Estou apenas cumprindo o meu dever como cidadão de Ketu Três. Minha habilidade abençoada pelos espíritos, em prol* da nossa comunidade. Sim. É com prazer imenso que compartilho uma das minhas maiores invenções com todos vocês...

Meu... R.E.P.E...?

Treme treme treme...

Minha... invenção...

Treme treme treme...

Tanto trabalho... tantas noites... dias... tanta pesquisa... tanta sede de reconhecimento... tanto esforço... e ele... ele... simplesmente... me roubou... e recebe... todos os créditos... da minha criação... minha... meu R.E.P.E... como... como ousam...?

Tudo tremendo...

Como ousam?!

Tudo treme treme treme...

... a Nina e a Joana entram correndo no quarto...

... mas... é tarde...

... Ódio ódio ódio ódio...

Olawuwo! *EU VOU TE MATAR!!!*

"A fúria de Ogum destrói tudo, sem exceção."
– Venerável Mãe Presidente Ibualama durante pronunciamento no Dia do Guerreiro.

Eu existia para conquistar novos territórios para Ogum, para expandir seus domínios e submeter seus opositores à sua vontade.

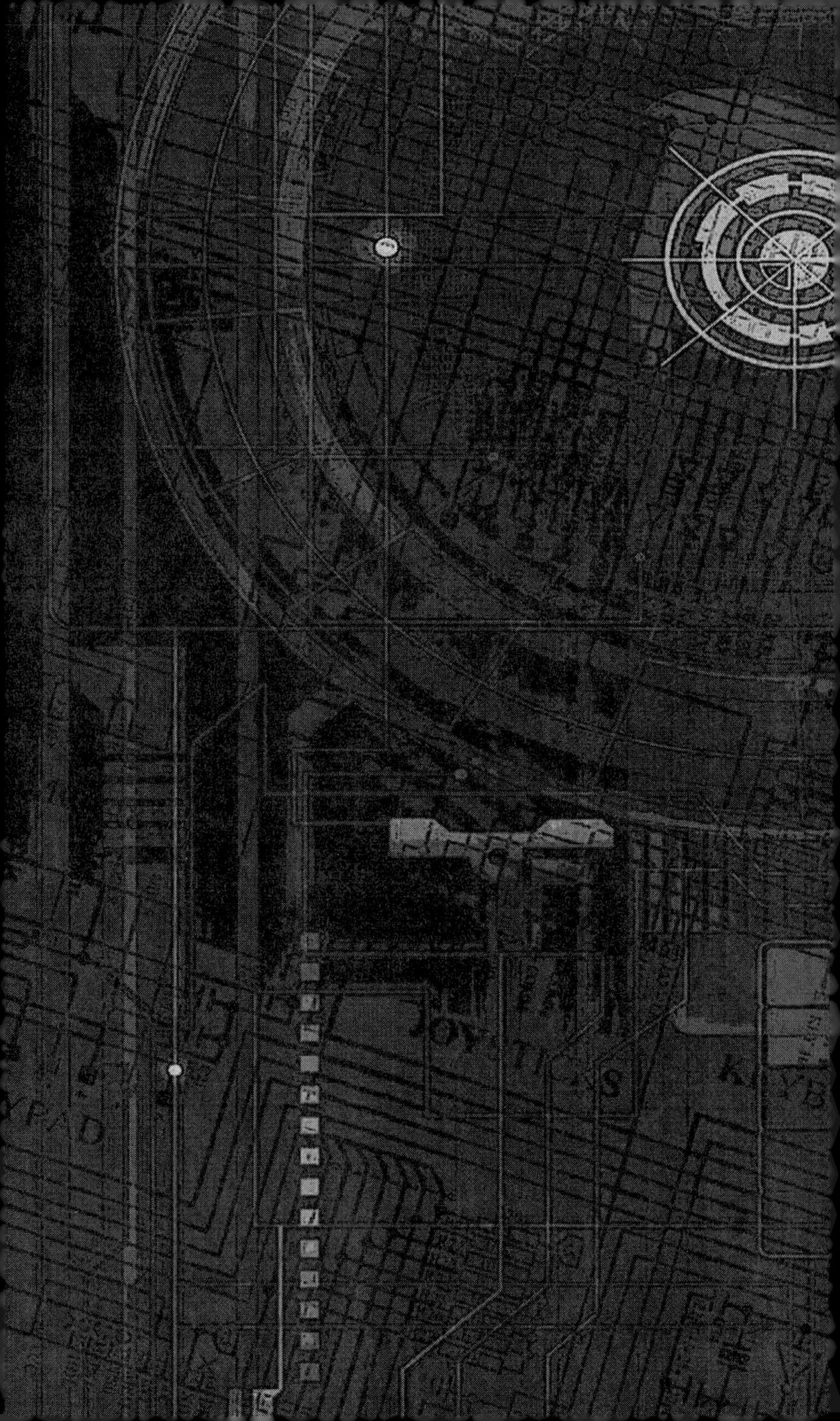

18. FÚRIA

EU VOU TE MATAR!!!
Vou te matar! Vou te matar! Vou te matar!
Sai da minha frente! Sai!!! Vou matar o Olawuwo! Sai!!!
Vou quebrar todo mundo que tiver no meu caminho!!!
Por que cês deixaram ele me roubar? Por que cês deixaram?! Seus desgraçados! Tá tudo errado! Tudo errado! Quem ele pensa que é?! O que cês pensam que são?! Vou acabar com vocês! Vou quebrar essa merda toda! Sai da minha frente! Vou quebrar tudo!! Sai daqui!!

Tudo errado! Essa merda de cidade! Cês roubam os outros! Cês fingem que tá tudo bem! Deixaram ele me roubar!

Lixo de sociedade!! Sequestram pessoas! Torturam crianças!! Empresas desgraçadas!!

Vou arrebentar todo mundo!!

Eu grito! Grito grito grito grito!! Ouçam o meu grito!!!

Todo mundo morre de medo! Todo mundo cai tremendo de medo quando eu grito! Medrosos desgraçados! Odeio todos vocês! Odeio!! Vou arrebentar todo mundo!!!

Odeio vocês! São todos burros!! Todos!!! Todos mais burros do que eu!! Não criam nada, não fazem nada! Nada!! São medrosos, são covardes!!! São dominados, são explorados!!! São torturados!! Não fazem nada pra mudar!!! Ficam adorando celebridades!!! Não tentam se superar!!! Ficam adorando outros! Não fazem nada!!! Seus burros desgraçados!!! Odeio! Odeio!!!

Torturadores de crianças!! *Desgraçados!!!*

Quebro tudo! Arrebento! Soco no chão! A rua se parte ao meio!! Soco no prédio! O prédio desaba!! Fracos! Ridículos!! Vou arrebentar tudo!! Vou quebrar todo o mundo!!!

Quero partir o mundo ao meio quero partir o mundo ao meio quero partir o mundo quero partir o mundo quero partir o mundo quero quebrar tudo!!!

Ai! Homenzinhos ridículos! Para de atirar!! Não dói, seus merdinhas!! Não dói!!! Suas arminhas, seus tanquinhos!! Nada dói!! Um chute! Mando vocês pra longe!! Outro chute! Destruí seu tanque!!! Um socão no chão! Cês beijam a pista!!! Sai daqui homenzinhos!!! Sai daqui!!! Quebro tudo!! Quebro essa merda toda!!! Arrebento todos vocês!! Odeio todos vocês!!!

Seus miseráveis!!! Ladrões! Assassinos! Torturadores!! Odeio essa merda de cidade maldita!!! Odeio todos vocês!!! Vai todo mundo morrer!!! Vou arrebentar o Olawuwo!!! Vou arrebentar todos vocês!!!!

Quero quebrar tudo quero quebrar tudo quero quebrar tudo tô com muita raiva quero quebrar tudo tô com muita raiva, quero quebrar tudo odeio todos vocês quero quebrar tudo odeio todos vocês quero quebrar tudo tô com muita raiva tô com muita raiva quero quebrar tudo quero quebrar tudo tô com muita raiva muita raiva muita raiva quero quebrar tudo quebra tudo quebra tudo quebra tudo muita raiva raiva raiva quebrar tudo quebrar quebrar quebrar odeio todos vocês odeio odeio odeio quebrar tudo muita raiva odeio todos vocês odeio vou quebrar tudo odeio vou quebrar tudo desgraçados odeio odeio vou quebrar tudo odeio desgraçados quebrar tudo vou quebrar tudo odeio odeio odeio odeio odeio odeio odeio odeio odeio!!!!

Ai!! Homenzinho braço metálico! Ai, ai, ai! Não me atrapalha! Sai daqui, seu merdinha! Odeio você também!! Fraco, ridículo, seu merda!! Para de ficar aparecendo, para de ficar desaparecendo! Para de trapacear!! Sai daqui! Sai daqui!!!!

A mulher que fala com máquinas! Donde cê veio? O que você quer?? Para de atirar!! Eu não odeio você! Agora odeio!! Para de atirar, tá me incomodando!! Vou atrás de você, vou arrebentar teu *skate* voador!!

Homenzinho braço metálico! Mulher que fala com máquinas! Dois fracassados!! Escravos das empresas!! Torturados! Dois fracassados!! Vou arrebentar todo o mundo!!

Cai! Cai tudo! Cai tudo! Quebra tudo!!

Pulando pros prédios! Soco no prédio! É pra cair! Chute no vidro! É pra estourar tudo! Para de atirar em mim, faladora das máquinas! Braço metálico! Vou enfiar tua lança na tua bunda! Cai tudo! Quebra tudo!!! Cai!!!!!

Odeio! Odeio muito!! Odeio, seus merdas!! Olawuwo! Vou te matar!! Olawuwo, culpa é toda sua!! Cadê você, Olawuwo?! Cadê você, seu merda covarde?!?! Cadê, seu merda!! Vou te arrebentar!! Vou te partir em pedaços, membro a membro, vou estourar todos os teus ossos!! Tudo isso é culpa sua, ladrão miserável!! Seu covarde!! Por que roubou?! Por que me bateu?! Por quê?! Vou te arrebentar!!!

Vou te quebrar seu desgraçado vou te quebrar seu desgraçado vou te quebrar seu desgraçado vou te quebrar seu desgraçado vou te quebrar seu desgraçado vou te quebrar seu desgraçado vou te quebrar seu desgraçado vou te quebrar seu desgraçado vou te quebrar vou te matar vou te quebrar vou te matar vou te quebrar vou te matar vou te quebrar vou te matar vou te arrebentar!!!

Pai!! Cadê você, pai?! Por que me deixa sozinha!! Tô sofrendo!! Pai, me ajuda!!! Vou quebrar tudo!!!

Fernanda!!! Fernanda!!!! Me ajuda!!!!!

ODEIO TODO O MUNDO!!! ODEIO TODO O MUNDO!!! VOU ARREBENTAR ESSA MERDA DE CIDADE!!! ODEIO TODO O MUNDO!!!!!

Senhora Lua! Por que odeio tanto?!! Por que tenho tanta raiva?! Odeio odeio odeio!! Tá tudo errado! Por que o mundo criou o Olawuwo?! Por quê, Senhora Lua?!

Odeio toda essa merda!!! Fernanda, me ajuda!!! Por que me deixou sozinha?!!! Cadê meu pai?!! Cadê meu pai!!! Odeio toda essa merda!

Sai daqui! Homenzinho metálico! Sai daqui! Sai daqui! Faladora das máquinas!! Não me atrapalhem!! Vou destruir tudo!!!!

Senhora Lua! me ajuda!!! Os espíritos!!! Vejo tudo!!! Os espíritos!!! O ódio! O ódio vem de mim!!! Os espíritos de ódio!!! Os espíritos de poder! De raiva! De ódio!!! Vêm tudo de mim!! Não vêm do Olawuwo! Não vêm da Senhora Lua! Vêm de mim!! Ódio!! Ódio!!!!!

VOU QUEBRAR TUDO!!!!!!

Vou quebrar tudo porque no fundo quem eu mais odeio sou eu mesma...

*Sou uma arma, uma ferramenta,
um receptáculo para a existência
do maior guerreiro que já pisou nesta terra.*

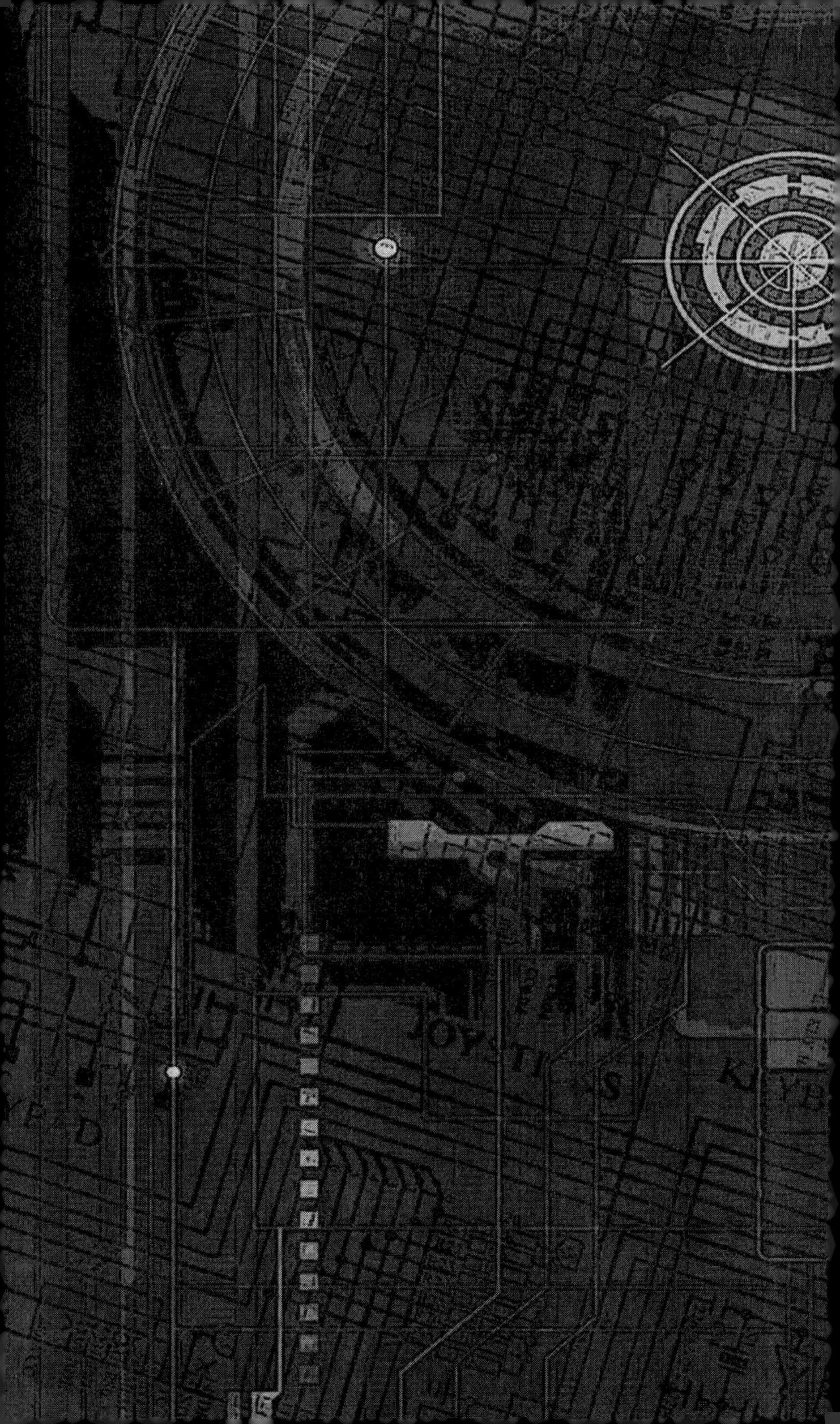

19. Borbulhas

Vou quebrar tudo porque no fundo quem eu mais odeio sou eu mesma...

...porque eu realmente não deveria estar aqui...

...talvez eu estivesse lembrando.

Tudo borbulhou... Flutuando no líquido verde. Era verde, tudo verde verde verde. Líquido espesso... melequento... borbulhando...

Eu flutuava. Inerte. Eu estava flutuando no verde.

Cabos. Enfiados. Nas minhas entranhas.

Vitaminas e nutrientes. Compostos eletroquímicos.

Borbulhando. Tudo borbulha.

Verde verde verde...

Criação. Eu estava sendo criada...

Meu corpo. Não era um corpo. Era uma célula. Que se dividiu em mais células. Em outras. Várias.

Criação. Crescendo crescendo crescendo...

O verde tinha limite. Parede. Vidro. O limite do meu mundo de meleca verde. Parede. Vidro ao meu redor. Tubos. Parede.

A meleca esverdeada era o caldo primordial. Eu nasci da gosma de onde vieram todas as coisas...

Não. Nós viemos da lama da Dona Nanã. E fomos moldados por Pai Oxalá em pessoa...

Então, o que era essa meleca verde? Para que esses tubos? Por que essa parede de vidro??

Pessoas. Me olhando. Seres que não eram eu. Seres que cresciam normalmente...

Não consigo ver. Porque tudo borbulha verde. Borbulhando...

Eu não sou normal? Estou crescendo. Rápido rápido rápido...

Ela está me vendo. Sempre. Ela. Jaleco branco. Batom vermelho. Olhar sinistro...

Estou delirando. Porque é tudo verde. Verde verde verde...

Tudo borbulhando. Fervilhando. Está tudo verde verde verde...

Eu fui criada. No caldo primordial de meleca verde...?

Eu sou... uma pessoa...?

Não sei...

Mas, tenho certeza: eu não deveria ter nascido...

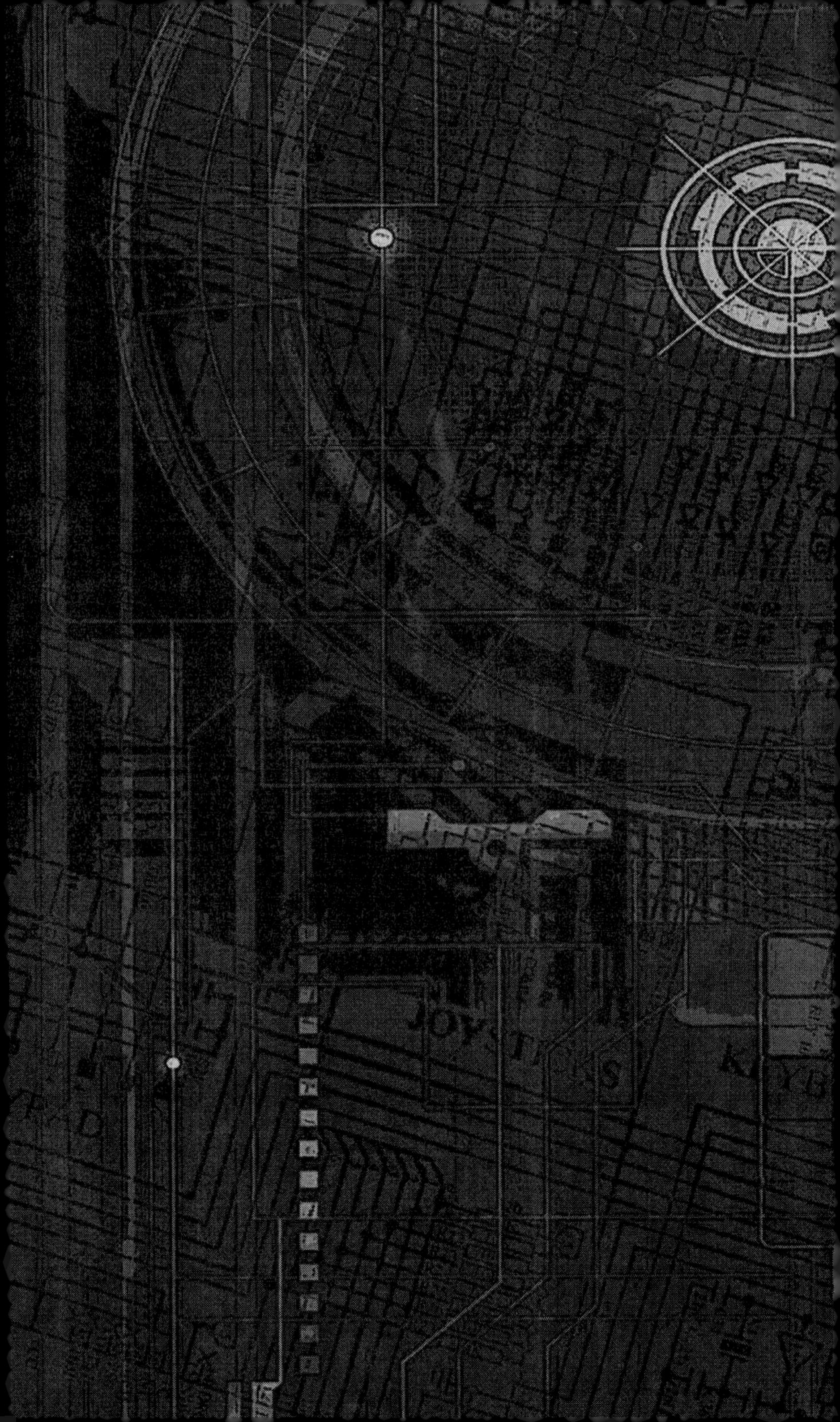

*A vontade dele é o meu próprio desejo
de dominar tudo e reinar firme
sobre a terra em que piso.*

20. Tristeza

Mas, tenho certeza: eu não deveria ter nascido...

Pareço uma garotinha ridícula chorando no canto da sala, me lamentando feito uma palerma.

Me desculpe. Como devo proceder? Se você destrói boa parte da cidade em menos de 10 minutos, como é que deve se sentir?

O que acontece agora?

"Vamos conversar", disse Joana, dentro da minha cabeça. Joana Adelana, a linda do cabelo roxo. *O dom de sintonizar com as ondas eletromagnéticas do pensamento e estabelecer um canal entre as mentes*, foi como eu havia descrito o dom dela, se não me engano.

Estávamos somente as duas, novamente, sentadas em cadeiras... não, eram sofás coloridos, azuis, verdes, vermelhos, numa sala ampla, de paredes amarelas e lilás, bem vistosa mesmo. Havia bonequinhos de pelúcia espalhados por todo o canto... pareciam os personagens dos jogos de luta de que eu tanto gostava. Joana estava bem na minha frente, vestindo saia e uma blusa larga, ambas brancas, com o *black* roxo preso num coque; ela se encontrava bem à vontade, afundada no sofá multicolorido. Olhava fixamente para mim. Já eu estava meio encolhida no meu próprio sofá, que por sinal era bem parecido com o sofá da minha própria casa; vestia trajes brancos também, uma saia e um camisu. Nunca fui muito de vestir saias, como já havia dito em outra parte, mas aquele parecia ser um momento apropriado para usar. O olhar da Joana bem em mim me deixava desconfortável, mas mesmo assim eu devolvia o olhar.

"Você gosta bastante de explicações racionais", disse Joana, com um meio sorriso.

"Sim, gosto", respondi, sem sorrir, *"porque só assim a loucura do mundo faz sentido"*.

"*Por que você acha isso*", perguntou Joana. Ela tamborilava os dedos por entre os fios crespos do próprio *black* colorido, e se espreguiçava no sofá. Essa calma dela me incomodava demais, pois eu me esforçava para não tremer, rígida como estava, no meu sofá.

"*Sei que é chato falar isso*", disse Joana, toda relaxada, "*mas procure relaxar.*"

"*Queria um sorvete*", falei, de repente, para ver se cortava aquele clima constrangedor para mim.

De qualquer maneira, acho que nem tive ainda a oportunidade de expressar isso, mas a real é que eu adoro sim um belo dum sorvete, e estava seca por um; chocolate, creme, pedaços crocantes, um pouco de leite em pó, essência de morango. Apareceu diante de mim exatamente o que eu queria.

De repente, o ambiente mudou, agora era uma lanchonete; estávamos agora num salão retangular e extenso, com paredes de barro pintadas com símbolos ancestrais, mesas de madeira marrom, sofás forrados com esteiras, vasos de plantas e folhas verdes decorando tudo, bem ao estilo tradicional. Gosto assim. Percebi, finalmente, que todo o ambiente fluía conforme a nossa conversa ondulava; provavelmente, aqueles lugares eram fruto de uma sala mental criada dentro da minha cabeça, uma projeção psíquica para eu e Joana conversarmos de maneira confortável.

No mundo real, muito provavelmente, eu devia é estar amarrada com fitas de ferro e aço, confinada nalguma sala da base dos Ixoté, essa base que, originalmente, foi uma prisão... É bem óbvio, depois de tudo o que eu fiz... depois de tudo o que eu destruí na minha fúria...

"*Não pense nisso agora*", disse Joana, ainda toda relaxada naquele novo sofá forrado de esteira. "*Vamos trocar uma ideia*".

"*Obrigada pelo sorvete*", agradeci, com sinceridade. "*Meu favorito*".

"*O ambiente é do seu agrado?*", perguntou Joana, me olhando com aqueles olhos vivos que me deixavam sempre desconcertada.

Aproveitei a oportunidade para desviar o olhar e fiquei observando a lanchonete... havia várias outras mesas, também de madeira, naquele espaço retangular, mas estava tudo vazio, exceto por nós duas. Havia um balcão, igual a qualquer outro de um estabelecimento comum, e também estava vazio, de pessoas de qualquer outra coisa. Não havia nada digno de nota naquele lugar. A única porta dava para a rua, uma avenida também vazia, de chão batido. O sol lá no alto estava meio fraco, mas iluminava o suficiente, tanto na rua quanto no interior da lanchonete. Não tem nada demais aqui, nada que me agradasse em particular... mas eu também não queria voltar a olhar a Joana olhos nos olhos porque eu estava corando de vergonha outra vez e, por mais que ela fale, me incomoda essa minha reação porque sinto como se estivesse sendo desleal com a Fernanda...

... Foi então que, olhando com mais afinco, percebi várias falhas naquele lugar. Várias mesmo. Como não notei antes? As instalações nas paredes de barro estavam com fios elétricos faltando em pontos cruciais. Os hexágonos que compunham as janelas de vidro holográfico não se encaixavam, deixavam a holografia bem frouxa... Gente, assim não dá, precisa arrumar o programa de projeção! Que trabalho de gente relaxada... Olha, a caixa de condução eletrolítica deve estar com algum desajuste operacional... Espera aí, não aguento mais ver isso aqui sentada, preciso consertar imediatamente!

"Por que você precisa consertar agora já, neste momento?", perguntou Joana, com aquela calma dela que me enervava. Por que ela nunca não se altera?

"Mas que pergunta é essa?", eu respondi, me esforçando para não me alterar muito. *"Não é óbvio? Tem um monte de coisa errada aqui. O arranjo dos circuitos tá todo bagunçado, as peças estão fora do lugar. Tem que estar tudo certo, sempre. Quem projetou essa maquinaria se considera um engenheiro?"*

"Jamila", disse Joana, com a tranquilidade de quem fala o óbvio, *"estamos dentro da sua cabeça. Tudo que estamos vendo aqui, do sorvete ao ambiente, as máquinas, o design, as cores, tudo... foi projetado por você."*

"Ah", eu disse depois de um tempo. Ah.

"Você não matou ninguém", disse Joana, assim de repente e na lata.

O quê?

"Sobre o que aconteceu no Setor 10", Joana continuou dizendo, com calma, *"pessoas se feriram, mas ninguém morreu. Dispositivos dos prédios derrubados envolveram as pessoas em bolhas telecinéticas. Muita gente também usou seus próprios dons para se safar – esqueceu que o Setor 10 é um dos maiores redutos de* emi ejé *da cidade?"*

Fiquei calada por um tempinho, absorvendo aquela informação; tentei também desvendar as emoções da Joana, mas era inútil, ela estava sempre relaxada, séria, eu não conseguia entender; até que eu disse, bem cínica:

"Nossa, que bacana. Isso alivia a minha culpa?"

"Dê uma olhada lá fora", disse Joana, mudando de assunto, de novo, e sem se alterar, de novo… *"Ali na rua."*

Olhei através do vidro de holografia sólida bem à nossa esquerda – apesar dos hexágonos fora do lugar e tudo o mais; foco, Jamila, foco; olhei para a avenida através do vidro holográfico. Então… eu vi.

Debaixo de um sol pálido e sinistro, perambulando na avenida de chão batido lá fora, arfando e babando, era um bicho, que parecia mais ou menos um cão; porém, se era um cão, então era o mais feio de todos os cães; encorpado, monstruoso, grande, abrutalhado; orelhas grandes, rasgadas; das costas e das articulações, brotavam farpas afiadas – eram os próprios ossos saltando pra fora; da bocarra, gotejava uma baba vermelha; dos olhos, emanava um faiscar maligno. Cada respiração daquela criatura fazia pulsar suas costelas recobertas de um pelo nojento; havia várias falhas e tufos espalhados por todo o corpo.

Fiquei observando aquele bicho… que começou a correr, sobre suas quatro patas, sem se importar com o que havia pela frente – árvores, carros, outros animais, pessoas; derrubava tudo o que encontrava, mordia, devorava, com presas, garras. O ambiente lá fora era confuso, ora parecia a cidade, ora parecia uma mata selvagem. De qualquer forma, cada vez que o monstro rasgava algo, espirrava sangue no vidro através do qual eu o vi; tripas e estranhas dançavam no ar enquanto o bicho estraçalhava suas presas, e eu não conseguia desviar o olhar da carnificina... Quando o monstro finalmente terminou de matar e devorar tudo o que se movia, o chão de terra não passava de uma miríade de poças de sangue, corpos destruídos e organismos arruinados...

A criatura então ficou de pé, bípede: era mais alto que qualquer mulher ou homem que eu já tinha visto; músculos inconstantes pulsavam de sua carne, e mais ossos pontiagudos pareciam brotar das suas articulações tortas; era todo disforme, mal formado, corcunda. As patas dianteiras se transformaram em braços, incluindo mãos tortas cujas extremidades terminavam em garras de osso. De repente, abriu os braços, apontou a bocarra para o alto e soltou um urro; um urro de triunfo, um urro de tristeza, um urro de horror. Era uma coisa repleta de som e fúria.

Foi aí que aquela coisa enorme, abrutalhada e furiosa olhou para mim. Olhou bem nos meus olhos. Também olhei, bem naqueles olhos injetados de sangue daquele monstro horrendo. Olhei e entendi... Comecei a chorar. Muito.

"Por que está chorando?", Joana perguntou, demonstrando, finalmente, alguma emoção: pena. Tive de realizar um esforço extraordinário para não me enfurecer em meio à minha tristeza.

"O que vocês querem que eu faça??", perguntei para a Joana, já no limiar da raiva. *"É pra eu ficar me lamentando aqui feito uma inútil? Quem você pensa que é pra me mostrar a minha pior parte? Eu já sabia, tá bom?? Eu sou a mais inteligente que existe!! Eu... Eu não sou aquele monstro...! Não sou!!"*

É, meus esforços não foram de nada, porque essas últimas palavras eu praticamente cuspi na cara da Joana. Mas, pra variar...:

"Então, te pergunto, o que você quer que a gente faça?", disse Joana, sem se alterar.

O quê?

"*O que você pensa que estamos fazendo aqui?*", perguntou Joana, finalmente, manifestando outra emoção: irritação. Ela se levantou do sofá forrado de esteira, estava de pé. Aliás, nem tinha percebido, mas a Joana havia se tornado uma Joana enorme, maior que qualquer coisa que eu já tivesse visto! A sala também mudou, a realidade parecia ondular, as mesas, cadeiras, o vidro holográfico, tudo foi se apagando... O ambiente não era mais um ambiente, não era nada, algo sem cor, sem forma. Nada. Tudo havia sumido. O monstro lá fora, a grande e malvada criatura que havia estraçalhado tantas pessoas e animais em sua fúria, havia se tornado um ratinho insignificante, assustado e inútil. Eu mesma também havia diminuído, me tornando menor que uma formiga dessas qualquer... agora só havíamos eu, a formiga, o monstro, que tinha virado um ratinho, e a Joana, que se tornou uma giganta. Gente, eu já disse que detesto muito esse negócio de telepatia??

"*O que você pensa que estamos fazendo aqui?*", perguntou Joana, mais uma vez, olhando para mim lá do alto, com aquele olhar literalmente superior. "*Você acha que trabalhamos para quê?*", insistiu ela, diante do meu silêncio. Mas eu não queria responder nada; ou melhor, o mais correto seria dizer que eu não sabia o que responder, apesar de tê-los acompanhado em uma missão, salvando todas aquelas pessoas, apesar de eu ter fuxicado aqueles arquivos secretos... Eu sentia que não sabia nada ao certo.

Joana continuou me olhando bem nos olhos. Eu parecia um grão de areia perto dela. "*Se você não respeita nem mesmo seus próprios sentimentos*", ela disse, sem dó algum, "*o que espera que possa acontecer?*"

"*Eu...*" não sabia o que dizer. Tentei me segurar muito para não chorar mais uma vez, porque tava feia a situação já. O monstro que se tornou um ratinho deve ter aproveitado para se mandar para bem longe dali, porque não o vi mais...

"*Não se envergonhe*", disse Joana, agora sorrindo. Sério, não consigo entender essa moça... Ela foi diminuindo, diminuindo, até ficarmos do mesmo tamanho; estávamos frente a frente, no mesmo nível, sentadas em cadeiras de madeira. O ambiente agora parecia uma mistura meio doida do meu quarto com a sala de aula lá da escola, com os meus computadores e robozinhos espalhados por entre as carteiras e mesas, e o quadro negro projetando as minhas invenções em série. A janela lá fora mostrava um céu meio nublado, porém abafado, com os raios de sol tentando furar o bloqueio das nuvens, tentando iluminar todo aquele espaço no qual nos encontrávamos. Novamente, não havia mais ninguém além de mim e da Joana. Estávamos sentadas frente a frente, mais uma vez.

"*É muita coisa mesmo*", disse a Joana, desta vez sorrindo com sinceridade, ao que me parecia. As mãos dela estavam dispostas em cima da mesa, e percebi como as unhas estavam gastas, como se ela tivesse alguma compulsão escondida em roê-las. Nunca tinha me tocado nisso...

"*Sei que às vezes a gente sente como se fosse muito difícil aturar a nós próprias...*", Joana continuou dizendo, aparentemente ignorando meu olhar para as unhas dela. "*Tenho meus macetes. Um dia, posso te ensinar.*"

"*Você...*", arrisquei dizer, meio atrevida, mas com respeito. Me ajeitei na cadeira, me sentando de forma mais digna, ereta. Também coloquei as minhas mãos na mesa. Respirei um pouco, e continuei dizendo: "*Você também... está cheia de questões.*"

Pela primeira vez na nossa conversa, Joana pareceu desconcertada, ainda que por um breve momento. Ficamos caladas por um brevíssimo instante, mas que acabou parecendo horas...

"*Não estamos falando de mim hoje*", ela disse, por fim.

"*Ah...*", eu disse, com o máximo de coragem que tinha conseguido reunir. Agora que tinha chegado tão longe, não tinha mais como voltar atrás. Mantive as mãos em cima da mesa, só me esforcei para não tremer muito para não dar demais na vista. "*Máximo respeito por você, Joana, sério. Mas, olha só. Estamos aqui, partilhando essa... intimidade extrema. Sim, conectadas no mundo metafísico da mente. Somente* com a Fernanda eu experimentei algo assim, é realmente um privilégio de vocês, telepatas. Mas então. Nossas almas estão mais entrelaçadas do que nunca um dia sonhei estar com um outro alguém além da Fernanda; eu, que vivo tão trancafiada dentro de mim. E você tem a ousadia de dizer que não estamos falando de você? Tudo isso aqui é sobre nós. Sobre mim e você. Sobre você. Isto tudo aqui na minha cabeça simplesmente é você."

Sentada na carteira, com os dedos agora tamborilando em silêncio na madeira da mesa, Joana continuava me olhando bem nos olhos, sem conseguir esboçar uma resposta. Percebi, finalmente, que ela estava se esforçando para não arregalar os olhos; olha, nunca, nesse pouco tempo em que nos conhecemos, pensei que veria a grande Joana sem resposta...

... Até que ela soltou um sorriso. Se permitiu rir. Não sei era riso de cinismo, de nervoso, ou mesmo de alegria sincera, não consegui identificar mesmo; mas o fato é que a séria Joana estava rindo. Que a Fernanda me perdoe, tenho só olhos para a minha Fernanda sim, mas, como essa Joana é linda... Enfim, Joana disse, ainda rindo:

"Está bem, você está certa! Sim, tenho os meus motivos... Com quantas conexões tenho de lidar diariamente? Em quantos minutos meus pensamentos se enroscam com outras mentes? Com quantos milhões de vozes eu tenho de lidar? Com quantas trocentas cabeças minha mente se conecta por dia?"

Agora não tinha mais volta mesmo; respirei fundo, mais uma vez, para dizer o que estava prestes a dizer:

"... Então, quando criança, você chorava porque não sabia como fazer as vozes pararem... você sentia todo o desprezo que as outras crianças nutriam por você... porque você havia sido criada numa casa malvista! Porque era uma *emi ejé selvagem*, mais uma nascida ao acaso, de uma família sangue comum... As pessoas temiam e detestavam você, nutriam muita inveja... Então, a sua mãe, tão ferida que estava, ela... Ela fez... e aí o seu pai foi... oh, pelos ancestrais, não consigo dizer! Sinto muito! Eu não..."

"*Eu sou realmente filha da minha mãe, a orixá Otim*", disse Joana, sinceramente emocionada, "*porque nasci num corpo de rapaz e com a alma de uma garota. Meus pais, em nome da minha felicidade, gastaram dinheiro que não tinham para realizar a operação de mudança total, por isso que hoje sou uma mulher não apenas no espírito, mas também em nível genético. Mas... quando meus poderes de emi ejé emergiram... eu fui escorraçada, fui descartada como se fosse lixo... fui vendida às Corporações por uma boa quantia de dinheiro.*"

Era muita crueldade! O que os próprios pais fizeram com ela! Eu não... as minhas lágrimas... porque, naquele momento, eu senti o que a criança Joana sentiu... o desprezo, o medo, o pavor, a rejeição... Oh, ancestrais... Oh, Orixás, como... Eu...

Joana então, retomando o controle, disse de imediato: "*Vamos cortar agora essa conexão... Antes que você se afogue na minha dor.*"

"*Eu não sabia...*", continuei dizendo, chorando, "*por favor, me desculpe...*"

"*Tudo bem!*", disse Joana, nitidamente forçando um sorriso. "*Eu é que peço desculpas. Não chore!*"

Joana havia se levantado da cadeira metafísica na qual estava sentada, e veio me dar um abraço. Mesmo que não fosse um toque real no mundo real, me senti realmente muito abraçada, acolhida. Ali naquela grande sala vazia, sem a emissão de qualquer som, ocorreram ali alguns minutos de muita ternura... que pareceram durar horas. Eu sentia o calor humano do corpo dela... acabei abraçando de volta... Meu coração começou a palpitar... Até que ela, calmamente e com delicadeza, cessou o abraço; se virou e foi andando em direção à porta, para se retirar da sala imaginária na qual estávamos.

"*Vamos dar tempo para nós duas, está bem?*", disse ela, com um sorriso grave no rosto triste. "*Prometo que falaremos disso, e de outras coisas, num outro dia. Estamos apenas começando os nossos trabalhos aqui... Vamos parar por hoje, continuaremos amanhã.*"

Ficamos nos olhando por mais um tempo. Eu continuava sentada onde estava, com as mãos ainda dispostas sobre a mesa. Eu realmente não sabia o que fazer ou dizer.

"*Boa noite, durma bem*", disse ela, depois de um tempo. "*E tente não pensar muito...*"

Permaneci sem falar nada... Só me esforcei para não chorar mais, porque realmente me cansei de lágrimas no meu rosto neste momento. Fiquei parada onde estava. Tudo começou a se desfazer e apagar... Agora, era somente eu na minha mente, e ninguém mais. Acredito que estava de volta à realidade, mas eu piscava e abria bem os olhos, e não conseguia ver nada, estava tudo escuro... Realmente um breu total, impossível num ambiente normal. Será que eu num quarto preenchido com escuridão holográfica? Percebi também que não conseguia me mexer, mas não me sentia presa. Eu estava realmente amarrada? A Joana não me deixou saber, deve ter acionado alguma espécie de anestesia mental, ou sei lá, porque eu tinha certeza de que estava contida sim. Mas, está bem, já tivemos muita coisa por hoje, então, não vou pensar. Vou dormir...

...ou pelo menos ia tentar, já que nunca durmo rapidamente. A cabeça não para...

...Aí, me percebi pensando nele. Infelizmente. Pensando naquele inútil. Maldito...

Eu estava pensando no meu inimigo.

"*A cabeça é o centro da consciência. A cabeça é o centro de tudo.*"
– Venerável Mãe Presidente Ibualama durante pronunciamento

*Vou conquistar o mundo,
ou destruí-lo!...*

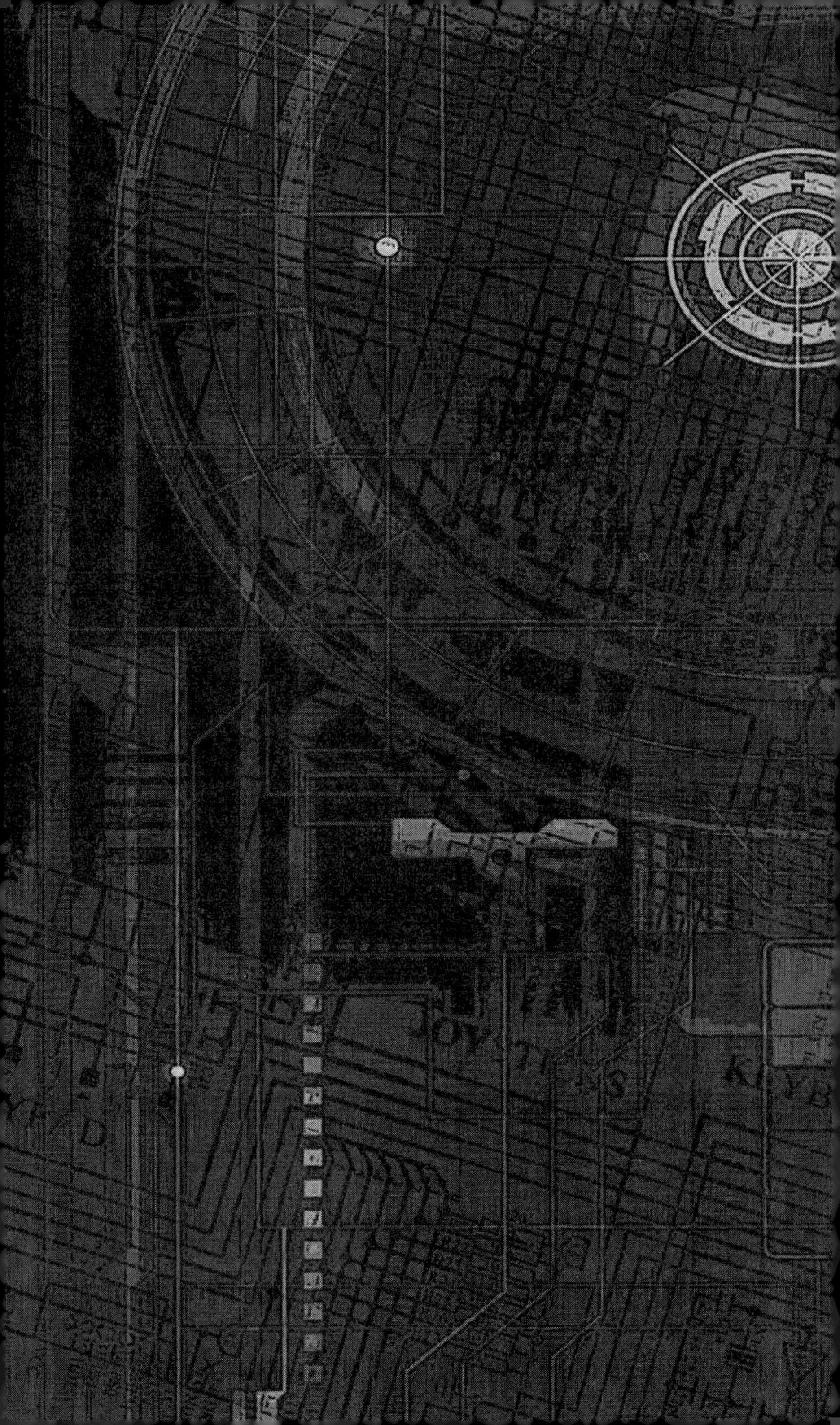

21. Olawuwo

Eu estava pensando no meu inimigo.

– Sua aberração!! – exclamou Pedro Olawuwo, quando me viu, pela primeira vez, uns dois anos atrás, na escola.

Era uma vez, um garoto estúpido e triste, que me causa muitos problemas. Grande, gordo, saudável e bonito, tinha pele muito preta – ou seja, era muito rico. Assim como seu pai carnal, era um orgulhoso filho do orixá Xangô. Nasceu numa família abastada do Setor 10. Sua mãe era ninguém menos que Mãe Yolanda de Oiá, uma renomada geneticista e Mãe Diretora da farmacêutica Olasunmbo, enquanto que o pai era o Ogã Onofre, um alto funcionário da Olasunmbo e fiel cão de guarda de sua esposa.

– O que você está fazendo aqui...? Seu lixo!!

A primeira vez que eu vi Pedro Olawuwo foi nos portões do Colégio Agboola, no meu primeiro dia de aula, anos atrás, numa tarde nublada com cheiro de chuva. O dia anterior tinha sido extremamente quente, então uma chuvinha era muito bem-vinda. Era o meu primeiro dia naquele lugar, meu pai estava todo contente por finalmente ter conseguido comprovação de que poderia pagar as mensalidades por meio dos seus três empregos; antes disso, eu fui ensinada em casa mesmo, no melhor estilo tradicional... ou melhor, eu praticamente me ensinei sozinha, já que meu pai mal conseguia acompanhar a minha mente acelerada. Era a minha primeira vez numa instituição de ensino, aos 12 anos de idade, e fui recebida de pronto de forma tão afetuosa por aquele que viria a ser o meu nêmesis.

– Aberração! Por que você...?

– Por que o quê, garoto – respondi, encarando-o – Não te conheço não! Sai fora...

Ali nos portões da escola, enquanto todo mundo entrava para as aulas, sob os olhos dos funcionários e professores, Pedro Olawuwo, que estava conversando com outros rapazes, foi imediatamente à minha presença, quando me viu, e se prostrou na minha frente, impedindo a minha passagem. Ele era maior e mais forte do que eu, mas eu não tive nenhum medo; simplesmente olhei-o bem nos olhos.

– Eu... – disse ele, meio hesitante. – É que você...

– Que é?? – perguntei. – Garoto, você deve estar me confundindo com outra pessoa.

Ele permaneceu ali, em pé, as mãos nervosas segurando a mochila nas costas. Ele vestia camiseta branca e bermuda vermelha, e um tênis vermelho bem chamativo. Cabelo cortadinho e sem graça. Me olhava num misto de surpresa, confusão, desgosto e muita, muita raiva.

– Eu detesto você!! – exclamou ele, por fim. – Não vai ter vida fácil aqui!

Ele cerrou os punhos bem na frente, e, naquela hora, admito que senti um pouco de medo, a minha adrenalina subiu... Mas ele não fez nada, simplesmente deu as costas e se virou, resmungando muito alto. Sem perceber, eu tinha cerrado os punhos também, pronta para o combate. Os amigos dele ficaram me olhando, pareciam não ter entendido nada também. Esperei que ele fosse na frente e, depois que ele sumiu de vista, aí sim adentrei os portões e tomei meu caminho pelos corredores...

...e então sou recebida com um tênis arremessado bem no meio da cara, assim de repente. Ali no meio do corredor que dava acesso para o grande salão, ali na frente de todos; cheguei a cair de bunda no chão devido ao susto; obviamente, me senti muito humilhada com aquela agressão gratuita. Enquanto eu estava em choque no chão, massageando o nariz, Pedro Olawuwo estava na minha frente, aos berros, me xingando com vários nomes feios, ameaçando me bater com o outro tênis... Eu tinha ficado zonza, mas cheguei a ver Olawuwo tomando socos e pontapés dos próprios colegas, meninos e meninas, até tudo virar um empurra-empurra generalizado, uma confusão...

Era uma vez um garoto tão perturbado, que nutria um ódio tão grande por mim que se permitia perder a si mesmo na fúria...

Fiquei vários dias sem vê-lo depois daquilo; fiquei sabendo que tomou uma bronca feia das diretoras, foi suspenso e, por pouco, não foi expulso da escola... Depois que ele voltou, não fez mais nada por meses, mas... foi uma falsa trégua, porque aí começaram as agressões mais sutis... Olawuwo foi se crescendo e se tornando mais e mais popular... até agir mais abertamente, passando a me intimidar e me constranger na frente de todos, inclusive na frente dos professores.

— Sua aberração! — seu xingamento mais comum para mim; queria muito perguntar para ele o motivo disso, mas preferia perguntar às divindades se não havia alguma maneira de eliminar esse traste da face da terra.

Obviamente, logo no primeiro dia em que tinha sido agredida por ele fui pesquisar tudo sobre o garoto, para saber com o que eu estava lidando.

Era uma vez um garoto cuja mãe era ninguém menos que Mãe Yolanda de Oiá, a grande cientista e sacerdotisa empática, capaz de absorver sentimentos e pensamentos; na minha pesquisa, cheguei a boatos de que ela seria, na verdade, uma vampira psíquica, viciada em drenar emoções alheias; dizia-se que a senhora Yolanda havia construído sua carreira vitoriosa no ramo da genética manipulando seus rivais uns contra os outros — embora, oficialmente, nada se pudesse provar contra ela. Para alavancar ainda mais sua ascensão, se casou com um homem capaz de decifrar códigos confidenciais, o Ogã Onofre.

— Meu pai é muito melhor que o seu! — afirmação que o Pedro Olawuwo gritava para mim com frequência, aquela manjada obsessão dos garotos de ficar comparando tamanhos... — Seu pai é um pedreiro ridículo, enquanto meu pai é um zelador escolhido pelos deuses!!

O senhor Onofre era um Ogã, suspenso pelo orixá de uma Mãe Diretora da Olasumnbo durante um toque para empresárias. Senhor Onofre, um pele preta grande e gordo, de linhagem antiga; seu limitado poder de *manipulação das probabilidades* permitia que ele decifrasse senhas, relatórios e rituais secretos; ou seja, papai Olawuwo era um vigarista de segunda, que roubava dados, burlava oráculos, revendia ações e previsões... Perfeito para as marmotagens de Mãe Yolanda.

Era uma vez uma matriarca que vivia na cobertura de uma torre alta do Setor 10, uma geneticista famosa de uma grande farmacêutica, uma senhora que drenava e matava pessoas, que era implacável com quem estivesse no seu caminho; uma feiticeira rodeada por espíritos famintos, uma cientista acusada de criar abominações biológicas em seu laboratório particular. Nada parecia ser capaz de deter a senhora Yolanda... até que foi encontrada, morta, em sua própria residência, assassinada com um golpe de lança na garganta. Ainda não se descobriu quem matou dona Yolanda; talvez tenha relação com os assassinatos de pessoas importantes que estão ocorrendo faz alguns anos, crimes em série ainda sem solução; seja como for, a matriarca Olawuwo estava morta...

Era uma vez um vigarista que, sem a esposa para guiá-lo, acabou sendo pego, julgado, e, por pouco, não foi morto; um homem considerado medíocre demais para ser executado; foi então condenado a selar a sua habilidade sobrenatural para sempre; e o orgulhoso senhor Onofre se tornou um homenzinho comum, sem poder e sem importância, humilhado perante a sociedade e perante os ancestrais.

A trágica morte da mãe e a ridícula queda do pai ocorreram entre os 7 e os 8 anos de Pedro Olawuwo; quando eu o conheci na escola, ele já era um jovem desfigurado pelas cicatrizes da sua família decaída.

– Sua... – vocês já sabem.

Por que ele me odeia tanto? Contam as velhas histórias que Xangô e Ogum que são tão competitivos entre si que nunca perdem a oportunidade de provar que um é melhor que o outro... a rivalidade entre esses dois Orixás é lendária! Mas nunca soube de esses dois grandes reis nutrirem ódio entre si... O que o Pedro Olawuwo cultiva dentro de si é algo maligno, sussurrado por espíritos perversos!

Talvez seja porque...

— Seu *emi ejé* sem poderes! Sangue comum!! — Lembram quando gritei isso na cara dele? Lembram da reação que ele teve?

As linhagens tradicionais controlam o mundo. Se você nasce com o poder dos deuses correndo em suas veias, o que você faria? Além da tradição e da hierarquia dos mais velhos sobre os mais novos, as famílias de linhagem nobre são a casta dominante porque manifestam o poder invisível da mente desde o seu ancestral mais remoto; a massa de sangue comum não tem outra alternativa senão se submeter às suas rainhas e reis que se portam como divindades vivas.

Então, o que acontece quando você nasce numa linhagem nobre e não manifesta nenhum poder sobrenatural? Como você se sente? Como você é visto perante a elite à qual você pertence? Será que você é mesmo considerado como parte da elite? Se você nasceu numa família escolhida pelos deuses, por que os deuses não o escolheram para manifestar seus poderes no mundo?

Conta-se que dona Yolanda, na qualidade de Mãe Geneticista, teria desviado recursos e manipulado experimentos da farmacêutica Olasunmbo para lidar com essa questão familiar, o que configura crime grave contra as tradições das Corporações.

Era uma vez um pobre rapaz rico, tão digno de pena que se tornou um garotinho fanfarrão, pervertido, lamentável e patético, que parece só conseguir se sentir menos lixo quando agride alguém mais fraco que ele mesmo.

Só que... teve aquele dia, quando tomei aquela rasteira que quebrou o meu nariz, após um longo tempo de agressões, eu finalmente tinha revidado à altura!

A fúria de Ogum destrói tudo, sem exceção; que os ancestrais me perdoem, mas acredito que nem mesmo o poderoso Xangô seria capaz contra a fúria total do deus guerreiro...

Não fossem os curandeiros do Hospital Okanda, Pedro Olawuwo provavelmente teria ficado preso a uma cadeira de rodas para sempre, sem conseguir mover membro algum; na verdade, os médicos curandeiros realmente não conseguiram recuperar os ossos destroçados...

...até que o próprio Pedro Olawuwo acabou consertando a si mesmo.

Só fui descobrir essa parte aqui, na base dos Ixoté, invadindo sistemas restritos; ao que parece, Pedro Olawuwo, único herdeiro de Mãe Yolanda de Oiá, quando acordou do coma, finalmente acabou despertando uma habilidade sobrenatural: a tecnocinese. Teria descoberto ser capaz de transformar as partes danificadas do corpo em membros robóticos; ou seja, podemos supor que ele, instintivamente, substituiu todos os seus ossos quebrados por aço, metal e engrenagens; suas entranhas devem ter se transformado em microcomputadores, sistemas eletrônicos, microprocessadores... Provavelmente, foi esse Pedro Olawuwo aberrante quem me esfaqueou no parque, em plena luz do dia...

Era uma vez um garoto que tanto xingou uma menina, acusando-a de ser uma aberração, que acabou se tornando, ele próprio, uma abominação. Se fui quem realmente criou essa coisa, então serei eu quem dará um fim nisso!

*Então me vi, uma vez mais,
na planície sem fim de capim,
novamente num corpo de fera,
grande e forte, e cheia de pelos.
Ah, Senhora Lua...*

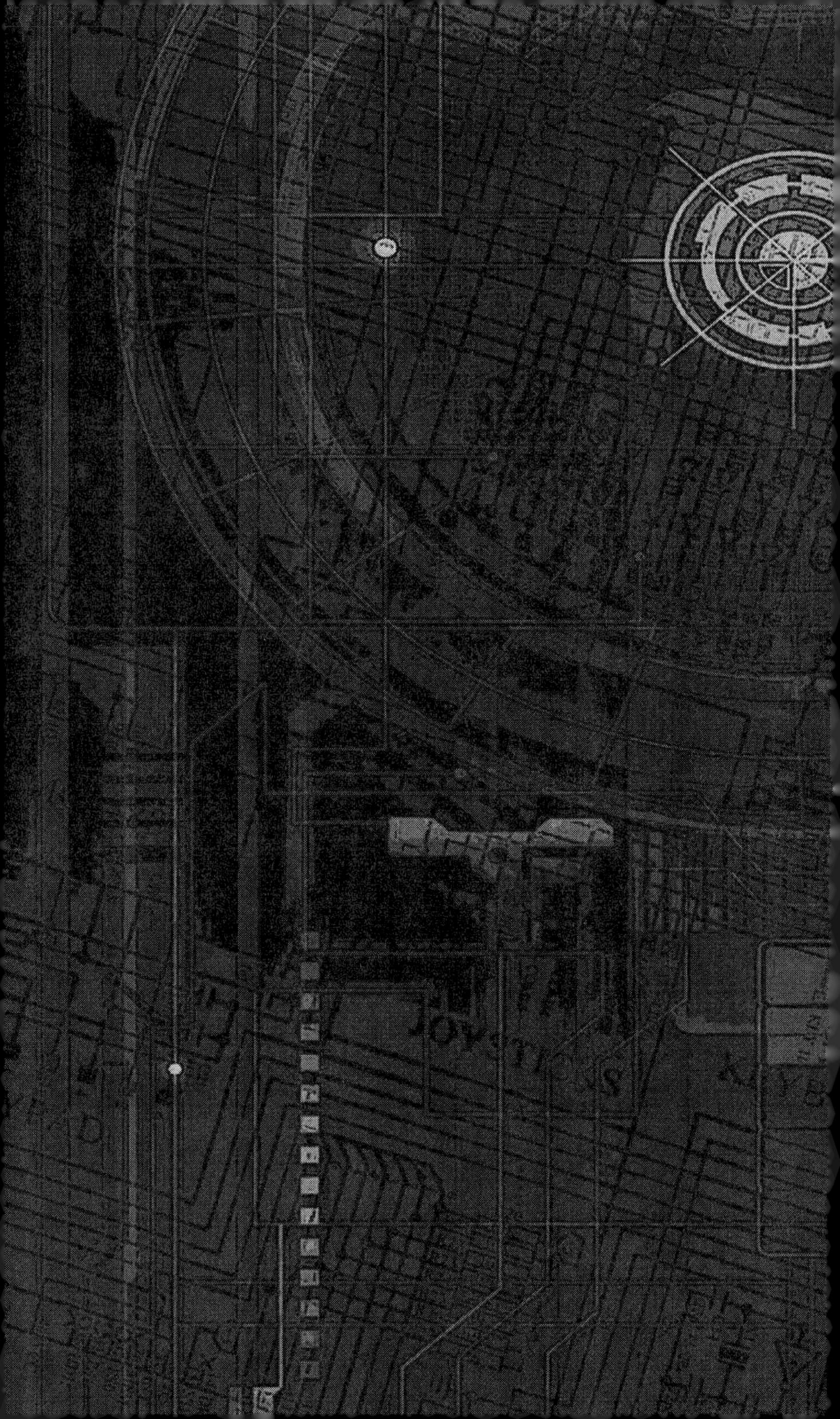

22. Cientistas

Se fui quem realmente criou essa coisa, então serei eu quem dará um fim nisso!
– Nina! – exclamei. – Acorda que já é hora!
– As Corporações já caíram...? – sussurrou a Nina, sonolenta, enrolada no lençol. – Seus marmoteiros sujos... opressores... não vão passar...
Se tivéssemos janelas nesta base, e se não estivéssemos num buraco subterrâneo, com certeza veríamos que ainda está escuro lá fora. Os galos geneticamente modificados soltavam gritos roucos anunciando que o sol ainda estava para nascer. Eu me encontrava de pé, já de rosto lavado e desjejum feito, na porta do quarto da Nina, tentando acordá-la no grito. Embrulhada no seu edredom marrom, naquele quarto todo zoneado com roupas e calcinhas no chão, misturadas a papéis de projetos e peças soltas de máquinas, Nina Onixé balbuciava sentenças sem sentido, como se estivesse acordando de um sonho. Eu estava ansiosa demais e com paciência de menos para esperar que ela acordasse aos poucos, então juntei todo o ar para gritar pra valer:
– *Nina!!* Vamos construir alguma coisa nova *agora*!!
– Quê?? – Nina pôs-se de pé, imediatamente. – Criar, construir, inovar! Quê! Bora! Hã...
Apesar do vigor com que tinha levantado, eu estava com pressa, sentia uma urgência sei lá de onde; eu tinha passado dias intermináveis no meu quarto, o qual, aparentemente, havia retornado à sua função de prisão por alguns dias, já que me mantiveram contida depois daquele meu último surto destrutivo... houve mais sessões de terapia com a Joana, conversamos mais e nos conhecemos mais ainda, foi bom... Mas, apesar de a Joana nunca me deixar perceber que eu

provavelmente estava amarrada, eu sabia que estivera imobilizada todos esses dias, e estava cansada disso; então, num belo dia, acordei e me percebi livre, como se nada tivesse acontecido, e estava de volta ao dia a dia da base de rebeldes Ixoté.

Na verdade, como já disse antes, o dia a dia aqui consiste em ficar sozinha sem fazer nada enquanto todo o mundo vai pra rua pra realizar missões, e portanto decidi que não seria assim... e, no dia seguinte, nem havia amanhecido ainda, levantei e imediatamente fui para o quarto da Nina, antes que ela saísse para alguma missão dessas, e fui exigir que, juntas, criássemos algum artefato fantástico e incrível... o artefato que havia invadido o meu sonho nesta última noite.

Talvez eu não mereça nada disso; talvez eu não passe de um monstro raivoso que deve ficar trancafiado para sempre... Porém, a Joana tinha dado um duro danado para que eu respeitasse a mim mesma; logo, decidi fazer jus aos esforços e confiança que ela havia depositado em mim.

– Nina... – comecei a dizer, com calma, enquanto ela ainda esfregava o rosto, em pé, de pijama, ainda tonta de sono –, eu trouxe aqui seu desjejum. Só levei desjejum matinal na cama para duas pessoas: meu pai e minha namorada. Não desperdiça esse tesouro, vai? Come aí, se veste aí, por favor, e vamos trabalhar. Você me deve, lembra?

– Ah... – disse Nina, olhando para aquele prato com ovos mexidos, pão, queijo e frutas. – Quem deve a quem? Cê acha que isso aí paga a conta do hotel Ixoté? – Mesmo sonolenta, ela é capaz de abrir o sorrisinho cretino que eu detesto.

– Nina...

– Tá bom, tá bom – disse ela, tomando o prato da minha mão, toda acordada por causa do cheiro quente da comida –, mas só porque hoje é dia do pai, tá?

* * *

Estávamos no laboratório. Era um aposento quadradão, igual a todo os demais da base, com paredes metálicas, dispositivos e circuitos. Uma mesa de aço no centro do local domina o ambiente, com seus computadores, aparelhos e minirrobôs de auxílio perambulando por entre os fios e monitores; há menos plantinhas aqui, e mais sucatas, pedaços de máquinas, engrenagens e folhas espalhados, parecia até uma extensão do quarto da Nina. Tanto faz, estávamos trabalhando finalmente, sentadas em cadeiras, trajando macacões de proteção, usando luvas e óculos especiais, parafusando, martelando, fundindo, tagarelando e nos vangloriando, como duas boas filhas de Ogum.

– Eu só quero que faça sentido, entende? – eu disse, enquanto fundia uns fios. – Criei muitas coisas, escrevi muitos projetos, mas a maioria foram fracassos, experimentações inúteis. Me sinto muito num beco sem saída, sem saber o que fazer... mas, por motivos que só os Orixás sabem, acordei decidida. Eu sonhei, sabe?

– Acordamos falantes hoje, hein? – disse Nina, no tom debochado de sempre, enquanto preparava uma massa de ferro.

– Você caçoa bastante – eu disse, com calma – enquanto me escondo atrás desta máscara de rispidez. Mas, sabe? Aqui, neste momento, realizando o sagrado ofício de nosso pai Ogum, podemos ser verdadeiras, sabe?

Nina se calou por uns instantes, aparentemente para se concentrar no que estava fazendo... e eu, por alguns minutos, temi ter falado mais do que devia; então, com a massa de ferro entre os dedos, sem sorrisinho cretino no rosto, Nina Onixé disse:

– Hoje é Ojó Isegum, dia da vitória. Que meu pai Ogum abençoe esta nossa realização.

– Axé – respondi.

– Seu pai Ogum não nos abençoará? – perguntou Nina, sem desviar os olhos do que estava fazendo.

– Eu... – parei o que estava fazendo, olhei para baixo. – Não sou... iniciada.

– Ah – disse Nina – Quando terminarmos aqui, vou te levar para conhecer a Velha Maria, nossa Ialorixá.

– Será um prazer – eu disse, voltando a mexer com os fios.

* * *

Ainda no laboratório. Tá pensando que faríamos tudo num único dia? Foram uns cinco dias direto com a Nina, martelando, fundindo, pesquisando, indo atrás de materiais, cortando, realizando pequenos rituais. Nesses cinco dias, a Nina teve de se ausentar algumas vezes, mas eu me mantive aqui, praticamente vivendo no laboratório, saindo só para comer e dormir. Não vi os outros direito, nem mesmo a Joana; tinha de aproveitar este raríssimo momento em que a minha mente estava focada e determinada.

– Precisamos... – Nina começou a dizer, enquanto suava manipulando o ferro quente – precisamos consultar um oráculo... provavelmente serão necessários ebós para completar...

– Você... – eu disse –. Você não poderia fazer isso...? Com todos os seus conhecimentos...?

– Menina! – Nina exclamou, surpresa. – Você me superestima! Mas não brinque com isso, pois ainda não tenho idade suficiente... – ela parecia vacilar um pouco, mas continuou falando – Eu nem... devia mais usar este uniforme preto. Mas...

Olhei para ela por um momento. A Nina sempre vestia esse uniforme militar preto, que era bem bacana, a bem da verdade, mas, por algum motivo, não lhe caía bem... lhe dava um ar de poder e liderança, mas... não combinava. Não era pra ser.

– Bom – Nina voltou a falar – vamos ver a Velha Maria, de qualquer forma, quando terminarmos aqui.

– Por que não falamos com ela agora...? – perguntei, na inocência.

— Porque ela detesta ser incomodada, e quem se mete com a fúria da floresta se dá muito mal – respondeu Nina, sem se alterar.

— Ah... tá – respondi, retornando ao trabalho.

* * *

Acabamos que era o oitavo ou nono dia, já tinha perdido a conta. Estávamos exaustas, nossos macacões fedendo a suor, nossas peles marrons ressecadas naquela fornalha literal na qual estávamos imersas.

Então, acabamos entrando voluntariamente num modo de empolgação louca e feliz.

— Ai, para! – exclamou a Nina – martelando o ferro quente. – Assim você me deixa sem graça!

— Mas é verdade! – exclamei, enquanto metia as mãos nas entranhas do aparelho. – Você enxerga a beleza das coisas.

— Beleza... – disse ela, sorrindo, olhando para a peça incandescente. – É lindo, né? O poder dos ancestrais, que permeia tudo; as moléculas espirituais se aglutinando para formar...

— ...A matéria... – continuei, enquanto mantinha uma das mãos nas estranhas da máquina e, com a outra mão, apertava uns botões; agora, tínhamos entrado na fase de frases bonitas, de efeito – ...que é meramente energia solidificada; o ferro rígido de Ogum, que se submete ao fogo para ser moldado; as propriedades químicas dos elementos, que, apesar de sua rigidez, se fundem e se misturam para...

— ...Criar novas formas... – continuou a Nina, resfriando a peça incandescente no dispositivo de criocinese. – ...Novos elementos, transmutações do estático; porque as artes da matéria, tão subestimadas por sua natureza básica, são a base e o sentido de todo o mundo físico...

— ...Porque o mundo é padrão e padrão é matéria – disse eu, tirando minhas mãos das tripas do aparelho e enxugando o suor do rosto.

– Porque somos filhas do Guerreiro, o Grande Cientista – disse Nina, terminando de resfriar a peça e colocando-a dentro do dispositivo no qual eu havia enfiado a mão. – Somos nós mesmas as modeladoras do novo mundo.

– Somos as engenheiras – disse eu, ligando o dispositivo. – As artífices de sonhos, que transformam imaginação em realidade sólida!

O aparelho, que mais parecia uma caixa do tamanho de tênis grandes, começou a se agitar, se reconfigurar, se aglutinar dentro de si mesmo, regurgitando dentro de si próprio; eu e Nina, realmente exaustas, deixamos nossas bundas caírem em nossas respectivas cadeiras, respirando fundo pela primeira vez em dias, mas ainda na expectativa... Ficamos observando as reações dramáticas do dispositivo...

... Eu pedindo muito para o meu pai Ogum ainda não nascido, mas que me protegia desde meu nascimento, que fizesse por nós, da mesma forma que fizemos todos esses dias por ele...

... Até que a tampa do dispositivo finalmente se abriu, revelando a peça de ferro que a Nina vinha moldando desde o primeiro dia; o dispositivo voltou a se regurgitar mais, convulsionando em si mesmo e ao redor da peça... até dispositivo e peça se fundirem em definitivo, relevando o resultado final.

– Pai Ogum, nos abençoe!! – exclamou Nina, radiante.

O resultado final de todos os nosso trabalhos era um facão; com cabo grande, esculpido em aço e metal, contas azul-marinho e búzios; cabeça estilizada de uma guerreira na extremidade do cabo, tal qual nas esculturas tradicionais do Continente; lâmina feita de liga metálica mista. Mística. Maleável. Inquebrável.

Facão de Ogum...

Nina Onixé pegou o artefato; se ajoelhou e, solenemente, o ofereceu para mim. Eu, Jamila Olabamiji, me ajoelhei, e aceitei a arma.

O facão se agitava nas minhas mãos.

– Não preciso explicar novamente seu funcionamento – disse Nina –, mas preciso dizer novamente: não o use, até encontrarmos com a Velha Maria. O artefato está lindo, mas ainda não está completo, precisa dos procedimentos e axé de uma Mãe de Orixás... De qualquer forma, não importa o que acontecer, mantenha-o sempre consigo.

– Sim... – disse eu, ainda ajoelhada, com o facão em mãos. Olhava. Pensava...

Quantas coisas maravilhosas podemos criar com as nossas próprias mãos, pensei. Este facão deve ser o meu maior trabalho, ao lado do R.E.P.E... Mais uma coisa que aprendi: nós mesmas podemos, e devemos, criar soluções para as questões que nos afligem.

***

Passou-se um dia depois de terminarmos o facão, e acho que continuamos trancadas no laboratório, olhando para o teto metálico, tentando pensar em nada. Estávamos tão agitadas que não conseguimos dormir, ao mesmo tempo que estávamos tão cansadas que não conseguíamos nos levantar sequer para ir aos nossos quartos. Estava tudo espalhado, uma zona ainda maior do que o habitual. Eu tava no chão mesmo, recostada na parede, enquanto a Nina brincava na cadeira com rodinhas, atravessando o aposento pra lá e pra cá; o *videogame* estava longe, então ficamos conversando à moda antiga mesmo, falando bobagem atrás de bobagem; estávamos apenas exercendo o nosso direito de fazer nada, após uma realização extremamente laboriosa que exigiu imensamente das nossas mentes, corpos e espíritos.

Até que...

– Me diz uma coisa, Nina... – comecei a dizer, sem alterar o tom de voz – a sua mãe... também é falecida...?

– Não... – respondeu Nina, com frieza – até onde me consta, minha mãe ainda vive...

– Ah... – eu já havia me arrependido de perguntar – então, ela te... deixou...?

Nina se ajeitou na cadeira, nitidamente ganhando tempo antes de responder. Eu aproveitei pra tentar entender o que teria me levado a crer que seria uma boa ideia criar aquele climão constrangedor assim de repente. Não sei se queria me sentir mais conectada com alguém que talvez também carecesse de uma mãe na sua vida, como é o meu caso. Ainda não entendo o que me levou a fazer essa pergunta. Mas… o rosto da Nina era uma cara de seriedade tão sinistra que eu desejei muito ter os poderes do João Arolê para sumir para bem longe…

— A minha mãe é uma pessoa – disse Nina, com calma, após alguns minutos que pareceram uma eternidade. – Não é que ela tenha me abandonado… Não vejo dessa forma. Ela é uma pessoa. Meu também pai era uma pessoa… só que, infelizmente, uma pessoa com muitos problemas para resolver. Minha mãe não quis lidar com a frustração dele. Ela não era primogênita da família dela, que nem o meu pai; apesar de ser o primogênito, foi preterido por causa da minha tia jogadora de futebol sobrenatural…

Mais alguns minutos de silêncio incômodo… só que aí eu não tava mais me aguentando para fazer o seguinte:

— Não acredito que você seja sobrinha da Nandinha Onixé! – exclamei, toda empolgada e sem constrangimento algum. – Nem ligo tanto assim pra futebol, mas sei o bastante porque meu pai sempre acompanha… A tua tia é muito famosa!

— Sim! – exclamou Nina, abrindo um sorriso que me deixou muito aliviada – Aliás… Sabe o Joselito Abimbola, o blogueiro famosinho das mídias sobrenaturais? Primo do nosso rabugento favorito, senhor João Arolê!

Eu quase engasguei com a minha própria saliva. Joselito Abimbola, o blogueiro do momento… Zilhões de fãs, canal que alcança visualizações insanas todos os dias… O doutor entende das obviedades! Não fala nenhuma novidade, não acrescenta nada! Sempre me perguntei como essa gente conseguia… Mas, parente do João Arolê? Aí, já é demais. O famosinho falastrão e o sorumbático caladão são da mesma família?? Devo ter feito uma cara de interrogação bem bizarra, porque a Nina soltou uma gargalhada tão alta que todo o mundo na base deve ter escutado...

– Mas enfim – disse Nina, se recompondo e voltando ao assunto – Tia Nandinha tem os mesmos poderes que você, menina, só que você é muito mais forte. Cê sabe, nossas tradições dão muito valor a primogênitas e primogênitos; mas... se você nasce *emi ejé*, aí passa na frente das irmãs e irmãos mais velhos.

– Caramba... – foi tudo o que consegui dizer. Ainda encostada na parede, eu estava com as pernas para cima, as tranças esparramadas pelo chão.

– Normal – Nina disse. – Então, meu pai se afogou na frustração por ter sido preterido. Mamãe acabou deixando ele e foi viver a vida. Parece que se casou com outro cara. Ela é uma pessoa, pessoas devem fazer o que quiserem... desde que lidem com as consequências de seus atos – terminou Nina, se endireitando na cadeira, com os olhos úmidos.

– Nina... – Nunca na vida pensei que veria uma Nina emocionada daquela forma. Eu estava absorvendo aquela situação.

– Tô ligada – continuou Nina, limpando o rosto. – É assim mesmo... Bom, depois disso, várias coisas rolaram: meus poderes despertaram, acabei mandando meu pai pro hospital... fui parar nas garras das Corporações, realizei trabalhos *sujos*... eu e o João... você já sabe de tudo isso, deve ter fuçado nos nossos arquivos...

Nina deu uma piscadela, mas eu só desviei o olhar, irritada com a sensação de, outra vez, ter feito exatamente aquilo que esperavam de mim; Nina só deixou sair aquele sorriso cretino outra vez, e concluiu:

– Nosso lance é impedir que outras crianças passem pelo que passamos! Podem chamar a gente de revoltadinhos, agitadores, rebeldes sem causa, o que for! Entenda, eu, você, Joana, os rapazes... Somos herdeiros da tradição, somos filhos do poder sobrenatural das divindades; os ancestrais nos ensinaram que os herdeiros do poder divino devem proteger e guiar a humanidade! Essa elite *emi ejé* parece ter se esquecido disso... Então, enquanto a gente respirar, vamos fazer o que é certo! Pelos Orixás donos das nossas cabeças, nós seguiremos na luta fazendo o que for necessário para proteger as pessoas!!

Na minha cabeça, eu estava aplaudindo a Nina loucamente, como se fosse uma grande fã que acabou de ouvir o discurso da sua celebridade favorita; no mundo real, eu estava só boquiaberta mesmo, provavelmente com uma cara estúpida, sem conseguir falar nada. A Nina parecia mais relaxada na cadeira, com um grande sorriso no rosto, a nuca apoiada nas mãos, zanzando pra lá e pra cá na cadeira de rodinhas. Até os minirrobôs pareciam estar sorrindo enquanto perambulavam pelo chão cheio de fios e engrenagens. Por mais que eu caçoe e vista a minha máscara de rispidez presunçosa, no meu íntimo, eu sei a verdade: a Nina tem um objetivo de vida. Ela luta pelo que acredita!

E quanto a mim? Sou tão crítica do pessoal da escola, dos blogueiros, das pessoas em geral, ao mesmo tempo que falo tanto sobre almejar ser a "maior inventora do mundo"... Mas quantas vezes fiquei procrastinando? Vendo vídeos engraçadinhos, perdendo tempo com discussões inúteis, com polêmicas na rede? Que direito eu tenho para falar dos outros? Nunca mais me atreverei a menosprezar este grupo rebelde... Não chego aos pés da Nina.

Foi então que, do nada, gritos e explosões anunciaram a chegada das Corporações na base Ixoté!

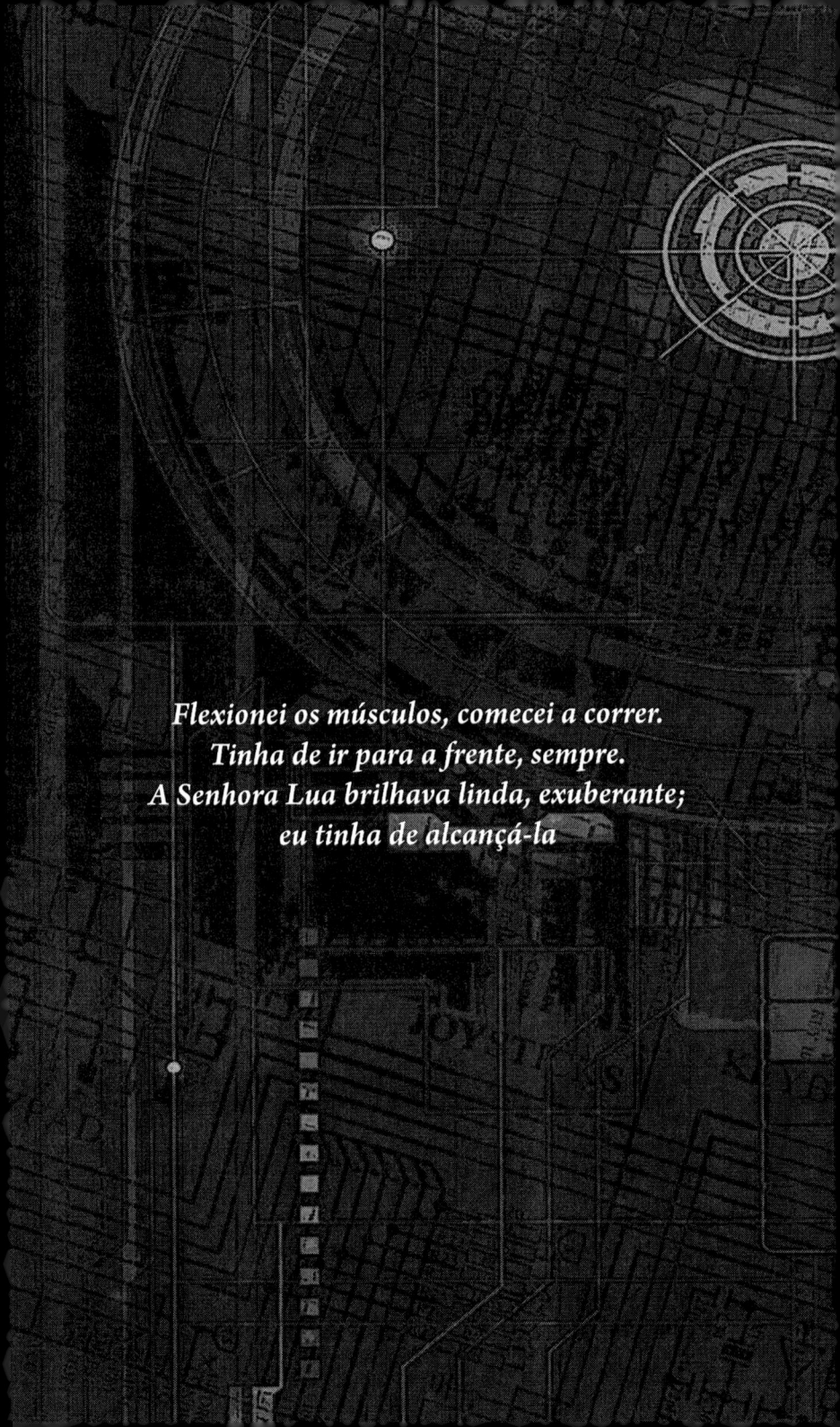

*Flexionei os músculos, comecei a correr.
Tinha de ir para a frente, sempre.
A Senhora Lua brilhava linda, exuberante;
eu tinha de alcançá-la*

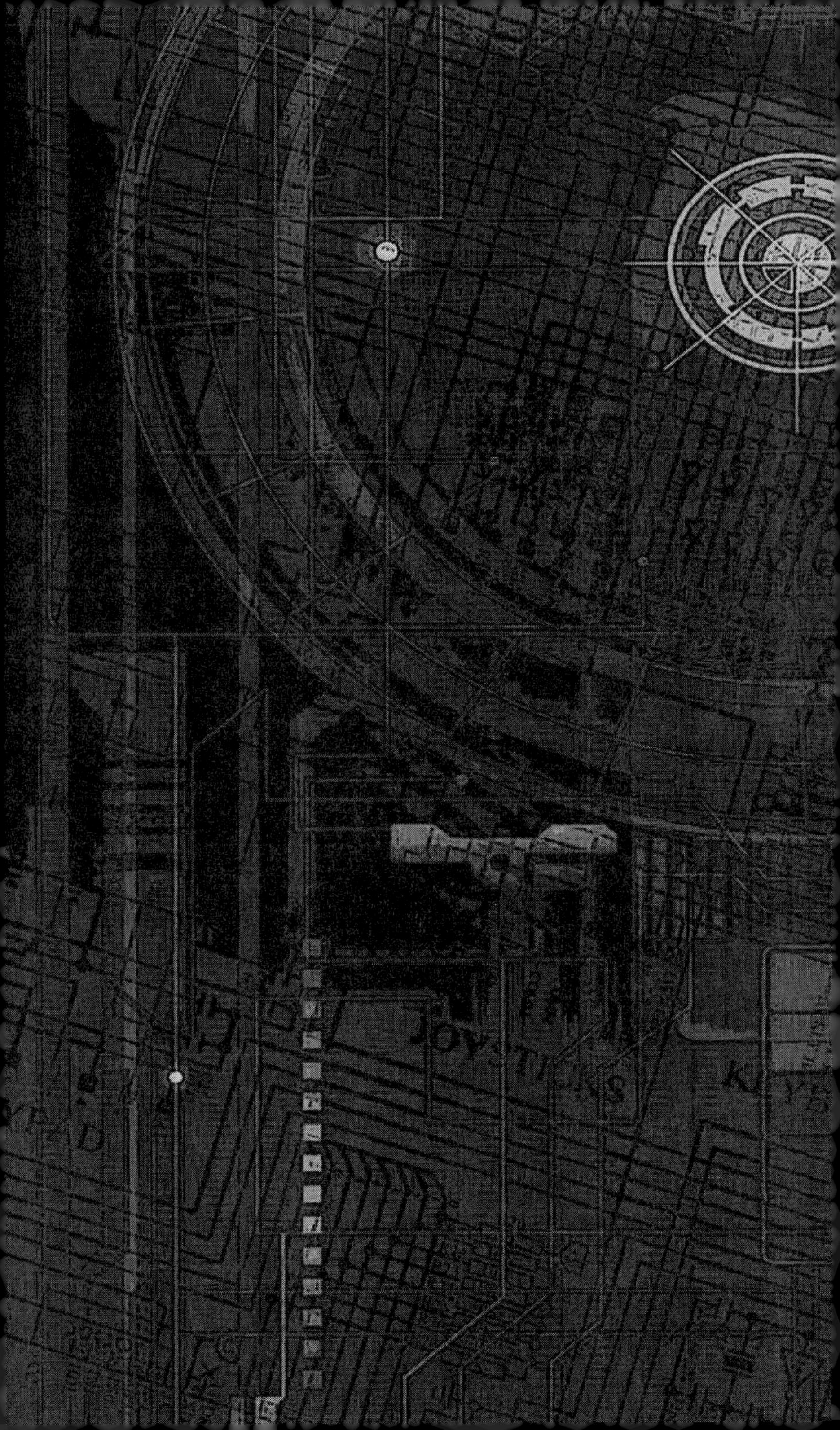

23. Gritaria

Foi então que, do nada, gritos e explosões anunciaram a chegada das Corporações na base Ixoté!

De repente, o alarme começa a soar, enlouquecido, clamando por urgência. As telas no laboratório se ligaram todas de uma só vez, mostrando várias e vários agentes da Akosilé Oju, que iam entrando por tudo quanto é canto. Eu olhava sem acreditar, sem entender, porque parecia mais coisa de filme do que realidade. Quase dez dias vivendo dentro do laboratório, concentrada neste trabalho, mal tinha visto as demais pessoas da base. Eu e Nina não tínhamos dormido essa noite. O que está acontecendo? Fiquei segurando o facão, acho que comecei a tremer. Não estava entendendo. O alarme continuava a tocar, ensandecido; telas holográficas pululando nas paredes, projetavam os agentes das Corporações invadindo a base Ixoté, se esparramando por todo o lugar, mulheres e homens uniformizados, todos com capacetes, armados com espadas, lanças, fuzis; bombas de estouro mental, rifles telecinéticos, correria pelos corredores...

Enquanto eu permanecia paralisada, em choque, a Nina já tinha deixado o laboratório, nem percebi quando; por meio das telas holográficas, assisti a ela comandando o contra-ataque, ordenando robôs de defesa, utilizando seus poderes para despertar máquinas; canhões e tentáculos de circuitos brotavam das paredes da base, para conter os invasores; vi que apareceram os outros três rapazes, cujos nomes nunca lembro, já estavam se engalfinhando com os agentes, usavam seus dons, tentavam se concentrar, gritavam palavras de poder; fiquei ali parada olhando, ainda sentada no chão, não consegui entender nada, não conseguia sequer acreditar, tudo muito rápido, ação frenética de cinema, parecia que eu assistia a uma película de ação... Então, quebrando a minha estupefação, a Nina aparece na porta do laboratório.

– Jamila! – exclamou ela, toda suada, segurando um rifle pesado.
– Fique aí!! Tranca a porta!! O Lourival já tá a caminho!!! – e saiu atirando pelo corredor, gritando ordens.

A Nina mantinha uma frieza impecável naquela situação de desespero, enquanto eu ainda estava estarrecida...

As telas seguiam mostrando várias e vários agentes da Akosilé Oju, entrando por tudo quanto é lado, destruindo tudo o que encontravam pela frente, pisoteando até as plantinhas, os pintinhos... Um mundaréu de soldados só pra prender seis pessoas...

Então...

...me aparece o Pedro Olawuwo. Em pessoa. Na porta do laboratório.

– Hã? – foi tudo o que conseguir dizer.

Estava ali, o Pedro Olawuwo, meu inimigo, me encarando. Um sorriso presunçoso, pele preta reluzente, olhos faiscando, todo pomposo de bata e boina. Todos os barulhos, tiros e gritos, não faziam mais sentido para mim, perante aquela imagem... O que significava isso? Emblema da Akosilé Oju no peito... Pedro Olawuwo vestindo bata de cargo? Agente das Corporações? Cargo importante??

Fiquei imediatamente de pé. Cerrei os punhos. Comecei a rosnar...

– O que você...? O que você tá fazendo aqui?!

Olawuwo continuava me olhando. Atrás dele, corriam mais e mais agentes, mais tiros e explosões. Nada daquilo parecia importar para ele. Estava totalmente concentrado em mim. Sorria, mostrando dentes de metal. Em sua pele, pareciam deslizar circuitos brilhantes, dispositivos. Um ciborgue, uma tecno-aberração, uma criatura que só fingia ser humana...

– *Diretor* Olawuwo – disse ele, alto e bom som, com uma empáfia que me irritou muito – Diretor da Divisão Militar de Tecnologia Espiritual. Ogã confirmado pela Casa Olasunmbo. Então... é *Pai* Olawuwo de Xangô pra você, querida.

Nem ferrando! Que pai Xangô me perdoe! Mesmo que eu esteja desrespeitando as tradições! Mas nem ferrando eu me abaixo pra esse moleque marmoteiro!!

– Pilantra safado!! – foi tudo o que conseguir dizer, quase salivando de tanto ódio.

Pedro Olawuwo então deu um passo para dentro do laboratório, todo orgulhoso. Antes, quando era só um valentão babaca da escola, andava meio curvado, com os ombros caídos, meio triste, só estufando o peito quando queria se mostrar ou me importunar; agora, estava naturalmente ereto, sem fazer esforço, como se a realeza fosse algo natural a ele. Por que estava assim tão calmo? Por que não estava mais agindo feito um paspalho descompensado?? Essa postura só me fazia tremer ainda mais de raiva... eu me segurando para não perder o controle... queria bater, queria esmagar...

– Nem mais um passo... – sibilei – Ou...

– Ou o quê? – ele desafiou.

– Isso aqui não é a escola, seu idiota!! – gritei, me rendendo à armadilha infantil do meu oponente, que só ria, mantendo a calma e o controle da situação.

– Jamila Olabamiji – disse ele, saboreando cada palavra –, você está presa por crimes contra a ancestralidade.

– Vai se ferrar, seu bosta! – exclamei, já rosnando feito um bicho.

– A totalidade de seus delitos é tamanha... – Olawuwo continuou dizendo – ...Que talvez seja punida com a morte da sua alma.

Ele tá se referindo a *icu ocam*, a morte da alma! A pior pena possível! A destruição da essência espiritual... Punição reservada aos piores dos piores!! A execução dessa pena é um risco para todos, pois pode atrair a ira dos ancestrais! Esse cara tá falando sério?? Olawuwo estava me olhando de cima a baixo, e aí soltou um sorriso perverso; foi então que percebi que eu estava me tremendo! Tremendo de quê, garota? Medo do Olawuwo? Eu??

– Entenda – disse ele – Você está lidando com um dos mais jovens Diretores de Tecnologia Espiritual de Ketu Três; sou a mente brilhante que está recebendo prêmios e glórias por ter criado a revolucionária tecnologia chamada R.E.P.E...

Ah, chega.

– Seu pedaço de bosta!! Vou te quebrar em pedaços!!!

Soltei um urro que fez tremer toda a base. Minha força sobrenatural simplesmente explodiu, de uma só vez. Perdi a razão, virei uma fera furiosa, que só queria estraçalhar e matar. Estava transbordando, energizada pelo ódio... Parti pra cima dele! Miserável!!

Então, o Olawuwo parou de sorrir... e começou a crescer. A bata rasgou; a pele virou um emaranhado de placas metálicas; o corpo foi se abrindo, se remontando; realmente não tinha mais órgãos, e sim circuitos, fios, dispositivos; os ombros se alargaram exageradamente, os músculos quadruplicaram de tamanho; os punhos se tornaram dois enormes martelos, o rosto virou uma máscara de ódio e aço; os olhos eram brilhos de um verde sinistro. Uma abominação tecnológica...

Se eu pudesse me ver, talvez olhasse com pena para uma fera que, diante de um predador ainda mais formidável, não consegue evitar senão tremer e recuar...

– Tá com medo? – disse ele, com uma voz gutural, robótica. – Sua aberração...

Olha quem fala! Vou quebrar esse merda!!

Fúria. Estava em cima do Olawuwo, urrando feito um bicho. Fúria, apenas fúria. Acerto-lhe um soco bem dado na boca do estômago! Aquela mesma força que destruiu prédios inteiros do Setor 10, que devastou quilômetros de ruas com um só golpe. Um soco daqueles!!

Pedro Olawuwo permanecia intacto.

Quê?!

– Eu sou o mais forte – declarou a voz robótica do Olawuwo.

Não pode ser... Rosnando, comecei a trocar golpes com a monstruosidade chamada Pedro Olawuwo. Não queria mais saber da base, dos agentes das Corporações ou mesmo do pessoal do Ixoté; desmembrar meu adversário era tudo o que importava naquele momento. Eram golpes desferidos com extrema rapidez, além da capacidade meramente humana; quando fico furiosa, sou a mais forte, a mais resistente, a mais veloz de todos! Mas... ele estava acompanhando a minha velocidade, suportava os meus golpes! Não pode ser... Cada pancada minha fazia a base inteira tremer; os vidros se partiam com a onda de choque, os soldados das Corporações iam ao chão, destruídos e abalados só de ouvir meus gritos; o Olawuwo estava suportando tudo isso, os meus golpes, minha gritaria, tudo, como se não fosse nada; ficava me olhando, como se eu fosse uma pequena formiga. Não. Pode. Ser...

— Aberração... — dizia ele, com calma, no meio daquele caos de pancadas e fúria. — Você não é nem um ser humano...

"Que merda você tá falando", eu queria perguntar, mas tudo o que eu consegui foi grunhir; de forma bizarra, ele parece ter entendido, então disse:

— Ainda não se tocou? Chamo você de aberração porque é isso que você é: um ser artificial. Uma criatura patética e sem alma, criada em laboratório. Você não é gente de verdade, é só um experimento mal feito...

O. Quê?!?

Então, Pedro Olawuwo me acerta um golpe... e vou parar do outro lado da sala... depois de ter sido arremessada por várias outras salas! Estava de bunda no chão, no quarto de algum dos rapazes... Tudo arruinado, a base em chamas... Fui arremessada através das paredes de terra e ferro... Um rombo enorme... Tudo isso com um único golpe... Nem mesmo os tanques e os canhões da Akosilé Oju tinham conseguido me arranhar, naquele dia no Setor 10... Eu, que tinha destruído prédios inteiros em poucos minutos, fui derrubada com uma pancada só. Eu... O Pedro Olawuwo me arremessando para bem longe. Um único golpe.

Não... Eu... sou gente... eu... tudo dói...

"Foge."

Não... Eu sou... uma pessoa...

"Foge para bem longe daqui."

Joana... Era ela falando na minha cabeça... Eu acho...

"Foge. Foge!"

Mas... Fugir do Pedro Olawuwo...? Como se eu fosse um bicho assustado? Estou destruída... Um só golpe... Mas... Mas... Fugir desse monte de merda??

"Foge, Jamila."

Tudo arruinado... Eu estou arruinada... Olawuwo já estava bem diante de mim... velocidade sobrenatural... mais rápido do que eu... Não... Eu é que sou mais forte... Ele é que é o monstro... Eu sou... gente... Preciso... me levantar... Ele... tá trazendo um cadáver ensanguentado?? É o teleportador Lourival?!

"Foge... se não ele vai te matar também...!"

Assassino!! Ele matou o Lourival...! Preciso me levantar!! Não... consigo... ele me feriu... Tá doendo... quero chorar... Moleque assassino! Preciso... não consigo... Ele solta o Lourival no chão... As mãos de martelo do Olawuwo... estão se transformando...

"Foge, foge!"

Eu... ainda tentando me levantar, rosnava para ele... Quem rosna... é bicho... eu sou... gente...

"Foge, por favor."

Sai da minha cabeça, Joana! Não vou fugir! Eu sou gente!!

"Jamila!!"

Eu ainda estava grogue... As mãos do Olawuwo se transformaram em... canhões de plasma! Ele me olhava, sorrindo, cheio de satisfação... A base arruinada... Sangue, muito sangue... Eu sou de verdade... Não sou uma coisa... Ele é o monstro... pisoteando o cadáver do Lourival... Os canhões do Olawuwo apontados bem para a minha cabeça... Onde estava a Nina... A Joana...

"Jamila..."

Tudo destruído... Não conseguia me mexer direito... Mais e mais agentes das Corporações se aglutinando ao meu redor... Espadas e lanças ensanguentadas... Fuzis e rifles apontados... Os canhões apontados para a minha cabeça começaram a girar, a se ativar, estavam quase prontos para atirar e arrebentar de vez com os meus miolos... Eu ia ser abatida como se fosse um animal desses qualquer... O monstro Olawuwo abrindo o sorriso mais medonho que já vi...

"*Jamila Olabamiji, ordeno que você fuja para bem longe daqui usando todas as suas forças!*"

Me levantei de imediato saltei para o lado, evitando um disparo que abriu um grande rombo na parede e quase fez desabar a base inteira; subiu uma nuvem de poeira dos escombros que encobriu a visão do Olawuwo; então, dei um soco na parede destruída e fiz o rombo virar um buraco que dava para um túnel subterrâneo...

...E saí correndo por aquele túnel com o rabo entre as pernas.

> "*Quando não existe inimigo no interior, o inimigo no exterior não pode te machucar.*"
> – Provérbio antigo proferido por Venerável Mãe Presidente Ibualama durante pronunciamento em canal de televisão.

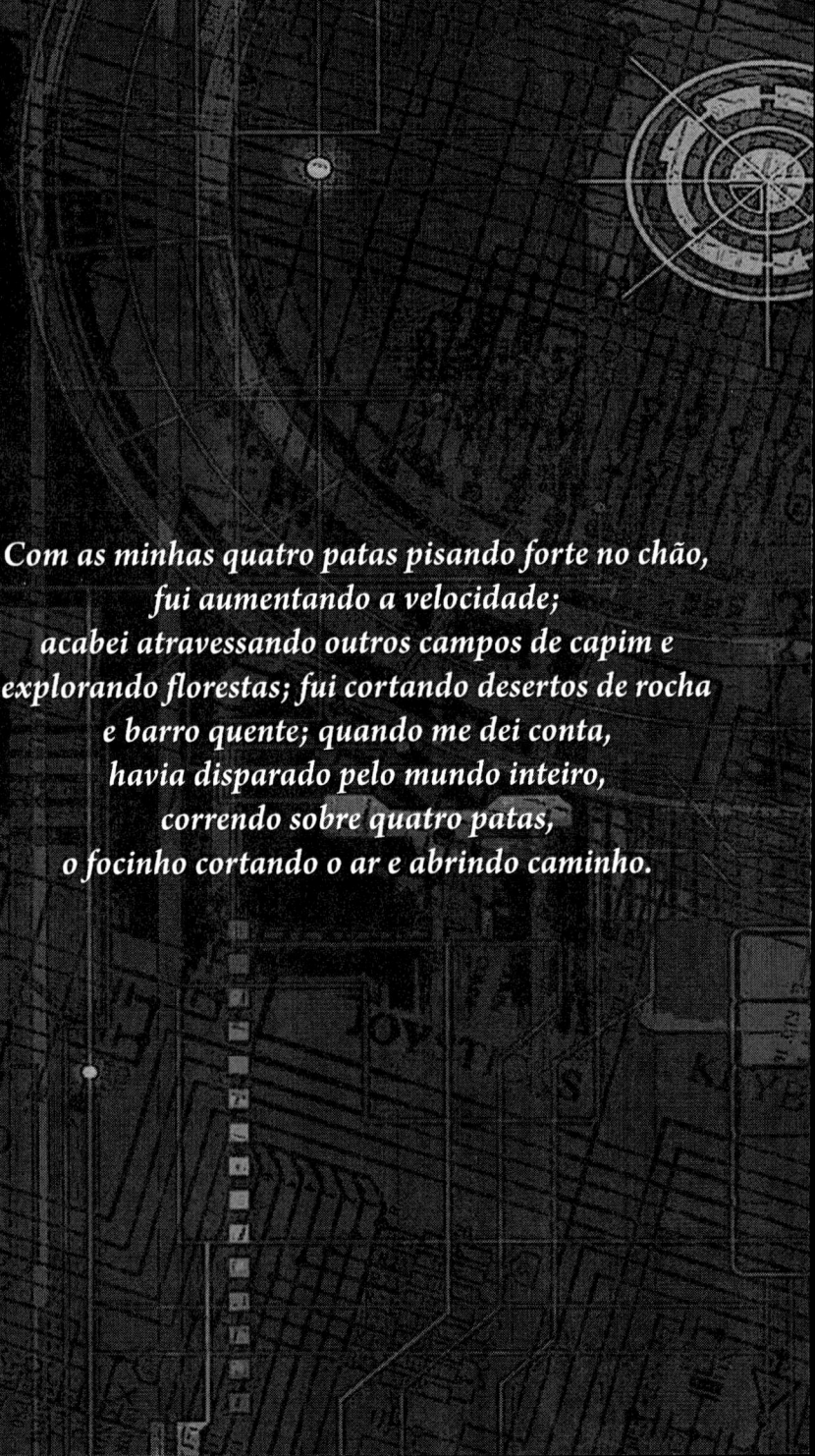

*Com as minhas quatro patas pisando forte no chão,
fui aumentando a velocidade;
acabei atravessando outros campos de capim e
explorando florestas; fui cortando desertos de rocha
e barro quente; quando me dei conta,
havia disparado pelo mundo inteiro,
correndo sobre quatro patas,
o focinho cortando o ar e abrindo caminho.*

24. Gritaria (Sangrenta)

... E saí correndo por aquele túnel com o rabo entre as pernas. Quebrei tudo pelo caminho; atravessei paredes, escavei a terra, corri por túneis subterrâneos que eu nem imaginava existir; fui abrindo meu caminho à força debaixo do solo de Ketu Três; então, em algum momento, parece que encontrei a superfície, no meio de uma pequena praça, eu acho, não tinha ninguém, só algumas árvores, arbustos, bancos de madeira; aí, me agachei, peguei impulso e dei um salto enorme para o alto, ultrapassando as grandes árvores e os prédios mais próximos; parecia que estava voando; então, aterrissei na laje de um dos prédios, era uma área popular, de residências menores, pelo visto; ainda na laje, me agachei, tomei impulso e dei novo salto usando a força sobrenatural das minhas pernas; fiquei saltando então de um prédio para o outro, tomando o cuidado para não danificar nenhum e não assustar demais as pessoas; acho que consegui me desviar de alguns dos carros voadores que trafegavam pelo caminho aéreo; fui saltando mais e mais, pra cada vez mais longe, de prédio em prédio, saltei, saltei...

Até que acordei n'alguma espécie de beco, sem entender nada.
...
Calma. Antes de mais nada, fique em silêncio. Observe. Respire.
...
Tô apavorada!!
...
Calma! ... Você é ou não é uma filha de Ogum?! Ora, essa...

Estou agachada, de cócoras, ao que parece, n'algum beco, ruela, travessa, sei lá. Respire. Estou respirando. Certo. Continue agachada, não faça nenhum ruído. Positivo. Agora, olhe ao seu redor. Olhando... Estou sozinha. Estou entre muros de concreto, numa ruela de chão de terra.

Não tem ninguém aqui... Muito conveniente, não?? Sol no céu... então é manhã, ou tarde. Deve ser início de tarde, porque o sol está bem forte. Certo, olhe mais. Paredes de tijolos, casas de alvenaria; deve ser o Setor 3, 4, ou algo assim...

Jamila, se liga! A situação é gravíssima!! Pelo amor dos ancestrais! Que que aconteceu com a Nina? Joana? Os outros rapazes? Por que a Joana me mandou pra longe? Onde ela tava durante o ataque?? O que tudo isso significa??

Quero gritar!!...

...Quero estraçalhar aquele moleque Olawuwo!...

...Calma!

Calma...

Bom. Olhe para si própria. Ainda bem que os meus cachos estão todos bem trançados; se não, a minha cabeleira estaria arruinada... Já as minhas roupas, essas sim viraram farrapos... minha calça, toda rasgada, meus tênis, estourados, minha camiseta, toda aberta... felizmente, estou usando, por baixo, um *collant* azul de moléculas instáveis, traje preparado pela Nina especialmente para mim... Reparei só agora que meu facão de Ogum estava comigo, atado às minhas costas por meio de um dispositivo magnético; no calor daquele caos, tinha me esquecido, mas seguirei o que a Nina disse e nem tentarei usar... até encontrar aquela senhora, a Velha Maria.

Velha Maria... será que ela poderia me ajudar...?

Nina... Joana... pai... Fernanda...

Certo! Me levantei então, tentando agir naturalmente. Fui saindo daquele beco, para tomar as ruas.

Parece que é o Setor 3 mesmo. Tem gente sim, mas ninguém está reparando em mim; rapazes marrons de bermuda e boné em *skates* antigravidade; grupos de jovens, peles pretas e marrons, trocando uma ideia bem animada; meninas de *dreads* com computadores de bolso; vendedores ambulantes gritando as últimas ofertas; dia de feira, leguminosas, frutas frescas, carnes...

Ninguém parecia estar dando a mínima pro fato de eu estar vestida com trapos rasgados, suja de terra, com um facão nas costas – vai ver que a moda entre os jovens lacradores de hoje tá tão qualquer coisa que ninguém se surpreende mais...

Ai! Uma mulher esbarrou em mim...

– Me desculpa! – disse a moça, tocando no meu ombro. – Eu... me distraí olhando aquelas lindas meninas ali...

– Ah, tudo bem – disse eu, soltando um sorriso tímido. – Sei como é...

Era uma mulher de óculos escuros, pele marrom escura, tranças finas presas num rabo de cavalo, vestia trajes brancos... tinha o rosto bem simpático, sorria...

... e estava com a mão no meu ombro.

– Hum... – comecei a dizer, olhando bem no rosto dela. – Por gentileza, tire a sua mão de mim.

– Ah! – disse ela, com um sorriso meio nervoso – me desculpa, tão distraída... – ... e manteve a mão no meu ombro. Apertou um pouco os dedos; começou a tremer um pouco...

Dei uma cotovelada no braço dela, no momento em que ela quase acertou o meu pescoço com uma seringa grande e aguçada; fiquei na posição de boxe, como meu pai me ensinou, e lhe acertei um jab no nariz; ela caiu pra trás, com sangue no rosto; as menininhas e rapazinhos ao redor pararam o que estavam fazendo pra olhar aquela cena; a moça das vestes brancas e rosto ensanguentado ativou um dispositivo comunicador na orelha, e gritou:

– Atenção! Confirmada a presença do Experimento nº 63! Atenção!!

Dei um chute na orelha dela, e comecei a correr.

Calma, calma, calma...

Os jovens todos iam saindo do caminho enquanto eu corria sem rumo; não entendi se eu estava usando meus poderes sobrenaturais ou não; na verdade, não entendia ainda como funcionavam; mas eu tinha de correr, sei lá pra onde; tentei sair daquele espaço mais aberto da rua cheia de jovens, tentei pegar as ruas mais estreitas; apareceram sei lá de onde mais moças e moços vestindo trajes brancos e com seringas nas mãos; todos me mandavam parar, me chamavam de "Experimento nº 63"; no susto, eu esmurrava todo o mundo, distribuía socos e pontapés, toda desajeitada, sem parar de correr; aparentemente, eu estava batendo bem forte, já que a maioria ia pro chão, reclamando de dor; já eu ia sentindo uma dor nas juntas, e na minha cabeça, conforme a energia eletromagnética do meu espírito disparava loucamente perante a sensação de perigo e de medo.

Medo estou com medo medo estou com medo estou com medo medo estou com medo medo estou com medo medo estou com medo medo estou com medo medo estou com medo…

– Pare, Experimento nº 63! – gritavam as pessoas de trajes brancos e seringas. – Precisa voltar para o laboratório! É para o seu próprio bem!!

Quase chorando de medo, sem conseguir pensar direito, me agachei, tomei impulso, e saltei para o alto de uma laje… aterrissei toda desajeitada no concreto quente, rasgando ainda mais as minhas roupas, mas meu traje colante de moléculas instáveis se mantinha intacto. Enquanto tentava recuperar o fôlego, ouvia as pessoas lá embaixo gritando, "Experimento 63", "Experimento 63"…

Não sou um experimento sou uma pessoa não sou um experimento sou uma pessoa não sou um experimento sou uma pessoa não sou um experimento sou uma pessoa não sou um experimento sou uma pessoa não sou um experimento sou uma pessoa não sou…

Apareceu, assim de nada, se materializando em pleno ar, um homem magro, usando um *collant* preto, e com uma lança metálica em mãos; a lança atingiu meu ombro, mas a minha pele endureceu bem a tempo e não sofri nenhum dano; mesmo assim, o golpe doeu bastante; o homem continuava tentando me acertar mais golpes, mas eu desviei, no susto, usando a esquiva de boxe que meu pai sempre me ensinou; acertei um golpe no estômago do homem, que voou longe e foi parar no outro prédio;

Meu corpo todo se tremia, minha cabeça estava estourando, minha alma ardia igual a uma labareda e eu sentia que ia quase desmaiar por não conseguir respirar direito.

Apareceram outros dois homens com lanças atrás de mim, assim de repente; saí correndo, saltei a laje e fui parar três prédios à frente, depois me agachei e saltei de novo, e de novo, de novo...

Meu coração saltava pela boca, e as lágrimas de medo e pavor inundaram os meus olhos...

No meio do salto, dei de cara com uma parede invisível bem na minha frente, provavelmente criada pelos dois homens de trajes pretos, mochilas voadoras e dispositivos telecinéticos, bem acima de mim; fui empurrada para o chão, caí como uma pedra; antes que eu conseguisse entender onde tinha caído, duas mulheres vestindo *collant* negro apareceram na minha frente e nas minhas costas, e tentaram me fatiar com suas espadas *laser*; escapei por muito pouco, me desviando no susto, minha cabeça ardendo com o uso contínuo e desenfreado de energia espiritual; me agachei, soquei cada uma das duas nos calcanhares; elas foram ao chão, segurando o grito de dor; me levantei e saí correndo, porque haviam aparecido mais outras três mulheres de espada.

Vi que tinha caído bem numa área residencial, cheia de prédios um pouco mais altos; não entendi bem se estava no Setor 4 ou 5, só sei que tinha muita gente na rua gritando e se desviando de mim; tive que socar um carro vazio que estava bem na minha frente, o automóvel foi arremessado a vários metros de distância... Fiquei torcendo para eu não estar machucando ninguém, mas meus perseguidores não pareciam se preocupar se iam me machucar ou não; várias pessoas de trajes negros, mochilas voadoras e capacetes, vinham me perseguindo lá do alto, tentavam me acertar com golpes invisíveis usando dispositivos telecinéticos; vários outros carros foram arremessados enquanto tentavam me golpear; tentei saltar, mas aí a telecinésia deles impedia que eu deixasse o chão; sem escolha, continuei correndo, correndo...

Parei imediatamente quando vi uma criança bem diante de mim, chorando muito, paralisada de pavor. Era um garotinho segurando uma boneca de pano. Parei, fiquei olhando para a criança. Aí, virei, olhei os voadores tentando me pegar, destruindo tudo pela frente sem se importar. Então, sem pensar...

...reuni uma grande quantidade de energia espiritual e...

...soltei um berro muito alto, para a frente, direcionado para aquela tropa de voadores no meu encalço. Meu urro foi tão intenso que acabou despedaçando as mochilas e dispositivos daquelas pessoas, que foram ao chão, com as mãos nos ouvidos, gritando.

Me virei, peguei a criança no chão e continuei correndo...

...e desviei no último minuto quando o Pedro Olawuwo despencou lá do alto como um cometa bem na minha cabeça!

– Foge!! – gritei para o menino, quando o coloquei no chão. – Foge daqui!! Pelo amor dos ancestrais...

O menino continuava chorando, parado, agarrado na boneca de pano. O Pedro Olawuwo estava se levantando da cratera que abriu no chão, quando caiu lá de cima. Eu me ajoelhei, desesperada, implorando para a criança fugir... mas aí apareceu um homem, de roupas civis, pegou o garoto no colo e correu para bem longe. Suspirei de alívio...

Alívio de quê? Tudo ao redor estava uma zona! Carros virados, prédios arrebentados, árvores derrubadas, pessoas correndo, gritando... tudo por minha culpa, de novo...

Pedro Olawuwo estava de pé, bem na minha frente. Ainda naquela forma de monstruosidade robótica; ombros largos, mãos em forma de martelo; parecia ter uns dois metros e meio de altura, e tão largo quanto; os músculos de circuitos pulsavam, enquanto que as placas de aço da sua armadura corporal reluziam debaixo daquele sol forte. Contas brancas e marrons de pai Xangô estavam incrustadas em várias partes do seu corpo, e pareciam cintilar perante a grande energia que o Olawuwo emanava de si.

De novo, comecei a tremer de medo... que saco!!

— Me deixa em paz, seu monstro! – gritei, me colocando em posição de combate. – Assassino! Vou te arrebentar!!

— Para de tremer – disse ele, calmamente, com sua voz robótica. – Até para uma aberração que nem você, isso é patético demais...

Ele tinha razão.

— Sei muito bem o que eu sou! – menti. – Não acredito nessas merdas que você me disse!!

Não tinha mais ninguém nas proximidades, exceto por aquelas pessoas que me perseguiam, as mulheres e homens vestindo trajes pretos e capacetes; acabaram formando uma espécie de um círculo de contenção; mantinham os rifles, lanças e espadas em punho, assistindo a mim e ao Olwawuo frente a frente. Estávamos numa rua de pedra, toda detonada e revirada; os prédios residenciais ao longo das calçadas estavam silenciosos que nem a morte; aparentemente, haviam sido evacuados; algumas árvores ainda se mantinham em pé, mesmo após toda essa confusão. Eu estava em posição de boxe, fazendo de tudo para não tremer mais, enquanto Olawuwo permanecia ali, me olhando de cima a baixo, me julgando... Então, ele pareceu suspirar, se é que isso era possível para um robô; e disse:

— A sua idade verdadeira... Você deve ter uns 5, no máximo, uns 6 anos de existência... e não 15, como fica falando por aí...

O quê?

— Ainda lembro... – ele continuou dizendo. – Você crescendo... Naquele tubo enorme de vidro, lá no laboratório da minha mãe... você era uma coisa feia e esquisita... foi crescendo, crescendo... naquela meleca verde...

O quê?!!

— Eu chamo você de aberração porque é isso que você é... – ele continuou dizendo, tranquilamente. – Você é uma coisa, criada pela minha mãe, uma imitação de pessoa; não nasceu do ventre de uma mulher, não teve infância... Quando *eu* era criança, eu vi você crescendo naquele líquido verde que borbulhava...

Meus olhos se arregalaram tanto que parece que iam saltar pra fora.

"*Nada disso é real!*", pensei; "*Deve ter alguma explicação! Você é um marmoteiro! Mentiroso!!*"

Pedro Olawuwo cerrou os punhos, ameaçadoramente, como se tivesse ouvido o que eu tinha acabado de pensar; acabei recuando um pouco, involuntariamente...

Que saco! Não estou com medo desse bosta! Não estou!!

– Minha mãe dedicou tudo o que ela tinha, para... produzir você... – ele seguia falando. – Você... é a maior obra da carreira dela. É, simplesmente, a obra-prima da minha mãe... Mas, pra mim, não passa de uma aberração!

A fachada de calma do Olawuwo finalmente parecia ter sido deixada de lado... ele começou a falar alto, como sempre falava na escola.

– Depois que eu nasci, minha mãe perdeu o útero! Não conseguiu ter mais filhos!... Todo mundo ria da nossa família de um filho só! Todo mundo ria da infertilidade da minha mãe! Mas... Ela se tornou forte, poderosa! Uma cientista renomada! Uma Mãe Diretora respeitada! Todo o mundo passou a ter medo dela! Agora... eles todos têm medo de mim!!

Olawuwo então deu um soco no chão, e o chão tremeu em resposta; abriu uma rachadura na rua inteira, e vários prédios desabaram; os agentes ao nosso redor caíram todos de bunda no chão; eu consegui me manter em pé, mas, além de tremer, agora estava suando frio...

– E o que eu tenho a ver com seus problemas?!? – gritei, ainda tentando, de forma lastimável, parecer durona. – Seu mentiroso! Marmoteiro!! Eu sou uma pessoa!! O que eu tenho a ver com sua vidinha bosta?!?!

– *Tem tudo a ver!!* – ele gritou, com sua voz gutural de robô; acabei levando as mãos ao rosto, no susto, como se precisasse me proteger de algo. – Por sua causa, minha mãe perdeu tudo!! Por sua causa, meu pai virou um fracassado!! Por sua causa, o nome da família Olawuwo foi pra lama!! Você é um experimento falho, que nos custou milhões!! Nos custou *tudo*!!!

— Já disse que não sei de que merda você tá falando!! — gritei, partindo para cima dele, sem conseguir me conter por mais tempo. Chega dessa ladainha!!

A raiva energiza os meus poderes, e eu estava com muito ódio! Sentia a energia espiritual transbordando! Então, dei um soco bem dado nele!!...

...E o Olawuwo segurou meu soco com uma de suas mãos enormes...

A onda de choque do impacto derrubou umas árvores próximas, e empurrou mais ainda os agentes que ainda estavam lá assistindo; a maioria já tinha fugido pra longe. Olawuwo ficou ali segurando a minha mão, fechando o punho gigante e esmagando meu braço...

— Me solta!! — gritei.

— Você é propriedade da família Olawuwo — disse ele, retomando a fachada de calma. — Você fugiu do laboratório da Casa Olasunmbo, danificou inúmeras propriedades, causou graves ferimentos a filhos dos deuses e a agentes das Corporações. É meu dever, como Ogã Diretor da Divisão Militar, levar o espécime de volta para a Olasunmbo... — os olhos dele faiscaram por um instante. — Mas prefiro só *matá-la!!!*

Olawuwo fechou o punho com tudo e destruiu meu braço de uma só vez; não aguentei, soltei um urro de dor; tentei reagir com o outro braço, mas meu soco nem arranhou a couraça metálica do meu inimigo; então, ele me pegou pela cintura, e me jogou com força para um dos prédios; fui arremessada através de vários e vários apartamentos, como se fosse pedra atravessando papel; fui parar muitas ruas adiante, de cara no chão, chorando de dor por causa do meu braço arruinado, sentindo todas as minhas costelas quebradas; acabei vomitando sangue, toda zonza, grogue, fazendo de tudo para não desmaiar...

...Então, me levantei rápido, porque o Olawuwo já estava vindo, correndo em alta velocidade. Correu, correu, parou a poucos metros de mim. Eu, de verdade, não conseguia ficar de pé, mal conseguia respirar; estava exausta, sentia minhas energias entrando em curto... Meu braço esquerdo, o que foi quebrado, pendia como se fosse um cipó torcido. Minha vista estava toda embaçada, e, da minha boca, escorria o sangue do meu vômito...

– Olha só pra você! – exclamou ele. – Sua aberração nojenta! Pensei que fosse mais poderosa!!

– Como é que... – tentei balbuciar. – Como você... ficou tão forte...?

– Sua força é minha! – decretou ele, triunfante. – Você é nossa propriedade! É criação da minha mãe!! Então... Tudo que é seu também é meu! Tenho esse direito!!

Foi então que ele abriu um compartimento na sua barriga, e aí percebi... Incrustado na monstruosidade Olawuwo, agitava-se um dispositivo pequenino, de formato retangular, arredondado, em cujo núcleo uma *otá* ressoava com as vibrações espirituais ao redor, alimentando e estabilizando a máquina medonha que o Pedro Olawuwo havia se tornado.

Esse dispositivo era o meu protótipo original do R.E.P.E...

Caí de joelhos, levei a mão ao rosto; chorei de raiva, chorei de dor; acima de tudo, chorei de frustração e impotência...

...Já que não conseguia mais reagir, nem me mexer, quando o Pedro Olawuwo simplesmente ergueu e arremessou um prédio inteiro na minha cabeça.

"Mata primeiro o elefante, depois arranque-lhe os pelos da cauda."
– Provérbio antigo proferido por Venerável Mãe Presidente Ibualama durante pronunciamento em canal de televisão.

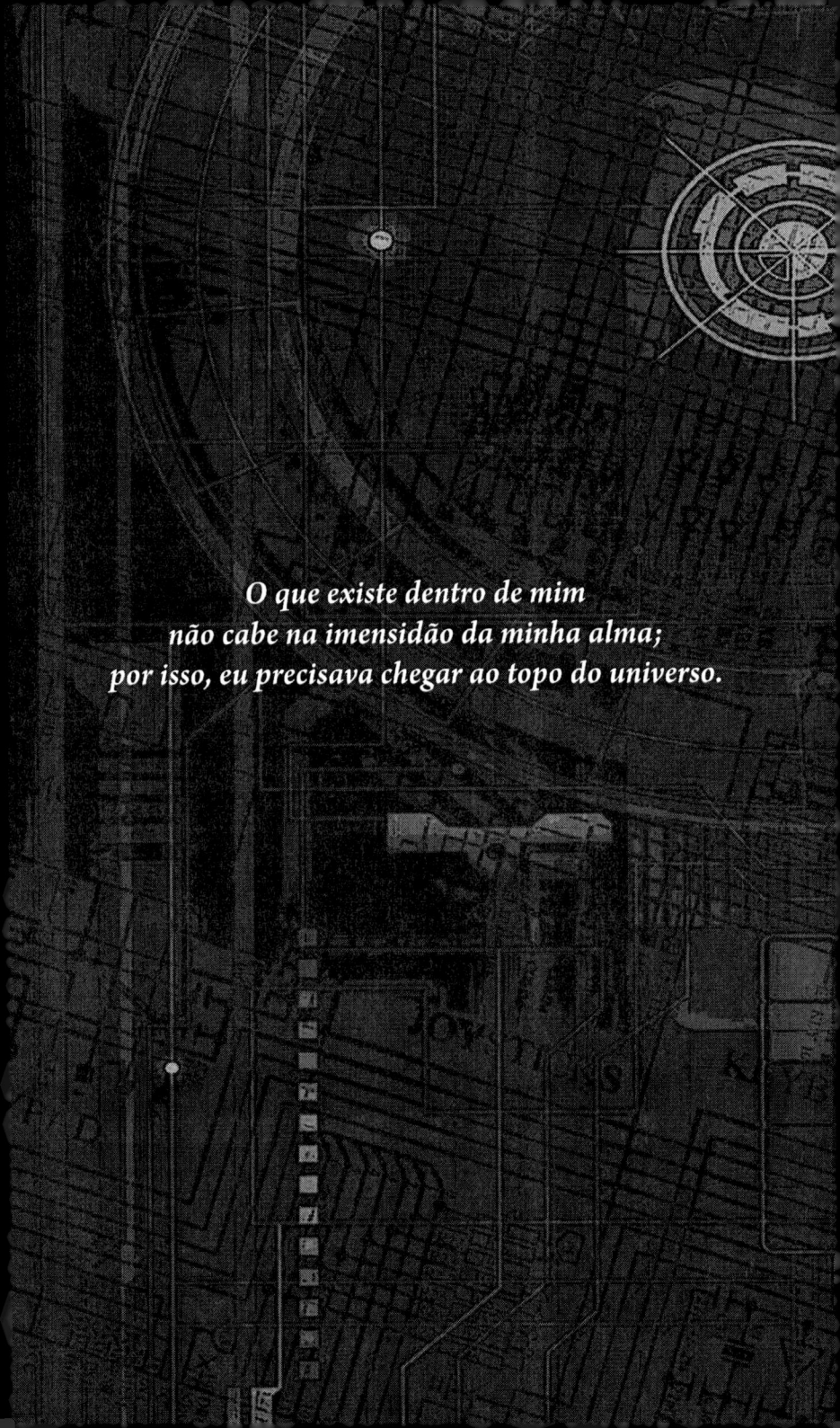

O que existe dentro de mim
não cabe na imensidão da minha alma;
por isso, eu precisava chegar ao topo do universo.

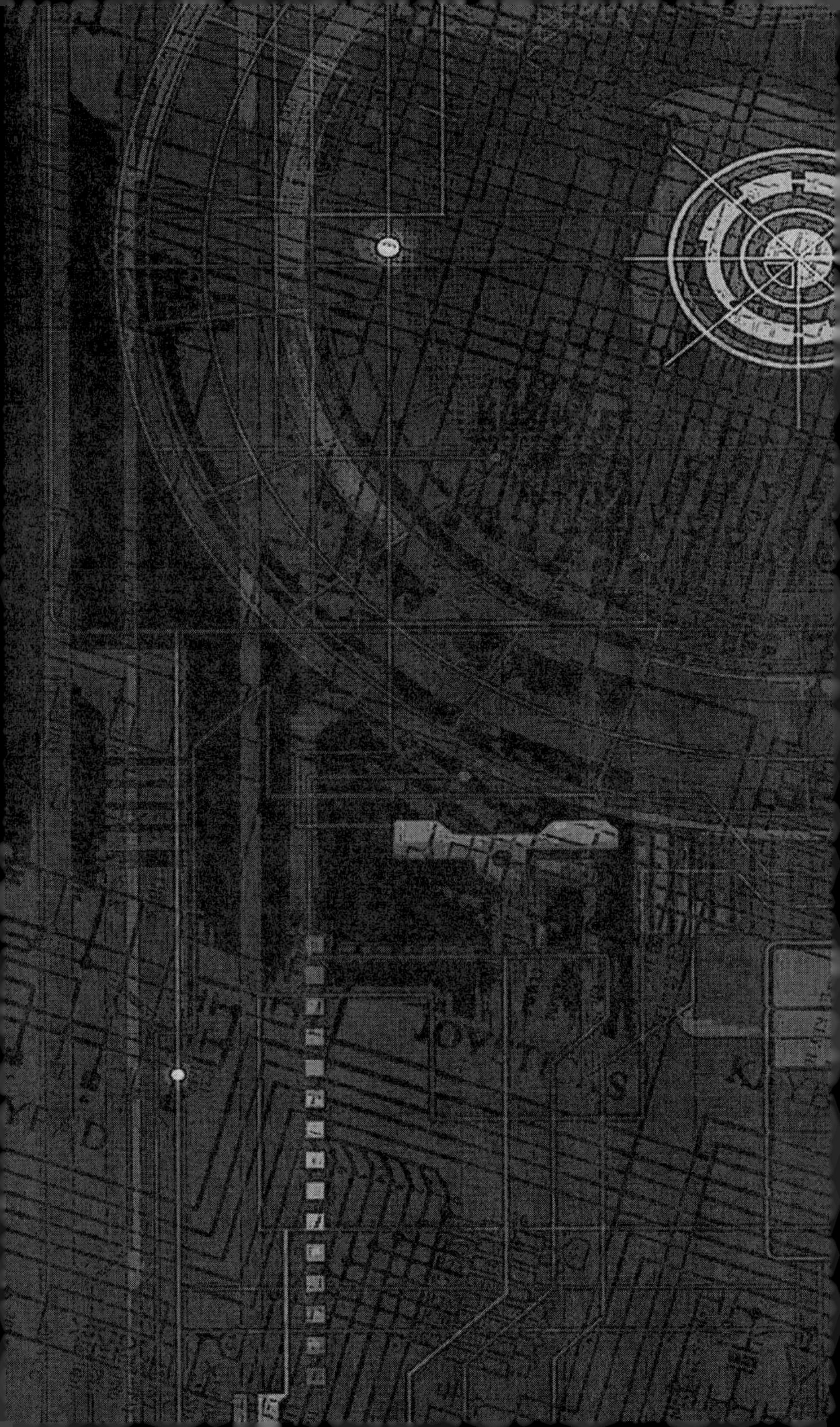

25. Soterrada (Remix)

...Já que não conseguia mais reagir, nem me mexer, quando o Pedro Olawuwo simplesmente ergueu e arremessou um prédio inteiro na minha cabeça.
...
...Que tal a escuridão do desespero além de qualquer esperança??

Não estou acreditando que... estou debaixo de um monte de escombros... Não sei dizer quanto tempo se passou... Horas? Dias? Anos??
...
Devem ter se passado uns cinco anos desde que o Pedro Olawuwo me enterrou viva, e eu ainda estou aqui, berrando por socorro...
...
Dez anos depois, ainda estou berrando...
...
Pai... Fernanda... Joana... Nina... Arolê... alguém...
...
Meu braço direito não aguenta mais... tudo o que impede que esse prédio esmague o meu crânio é esse meu braço que sobrou...

...Minhas pernas... Vão partir... Que nem o meu braço esquerdo foi partido... torcido...
...
Estou afundando na terra... afundando mais e mais... arruinada... derrotada... destruída... afundando...
...
Eu sou... uma pessoa...? Não sou...? Eu... sou...
...

... aberração ...

...

... Meu corpo... vai se partir... minha mente... não aguenta mais... minhas energias... já eram... a minha...

... minha alma ...

... eu tenho alma ... ?

...

... afundando ...

...

...

... Pai Ogum ...

...

...

... ...

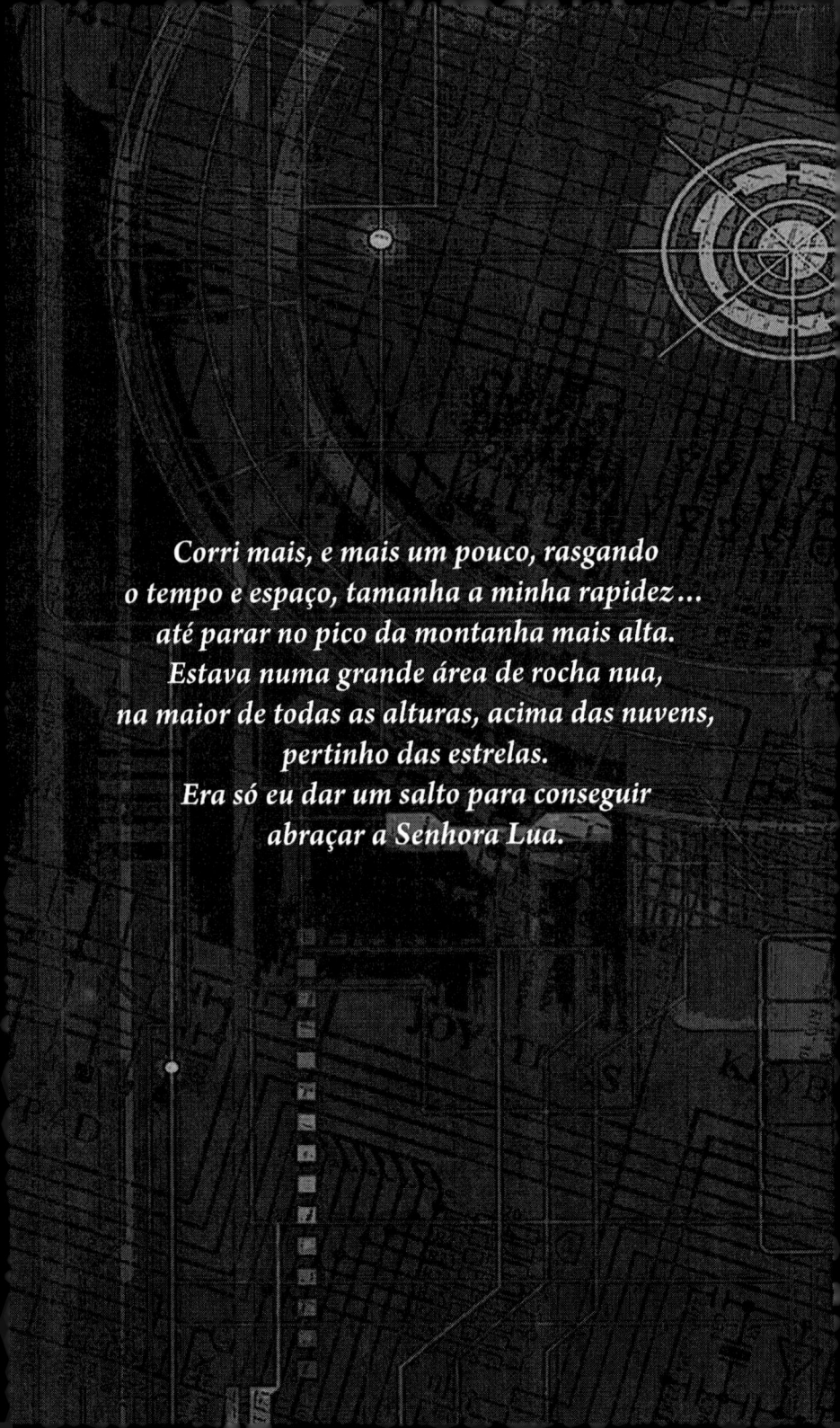

Corri mais, e mais um pouco, rasgando
o tempo e espaço, tamanha a minha rapidez...
até parar no pico da montanha mais alta.
Estava numa grande área de rocha nua,
na maior de todas as alturas, acima das nuvens,
pertinho das estrelas.
Era só eu dar um salto para conseguir
abraçar a Senhora Lua.

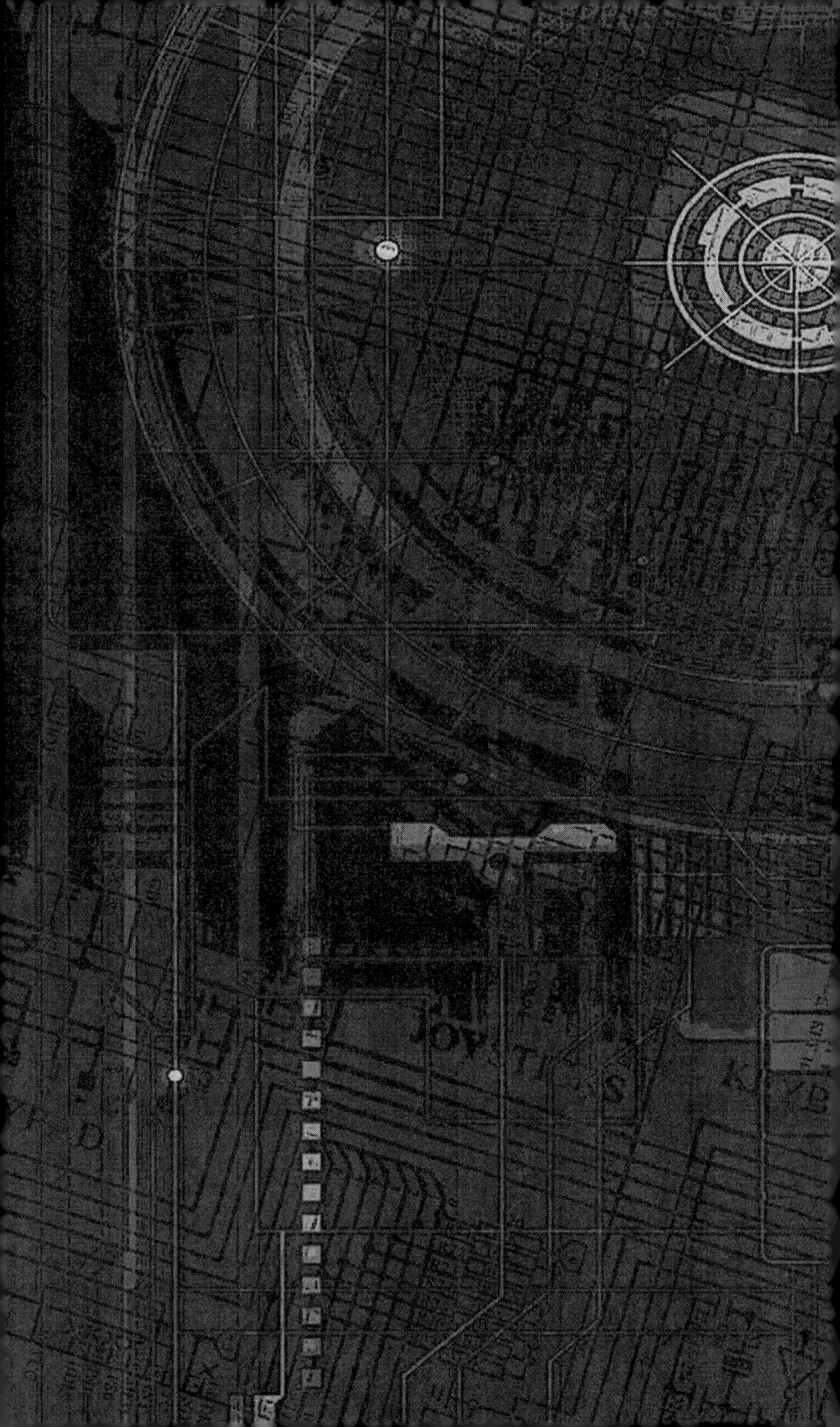
JOY

26. Perdida

... ...
...
...
...
...
.

... Acordei. Abri os olhos ...
... Me percebo inteira ... viva ...
... e cheia de água!

Abri os olhos pra valer. Hum. Tudo verde e marrom. Meu rosto está boiando na lama; terra molhada; água correndo, correndo... Tudo verde e marrom, folhas e terra. E água. Estou me segurando... no... leito de uma lagoa.

Estou abraçando um monte de terra molhada, com a minha cara meio que enterrada na lama, com a metade superior do meu corpo para fora de uma lagoa na qual deságua um braço de um rio forte. Barulho intenso de água se derramando...

Apesar da lama na cara, estou totalmente limpa. Estou recuperada. Estou... braço esquerdo... inteiro...? Meus ossos foram todos partidos de uma vez, eu lembro... mas, agora, está inteiro, recuperado, se mexendo. As dores no corpo... sumiram. Só um pouco dolorido, mas, nada demais... comparado a... bem.

Nenhuma dor no corpo... só as dores da alma.

Eu... tenho alma...?

Tá bom, Jamila, tá bom.

Estou abraçando um pequeno pedaço de terra, ilhada numa lagoa, no qual deságua um braço forte de um rio que corre potente, no meio de uma clareira de uma densa floresta. O sol tá forte lá em cima, ainda bem, mas seus raios quase não conseguem chegar nesta clareira, quiçá nessa mata fechada ao redor da lagoa... Mato, muito mato; muitas árvores altas, muitas plantas rasteiras... mato, floresta.

Minhas roupas já eram; estou vestindo unicamente o *collant* azul-marinho, que cobre meu tronco e as minhas coxas, feito de moléculas instáveis, produzido pela Nina especialmente para mim; esse tecido especial, composto de partículas espirituais condensadas por meio de um processo especial, reage à energia de quem o veste, se adapta às circunstâncias... em outras palavras, não rasga nunca, mesmo que eu tome um tiro de canhão na cara, pelo menos em teoria...

O facão de Ogum continua atado nas minhas costas. O dispositivo magnético que a Nina desenvolveu é bem potente... depois de ser esmurrada através de prédios, ser enterrada viva e engolida por um rio raivoso, o artefato continua aí, como se nada tivesse acontecido...

Meu cabelo já era. Tá em frangalhos! Estou evitando até de ver o meu próprio reflexo na água... Vou ter que raspar tudo, certeza!

Estou cheirando a lama, terra e cheia do odor de... coisas que vêm da lama e da terra.

Como vim parar aqui...? Quanto tempo... se passou...? Certamente, não foram anos... Foi tamanho o desespero enquanto estive soterrada que parece que se passaram décadas... mas, certeza, devem ter se passado... alguns dias?

Como estou viva...?

O rio. O rio me trouxe até aqui? Será que... fui enterrada tão fundo que... fui pega por algum lençol subterrâneo e... vim parar aqui...? Mas... inconsciente... sem respirar, nem comer... como...?

O estômago faz um barulho de ronco tão intenso que devem ter escutado do outro da cidade.

Aliás... será que ainda estou em Ketu Três...?

Chega de ladainha. Fome. Soltei o pedaço de terra no qual estava firmemente abraçada, e fui nadando até a terra firme. Precisava comer alguma coisa, imediatamente, nem que fosse grama e mato. Barriga roncando, horrivelmente...

***

Andei mato adentro, por horas e horas; não encontrei nada além de mato e mais mato; na verdade, era uma variedade de plantas diferentes, em todos os cantos, de pés de colônia a amendoeiras, acácias, alecrins, carquejas, celidônias, goiabeiras, jacatirões, araçás, canas-de-macaco, grumixímeiras e várias outras plantas coloridas e cheirosas cujos nomes eu desconhecia; a bem da verdade mesmo... eram plantas e ervas que são utilizadas em rituais para a ancestralidade... muitos desses vegetais são usados em procedimentos consagrados a pai Ogum e a pai Oxóssi, por exemplo. Infelizmente, nunca estudei a botânica ancestral como deveria.

Com certeza, estou numa mata bastante propícia para as ritualísticas divinas...

Meu estômago estava cheio de frutas que achei pelo caminho, fui comendo o que achei, de acerolas a goiabas, até mesmo frutas roxas e de cores brilhantes, tomara que não sejam venenosas...

Zunidos de moscas-aranha e mosquitos-mortadela se proliferam e preenchem todo o ar, enquanto minhocas carnívoras ficam tentando mordiscar os meus pés descalços a todo instante; bichos-arbusto, cobertos com pelos que imitavam folhas, surgiam de repente, barrando meu caminho e me obrigando a desviar, pois encostar nessas coisas era um perigo; insetos, aracnídeos e até moluscos apareciam aleatoriamente, alguns tentando se enroscar nas minhas pernas, outros loucos para chupar meu sangue, a maioria só queria atazanar mesmo, com barulhinhos estridentes e insistentes.

Andei e continuei andando; andei, andei, andei...

***

Em algum momento, me ajoelhei, pedi um *agô*, e tirei o facão das costas… reluzia nas minhas mãos… era pesado… sentia a firmeza dos metais da terra… pedi um sincero *agô* a pai Ogum, mas a mata estava muito fechada… Pai Ogum, o grande pioneiro, que abriu as matas com facão, para que os Orixás e a humanidade pudessem se estabelecer e prosperar… pedi licença para abrir caminho com o facão, pedi *agô* a pai Ossaim para abrir caminho… Sei que não deveria estar usando este artefato sagrado sem ter passado pelos rituais adequados de iniciação, mas… *agô*, pai Ogum, preciso abrir caminho para determinar o meu próprio futuro…

* * *

Por sinal, a presença de pai Ossaim aqui era cada vez mais forte… *agô*, pai, estou adentrando em vossa morada… estou sem rumo, só andando, em busca do meu… destino? *Agô*…

* * *

Eu sou uma pessoa.

* * *

Abrindo caminho… Cortando os galhos, as folhas… Andando, andando… Está escurecendo… E não consigo chegar a lugar algum…

* * *

Eu sou uma pessoa, não importa o que aquele imbecil diga. Eu sou um ser humano… não? Tenho de ser… Tudo isso… é mentira!… Tem de ser mentira… Eu nasci… do ventre… da minha mãe. Minha mãe… morreu no parto. Meu pai me disse. Por que meu pai mentiria pra mim…? Só se… Não. Meu pai é um pedreiro, é um homem comum, que trabalha em três empregos para que a única filha possa ter o melhor estudo possível. Não é...? Meu pai é uma pessoa assim... né? Aquele moleque safado é um mentiroso...

...

... Então, por que eu não consigo me lembrar da minha infância? Por que eu não tenho lembranças da minha vida uns 2, 3 anos atrás? Por que nunca achei isso estranho??

"Você se esforça demais!", diz o meu pai, *"Você não tem memória ruim, você lê muito, estuda muito... Você aprende muita coisa que muita gente boa por aí não sabe! Tenho muito orgulho de você, filha!"*

Mesmo assim, pai... por que não lembro absolutamente nada...?

Por que não existem fotos da minha mãe??

...

... Borbulhas na meleca verde...

...

... Minha "mãe"... é a falecida Dona Yolanda de Oiá??

... Eu sou... "irmã" do Pedro Olawuwo...??

...

... Eu sou uma pessoa. Eu tenho de ser uma pessoa...

***

Eu estava exausta. Meu corpo não está nem um pouco cansado. Estou exausta de tanto pensar. Então, meu corpo está exausto também.

Está escuro. Não consigo ver nada. Barulhos de insetos. Cigarras. O mato não termina. Não há lugar nenhum para ir. Vou dormir aqui mesmo... Largue o facão. Deite...

... Você sabia, Fernanda? Provavelmente sabia... Ela é uma pele preta, é elite... Filha de uma Mãe Diretora... Ela até dá ordens para agentes fortemente armados, dá ordens com autoridade... Com certeza, ela sabia...

...O João Arolê e Nina também devem saber... Ex-agentes, espiões... Por isso que se envolveram comigo... a Joana, que entrou na minha cabeça, deve ter visto as minhas *verdadeiras* lembranças, que eu julguei serem apenas sonhos...

...Todo o mundo que entrou na minha vida pra valer... toda essa galera sabe... menos eu...

...*Todo mundo sabe que eu sou uma maldita aberração criada em laboratório...*

...

...Chega. Eu vou deitar aqui, no meio desse mato, no meio da escuridão. Tanto faz.

* * *

Acho que não estou mais no chão.

Enquanto eu dormia, parece que uns galhos se enroscaram em volta do meu corpo; me ergueram, com suavidade; acho que estou há vários metros do chão, acho que estou sendo levada para... uma bocarra cheia de espinhos que parecem dentes afiados. Acho que é isso... se eu realmente estiver acordada. Provavelmente, é só mais um sonho ruim... Mas o perfume dessa planta é tão bom... me lembra a Fernanda...

Então, parece que é isso: uma planta carnívora me pegou e vai me devorar. Minha aventura patética finalmente vai chegar ao fim. Que bom, né? Eu não sou uma pessoa, sou uma coisa. Eu não tenho alma...

...

...*Porque, se tivesse alma, aquele imbecil não me espancaria nem me humilharia...*

...

...Tchauzinho. Acabou...

...

...Alguém... está falando...

...Sussurrando... discutindo...

— Não me erra, Genoveva – disse esse alguém. – Solta essa garota logo!

Eu estava suspensa no ar, e esse alguém, ao que parece, estava logo abaixo de mim. Percebi, meio de relance, a pessoa lá embaixo gesticulando, e então uns três frutos de árvores próximas começaram a brilhar...

...E aí eu consegui ver que Genoveva era uma grande planta carnívora, uma cabeçorra redonda, toda verde com imensas pétalas vermelhas, e tentáculos vegetais espinhentos grossos, com força suficiente para me erguer e carregar sem o menor esforço.

Parece que Genoveva não estava muito afim de me soltar.

— Genoveva... – disse a pessoa –, você sabe muito bem o que eu vou fazer se você não soltar essa criança. Vou te arrebentar. Vou te envenenar e te retorcer toda. Vou fazer todas as outras plantas te devorarem. Vou te cortar em pedaços e comer você no desjejum matinal. Vou...

Genoveva parece ter entendido, e me soltou imediatamente. Acabei caindo exatamente nos braços da tal pessoa... mas os frutos brilhantes lá em cima pararam de brilhar, então ficou tudo escuro outra vez; não consegui ver que pessoa era essa. A pessoa deu meia-volta e começou a andar, me levando no colo. Todo aquele mato fechado parecia se abrir enquanto a pessoa caminhava, tudo saía da frente para que ela passasse. Talvez, eu quisesse ver que tipo de pessoa formidável era essa, que caminhava tranquila e segura naquela floresta fechada à noite como se estivesse no quintal de sua casa, mas...

...Eu permanecia exausta, então... tanto faz... só quero voltar a dormir...

...

...E, se possível, não gostaria mais de acordar...

***

Acordei. Estava claro, então havia amanhecido. Mas quantos dias haviam se passado? Abri os olhos e me percebi olhando para uma parede de barro, pintada de branco. O chão era de terra batida. Estava deitada de lado, numa esteira coberta com pano branco. Um travesseiro de fronha branca acomodava a minha cabeça. Virei para cima, e vi um teto de palha sustentado por vigas de madeira. Olhei para as minhas roupas... eu estava vestindo um camisu, um calçolão e uma saia, com um pano amarrado no meu corpo, envolvendo os meus seios. Vestes brancas, tecido simples de algodão. Eu estava limpa, de banho tomado. Me ergui, fiquei sentada, ainda em cima da esteira. Olhei para as minhas pernas; me lembrei de que não gosto muito de usar saias, mas... esse é o momento certo de usar. Levei as mãos ao couro cabeludo, e percebi que meu cabelo fora cortado, os cachos estavam chegando só aos ombros, em vez de ultrapassar a minha cintura; fique massageando a cabeça por um tempo...

— Seu cabelo tava arruinado, por isso tomei a liberdade de cortar — disse alguém, que me encarava da única porta do local. — Se bem que... você vai perder esses cachos todos logo, logo, então tudo bem.

Pela vez, devia ser a mesma pessoa de ontem, que deve ter me trazido para cá.

— O que você... — comecei a dizer. — Quer dizer... O que a senhora... Hã... me desculpa...

— Tudo bem, criança — disse ela, num tom que eu não sabia identificar se era rispidez ou sarcasmo ou sei lá. — Depois te mando a conta das poções e limpezas que tive de fazer em você. Tá carregada, hein?

— Hã... eu... obrigada...?

— Agradece depois — disse ela, ríspida, eu acho. — Bora, levanta. Temos muito trabalho pela frente ainda...

— Mas...

Esfreguei os olhos, então eu vi melhor. Era uma senhora. Provavelmente, tinha idade para ser minha avó, apesar de não parecer. Era uma mais velha alta, acho que a mulher mais alta que eu já tinha visto; pele marrom, escura; acho que era magra, mas talvez possa ser gorda, não consegui entender bem; estava vestida como eu, com camisu, calçolão, saia longa e pano da costa em torno dos seios, e também um torso bem amarrado na cabeça, que deixavam escapar seus cachos, bastante grisalhos; toda essa vestimenta era de cor branca, tudo bem simples...

... mas que a fazia parecer majestosa, enorme...

... E um único fio, de contas bem grossas, de vários formatos, nas cores branca e verde. Na mão direita, ela segurava uma espécie de cajado de madeira, tão grosso e sólido que mais parecia um porrete. Seu rosto era severo. Os lábios, bem grossos, com batom branco. Os olhos, puxados; me encaravam com um negrume tão intenso...

... que mais pareciam uma escuridão de mistérios e raízes profundas...

– Eu posso ficar te encarando – disse ela – Você, não.

– Ah! – disse eu, imediatamente olhando para baixo. – Me... me desculpe...

– Brincadeira – disse ela, sem sorrir. – Pode olhar para mim sim. Não exijo que filhas e filhos tenham sempre que olhar para o chão... só não fique me olhando assim, tá bom? Sou tímida e tal.

– É... – eu parecia uma palerma, sem saber o que dizer, sem entender nada. – Ah... a senhora...

– Sou Mãe Maria de Ossaim – disse ela, de repente. – Mas parece que o pessoal adora me chamar de "Velha Maria". Sou a Ialorixá do Ilê Axé Bunkun Alawó, que é onde você está agora. Agora, vou repetir: Jamila Olabamiji, levante-se! Pois temos muito trabalho pela frente. Pai Ogum quer a sua cabeça.

Imediatamente me levantei, e imediatamente me agachei, e toquei minha testa no chão, perante os pés da mais velha.

———

"Se subir numa árvore, você deverá descer essa mesma árvore."
– Provérbio antigo proferido por Venerável Mãe Presidente Ibualama durante palestra.

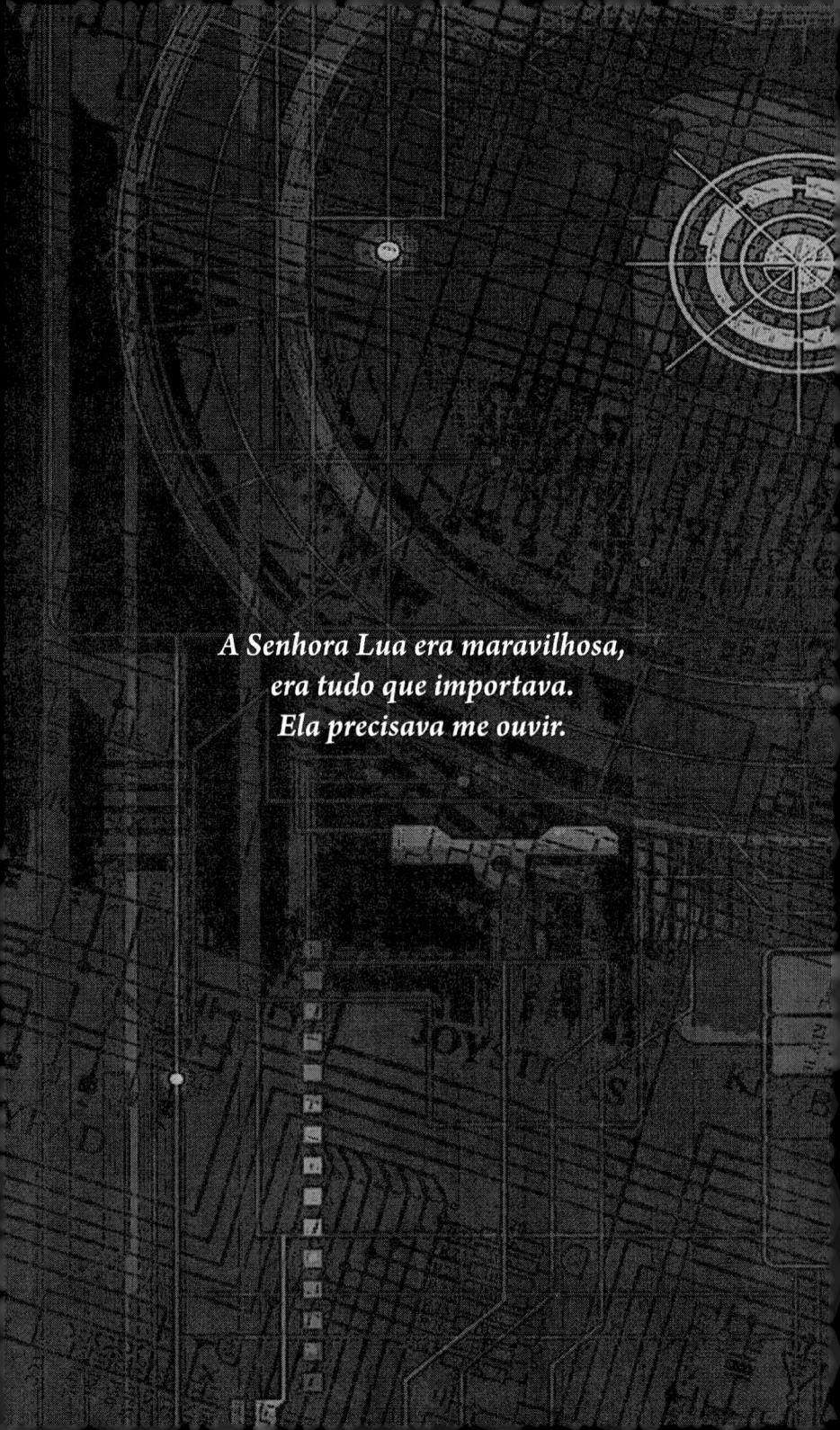

*A Senhora Lua era maravilhosa,
era tudo que importava.
Ela precisava me ouvir.*

27. Renascer

Imediatamente me levantei, e imediatamente me agachei, e toquei minha testa no chão, perante os pés da mais velha.

Ilê Axé Bunkun Alawó significa "Casa de Axé da Folha Verde"; foi fundada há vinte anos, pela própria Mãe Maria, e é um terreiro tradicional, um templo simples, no meio da floresta, longe da agitação da cidade; a maioria das casas de culto dos altos Setores se transformaram em Casas Empresariais, pomposas e inchadas, e lucrativas, geridas por sacerdotisas-empresárias, as imponentes Mães Diretoras; Mãe Maria, por sinal, também é uma Ialorixá à moda antiga, ou seja, apenas sacerdotisa, sem nenhuma ligação com esse coletivo de terreiros empresariais que são as Corporações.

Ela foi me contando essas coisas enquanto estávamos sentadas frente a frente, em cadeiras de madeira rústica, diante de uma mesa também de madeira, cheia de pregos, coberta com um lençol branco. Era a mesa do jogo de búzios... ela estava consultando Orunmilá, o Oráculo, para me contar a respeito do meu destino...

– Já disse pra parar de me encarar – disse Mãe Maria, enquanto olhava para a mesa, consultando os búzios. – Quantas vezes tenho de dizer que sou tímida, filha?

– Me desculpe – disse eu, baixando os olhos. – Me desculpe... mãe.

– Não se sinta acanhada em me chamar de mãe – disse ela. – Mesmo que você nunca tenha tido uma mãe na sua curta vida...

Ela falava as coisas assim na lata... Eu simplesmente ficava calada, e meus olhos iam ainda mais pra baixo.

– Silêncio agora, que eu tô jogando! – disse ela, seca.

Mas era só ela quem estava falando! Eu apenas respondia...

Era uma manhã fresca, bem cedinho, o sol nascia e iluminava o interior do terreiro. Estávamos no barracão do Ilê, que consistia num salão pouco maior que a sala da minha casa lá na Rua das Gertrudes... Era um terreiro bem pequeno, que consistia neste barracão, no *roncó* no qual estava dormindo, uma cozinha, banheiros; lá fora, ficavam várias casinhas para os assentamentos das divindades; também havia casinhas que serviam como quartos de hóspedes, e como moradia da Ialorixá e do filho de orixá que morava com ela, o Ogã Leonardo Akindele, que, neste momento, estava varrendo o chão lá fora. Tanto o barracão quanto as casinhas eram todas feitas de barro ancestral endurecido, que lhes garantia mais solidez e segurança que tijolos mundanos; quase todas as paredes eram pintadas de branco, e verde, ou melhor, havia folhas verdes por toda parte: no teto, nos móveis, nas janelas... folhas espalhadas no chão, vasos com plantas variadas, em todos os cantos... apesar do calor escaldante que devia estar fazendo na cidade, aqui na floresta era bem fresquinho, e, aqui dentro do Ilê, era ainda mais agradável... e o perfume das plantas... sutil, suave, gracioso...

Ah, sim: este Ilê se localiza, justamente, numa das partes mais profundas do Parque das Águas Verdes.

Com as duas mãos, ela chacoalhava os búzios... e os jogava na mesa. E então...

– ... Muito bem – ela começou a dizer –, aqui confirmamos que Ogum deseja a sua cabeça... ele exige iniciação imediata. E aí?

– Hã? – engasguei – U-ué... Se ele quer... quem sou eu para...

– Você é uma pessoa – disse ela, de pronto. – Pessoas têm direito de escolha. Obviamente, você terá de lidar com as consequências de sua escolha, mas, entenda de uma vez, Orixá não mata ninguém, viu?

– Ah... – de novo, eu parecia uma palerma. – Sim, entendo, mãe... é...

Ela ficou me olhando; desta vez, evitei de olhar de volta. Ela vestia roupas iguais às que usava quando acordei e a vi pela primeira vez; eu, também, usava as mesmas roupas de ração, brancas. Nunca antes eu havia usado trajes cerimoniais... parecia algo distante para mim, reservados só à elite *emi ejé*... afinal, somente as escolhidas são convocadas para serem iniciadas nos mistérios do nosso culto à ancestralidade.

Mãe Maria jogou novamente... verificou, e disse:

– ...Porém, seja qual for a sua decisão, de se iniciar ou não, seu pai exige que resolvamos, urgentemente, a angústia que esmaga o seu coração. E então, vamos resolver essa parafernália aí?

– Ah...

– Fala pra fora, menina – disse ela, seca ou sarcástica, ou ambos.

– Não tenho o dia inteiro.

– Vamos tirar um *ebó* ou algo assim...? – arrisquei dizer.

– Faremos *ebó*, *bori*, e os demais procedimentos relativos ao seu renascimento, no devido tempo – respondeu ela, tamborilando os dedos na mesa. – Essa questão sua a que me refiro a gente vai resolver na conversa. Agora mesmo.

Ela cruzou as pernas, olhando pra minha cara, esperando. Ela é direta demais, não sei lidar.

– Mãe...

– Já disse que não tenho o dia inteiro, Jamila.

– Não sou um ser humano! – exclamei, no tom mais respeitoso possível, me segurando para me manter na cadeira, em vez de me levantar, agitar os braços e gritar... – Eu sou uma coisa! Uma criatura artificial! Sou uma aberração com poderes bizarros! Sou um monstro que destrói cidades e fere pessoas, e animaizinhos! Eu não tenho alma! Pai Ogum, com certeza, me detesta!...

– Deixe Ogum fora disso – disse Mãe Maria, com calma, mantendo o olhar fixo em mim. Desta vez, eu não conseguia encarar mesmo, só queria enfiar a minha cara nalgum buraco e sumir.

– Por que eu estou aqui... – disse eu, já com o rosto inundado de lágrimas, nariz escorrendo meleca... – Por que a senhora...?

– Já disse, menina – disse ela, tamborilando um dedo nos cachos atrás do torso. – Já te falei que a minha filha Nina falou sobre você, e Orunmilá me avisou que você chegaria; ou de outra forma, por que acha que eu estaria perambulando no meio do mato uma hora daquelas??

– Mas... – tentei escolher bem as palavras; as lágrimas ainda embaçavam a minha vista e embargavam a minha voz. – Creio que... neste meu caso tão específico... a senhora... nem ninguém... hã... a senhora... logicamente... detentora do saber ancestral... mas... neste meu caso... creio que... ninguém seja capaz de...

– Eu entendo muito bem – disse ela, de bate pronto, de braços cruzados.

Fiz uma cara de interrogação, sem me mexer mesmo enquanto sentia a meleca descendo até a minha boca.

– Se eu, que sou eu... – ela continuou dizendo – se eu tenho alma, se eu sou filha iniciada em meu pai Ossaim, então você, que é *parecida* comigo, também pode muito bem ser iniciada em seu pai Ogum.

Agora, além da boca aberta cheia de meleca, minhas sobrancelhas estavam saltadas.

– Senhora... – tentei falar com mais cuidado ainda –, m-me desculpe perguntar, mas... eu, parecida com a senhora, em que sentido...?

– Já disse pra parar de me encarar – disse ela, fechando o semblante. – Não vou repetir outra vez.

Baixei o olhar e me calei, talvez entendendo, finalmente, o que ela quer dizer com "não encarar".

– Se você é capaz de chorar de montão aí... – disse Mãe Maria. – Se é capaz de nutrir tantas emoções pelas pessoas que fazem parte da sua vida... se essas lágrimas não são a prova de que você possui uma alma viva, pulsante, então, não sei o que é...

– Mãe... – disse eu, enquanto as lágrimas continuavam a correr pela minha face.

– Os Orixás são forças da natureza – Mãe Maria continuou dizendo – e também são forças que se agitam dentro de nós mesmos. Entenda que o amor, o ódio, a inveja, a satisfação, a dor, a alegria... Os sentimentos, esses poderes que nos motivam, são em si as divindades ancestrais que existem dentro de todos nós.

Eu precisava anotar essas palavras imediatamente, mas não podia, de forma alguma, interromper o ritual que é o jogo de búzios; então, permaneci sentada na cadeira, enxugando as lágrimas com as costas da mão, e gravando as palavras na minha alma... sim, eu tenho alma!

– Então... – disse Mãe Maria, descruzando as pernas – o que você decidiu...?

– Sim! – exclamei, chorando de novo, mas, desta vez, de alegria. – Sim, quero ser iniciada! Quero renascer pela vontade do meu pai Ogum!

– Muito bem... – disse Mãe Maria, sorrindo pela primeira vez. – Então... vamos começar.

* * *

– ... O *bori* é o alimento para a cabeça – disse Mãe Maria. – É só o início do processo... Ori é a divindade da cabeça de cada um... Deve receber os primeiros alimentos... É o centro da consciência...

Eu estava sentada na minha esteira, com as costas na parede, dentro do *roncó*... Fui banhada com ervas e águas verdes... Estava trajando roupas brancas limpas... Mãe Maria e Ogã Leonardo realizando o ritual ao redor de mim... O ritual para a minha cabeça... Comidas, doces, frutas... Eu, sentada, em silêncio, desejando para o meu pai Ogum, e para todas as divindades que também me guiam e me protegem, o melhor possível...

E...

...

* * *

Quero tomar um *bori* sempre. Sério... Nunca senti tanta paz e tranquilidade em toda a minha vida. Estava deitada na esteira, coberta com lençol branco, na escuridão da vela que bruxuleava bem na minha frente. Admito que a minha cabeça ainda pensava num montão de coisas, mas... Olhava para aquela cera sendo consumida; ela chama... Paz, apenas paz.

* * *

– ... A iniciação, dizem os mais velhos, destina-se a consertar nossa cabeça... – disse Mãe Maria. – Destina-se a estimular o Orixá dentro da nossa *ori*, o centro da consciência...

Eu estava em silêncio.

...

– ...É pelo processo de iniciação – ela continuou dizendo – que o orixá recebe a autoridade para nos guiar e nos ajudar a perceber e realizar nossos destinos...

...

Eu permanecia em silêncio, concentrada.

...

– Agora... – ela voltou a dizer, depois de um tempo – feche os olhos...

...

...

* * *

Silêncio. No mergulho dentro de mim mesma, houve a lágrima que ninguém viu, nas profundezas do mundo. Muita conversa, muito diálogo no interior da minha alma.

...

Reconexão. Religando com a divindade ancestral da qual descendo. A linhagem de guerreiras e guerreiros que abrem caminho no mundo. O fragmento da divindade agora existe dentro de mim, no centro da minha consciência. Minha alma, agora, é capaz de manifestar a minha divindade, o melhor aspecto de mim mesma.

...

O sangue. Seiva primordial que corre no interior dos seres vivos. O sangue é a expressão física da energia eletromagnética que alimenta a vida. O sacrifício ancestral é a troca de poder. Troca de axé. A carne do animal imolado se torna alimento, para que o ciclo possa prosseguir. A carne alimenta a fornalha de pai Ogum que fervilha dentro da minha alma...

...

Eu sou o ferro rígido, que se submete ao fogo para se tornar ferramenta útil.

* * *

– Ogum é o primeiro caçador do mundo – disse Mãe Maria. – Ogum desbravou os caminhos fechados com seu facão, e permitiu que as divindades pudessem explorar e se espalhar pelo mundo. Foi Ogum quem ensinou a arte da caça àquele que se tornou o maior caçador de todos os tempos, Oxóssi.

– Pai Ogum... – eu disse, de olhos fechados. – O primeiro caçador...

– O que você é, Jamila Olabaimji? – pergunta Mãe Maria.

– Eu... Sou a caçadora das planícies...

– Você é o quê? – perguntou ela novamente.

– Eu sou a mais forte! – respondi, com convicção.

Acho que Mãe Maria sorriu...

* * *

Eu sou a fera que perambula pelas planícies. Minha força é a força de uma fera, repleta de som e fúria. Pai Ogum, o comedor de cachorro, já se perdeu na fúria, e acabou matando muita gente...

... Mas os filhos dos Orixás devem aprender com os erros de seus pais e mães espirituais, para não repeti-los mais.

Tenho tendência a me enfurecer e me perder, porque sou filha de Ogum... porém, não é isso que pai Ogum deseja para mim.

– Você é uma pessoa – disse Mãe Maria – que aprende com erros e acertos.

– Sim, mãe – respondi.

– Os mitos e lendas das nossas divindades ancestrais não são meras histórias para divertimento, e sim mensagens de ensinamento e poder para toda a humanidade! – disse Mãe Maria, com firmeza. – Nos mitos, os desafios enfrentados pelas divindades são nossos próprios desafios, que enfrentamos no dia a dia deste mundo visível sob o sol... Não são vitórias contra forças externas em mundos distantes, e sim triunfos sobre as limitações internas no âmago de cada de nós...

– Sua benção, mãe! – exclamei – Que meu pai Ogum nos abençoe!!

...

...

Então, através da minha boca, meu pai Ogum gritou.

* * *

O segredo. Faz parte do sistema do nosso culto à ancestralidade. Não se trata de nenhum mistério aberrante nem nada disso; só não posso revelar, para quem é de fora, porque o segredo faz parte do nosso sistema sagrado. Faz parte dos complexos mecanismos que ajustam a realidade por meio da interação com a divindade... Então, não posso revelar o segredo.

Quem sabe, sabe.

...

Só posso dizer que meu pai Ogum dançou. E como dançou...

Na explosão de vozes, cantos, cantigas, na massa sonora que ganhava forma e se avolumava, no chão sagrado do barracão do Ilê Axé Bunkun Alawó do Parque das Águas Verdes, sob o testemunho da Senhora Lua, que brilhava cheia nos céus de Ketu Três, na batida de atabaque do Ogã Leonardo de Ogum e sob a condução de Mãe Maria de Ossaim, meu pai Ogum dançou, extremamente feliz por poder recontar a sua história de vitórias e batalhas aqui no Aiê, extremamente contente por receber a autoridade para me ajudar a realizar meu verdadeiro potencial na terra.

– Ame Ogum mais do que tudo no mundo!! – declamou Mãe Maria, em meio à dança.

Mãe, sua benção! Axé, meu pai Ogum...

"Orixá só quer que você seja feliz!"
– Frase atribuída à Venerável Mãe Presidente Ibualama durante a iniciação de uma famosa Mãe Diretora.

*Rei Ogum, traga-nos felicidade
Cesse a briga, vista-nos com novas folhas de palmeira
Abra novos caminhos e traga-nos felicidade...*

28. Preceito

Mãe, sua benção! Axé, meu pai Ogum...
...
Quando acordei, estava na minha esteira dentro do *roncó*. Estava toda vestida de branco, e... com a cabeça totalmente raspada. Me sentia leve, liberta... Me sentia completa. Bastante cansada, porém, satisfeita, feliz. Até meu cérebro estava rindo, tranquilo, livre de pensamentos angustiantes e incapacitantes. Olhei pela janela lá fora, e percebi que a Senhora Lua sorria de volta para mim. É isso.
Ali na esteira, olhando para a vela que se derretia perante meus assentamentos, me embrulhei no lençol branco e tive o sono mais silencioso de toda a minha vida.

* * *

– Pronto – disse Mãe Maria, terminando um procedimento ritualístico em mim. – Agora, você está liberada para sair do *roncó*...
– Obrigada, mãe! – respondi, sentada na esteira, feliz.
– Tá alegrinha por quê? – perguntou Mãe Maria, sarcástica. – Não entendeu? Acabou o hotel... Cabou comidinha pronta, servida direto na cama da madame... Agora, você mesma vai fazer a sua comida. A minha, também. A do Ogã, também. Nos próximos meses, você vai cozinhar, limpar... vai deixar a casa em ordem.
– Sim, mãe! – exclamei, sinceramente feliz. – Bença, mãe!!
– Essa juventude... nunca vou entender – suspirou Mãe Maria, balançando a cabeça.

* * *

Nalgum espaço entre as primeiras horas da manhã e o meio-dia, bem no meio de um espaço aberto do lado de fora do barracão, no chão de terra e folhas, debaixo das sombras das árvores, sentados um de frente para o outro, em suas respectivas esteiras, estávamos eu e o Ogã Leonardo, em posição de concentração.

– A mãe me ensinou como mexer com a minha habilidade – disse Ogã Leonardo, olhando para mim. – Ela disse que as nossas habilidades são as mesmas, então, vou te passar um pouco que eu sei...

Ogã Leonardo Akindele era baixo para um rapaz, e quase tão magro quanto eu. Assim como Mãe Maria, era um pele marrom bem escuro; no alto da cabeça, cultivava o *black* mais redondo que já vi, sempre o mantinha penteado e retocado; não me lembro de ouvi-lo falar, estava sempre executando suas tarefas em silêncio, que consistia basicamente em cuidar de tudo e ser os braços direito e esquerdo de Mãe Maria.

– Você... – comecei a dizer – digo, o senhor...

– Pode me chamar de "você" mesmo – interrompeu Ogã Marcelo. – A gente deve ser da mesma idade.

– Há... – me atrapalhei. – N-não... Eu sou...

– Você é alguém com uma condição específica – disse Ogã Leonardo –, o que não muda o fato de sermos jovens da mesma idade.

Ah, sim – disse eu, meio desconcertada – O senhor... quer dizer, você tem razão.

– Concentre-se – disse Ogã Leonardo. – Pense no pai Ogum que existe dentro de você...

– Hum...

Ogã Leonardo é um *emi ejé* com o dom sobrenatural do psicometabolismo; parece que é um "selvagem", ou seja, um *emi ejé* aleatório nascido numa linhagem de sangue comum, que nem todo o pessoal dos Ixoté; e, que nem eles, foi escorraçado de casa, como se fosse um bicho... mas, pelo menos, encontrou Mãe Maria bem a tempo, e não foi sequestrado pelas Corporações, como a Nina, nem vendido em troca de dinheiro, como foi o caso da Joana...

— Isso aí que o pessoal bacana chama de "psicometabolismo" eu chamo de força do pai Ogum – disse Ogã Leonardo, tranquilamente. – Nós saramos mais rápido, somos mais fortes, mais velozes, mais resistentes. Tudo o que as pessoas fazem, nós fazemos melhor, com menos esforço, só usando a força do espírito do pai Ogum que vive dentro da gente...

— Acho que... entendo... – disse eu, fechando os olhos pra me concentrar melhor.

— Parece que você só usava sua habilidade quando ficava nervosa – disse Ogã Leonardo. – Cê não deve mais fazer isso, tem que aprender a controlar... Eu sei como é, já fiz coisas bem ruins... Mas...

Minha curiosidade querendo perguntar, mas Mãe Maria disse pra não encarar, também não vou encarar o Ogã Leonardo, bem reservado ao seu próprio modo. Ele é um Ogã de verdade, bem à moda antiga, que toca, canta, corta, varre, limpa e carrega peso... bem diferente desses folgados que só querem aparecer, como o afetado do Formoso Adaramola...

— Mas agora você é iniciada em orixá – ele continuou dizendo. – Agora as energias devem ter se acalmado, porque seu orixá agora tá harmonizado com você. Concentre-se...

Sim... ele tinha razão. Eu não sentia mais angústia nem desespero... Não sofria mais com sonhos de sangue e destruição... Eu era, agora, a própria destruição e também a criação! Eu sou a garota do tubo de laboratório, sou a fera furiosa das planícies, sou a guerreira de ferro criada por Ogum e, acima de tudo, sou eu mesma! Meu nome é Jamila Olabamiji, e eu sou a mais forte!

Eu me levantei, devagar, sentindo meu corpo inteiro ressoar com a energia eletromagnética do pai Ogum que existe dentro de mim. Olhei para as minhas mãos, que tremiam, tamanho era o poder invisível que eu sentia fluir da minha mente para todas as partes do meu corpo... Queria correr! Queria pular! Me sentia capaz de fazer tudo o que eu quisesse! Poderia saltar daqui para o meio da cidade! Poderia erguer um prédio inteiro com as mãos nuas! E tudo isso no controle de mim mesma! Sem me perder na fúria! Porque eu não tava furiosa! Tava extremamente feliz! Eu sou Jamilia Olabamiji! Posso tudo o que quiser!!

– Sente-se – disse Ogã Leonardo, sério.

– Ah... ? – disse eu, meio grogue, como que voltando em mim. – Mas... ah... o poder...

– Cê pensou que a gente ia sair causando por aí? – disse ele, ficando em pé, me encarando. – Cê ainda não tá pronta. Tá de preceito ainda. A gente vai passar esses meses se concentrando, pra você se conhecer e aprender a controlar a energia. Então, se senta aí e fica quieta.

– Certo... o senhor tem razão – respondi eu, meio contrariada, me sentando de novo na esteira, fechando os olhos para deixar esvair toda aquela euforia.

* * *

Era manhã, tomávamos o desjejum que eu havia preparado: ovos, queijo, pão, leite. Eu sei, sempre fazia a mesma coisa, mas ainda estava aprendendo; o Ogã Leonardo fazia uma comida muito mais saborosa do que eu... Mas ninguém estava reclamando, então tudo bem, eu acho. Enfim. Estávamos os três no barracão; Mãe Maria e o Ogã sentados à mesa, eu, como uma boa iaô recém-iniciada, sentada no chão, na esteira.

Mãe Maria então levantou a cabeça, como se ouvisse algo; ficou ali parada, atenta, esquecendo-se de comer. Ogã Leonardo se aprumou, como que ficando de prontidão para o que estivesse para acontecer. Eu tentei não ficar tensa, mas fiquei na expectativa... até que Mãe Maria sorriu, e eu pude então voltar a respirar.

– Relaxa, filha – disse Mãe Maria, se divertindo com a minha cara de assustada. – Eram só as plantas e árvores me contando que a minha filha Nina está aqui na área, junto com o amigo de vocês, o filho de Oxóssi...

Então, tive de fazer um esforço para o meu coração não soltar pra fora do peito, pois, afinal, eu ainda estava de preceito.

— Nina! — acabei exclamando involuntariamente, quase pulando pra fora da esteira — Como ela está? Ela tá com o João Arolê? Eles tão vindo pra cá??

— Filha, já disse que não é nada demais — disse Mãe Maria, como calma. — Ela só está de passagem. Ninguém vai vir para cá, nem quero que venham, pois, afinal, você está de preceito.

— Ah... — tentei argumentar —, mas... mas... preciso saber! Se ela tá bem! O que aconteceu na base! Preciso...!

— Você precisa se manter quieta — disse Mãe Maria, com gravidade. — Precisa ficar aí cumprindo o seu preceito, sem se preocupar com quaisquer bobagens do mundo lá fora. Aqui, é só você se entendendo com seu orixá. Entendeu??

— Sim, mãe... — respondi, cabisbaixa. — A senhora está certa...

Mãe Maria suspirou, como que se condoendo da minha angústia, ou talvez para amenizar meus sentimentos, já que eu estava de preceito. Ela mastigou um pouco de ovo, e depois disse:

— Nina está ótima. Passou por apertos, mas agora está bem; seu amigo, que se chama João Arolê, também. Vocês irão se reencontrar no tempo certo, fique tranquila... — Mãe Maria então pareceu se distrair nos seguintes comentários, como se ainda estivesse ouvindo as plantas. — Parece que ela finalmente vai usar branco, aquela teimosa!... Falei pra ela um milhão de vezes que esse uniforme preto é ruim pra... Ah. A Nina e o seu amigo encontraram... uma das minhas irmãs...

Hã...?

— Hum, entendi — Mãe Maria continuou dizendo, como se estivesse pensando alto, distraída. — Parece que o filho de Oxóssi se relacionava com uma das minhas irmãs mais jovens... ela foi morta... ele acha que essa é a mesma... tá encrencado, tadinho... mas não há nada que eu possa fazer agora, nem é problema meu...

– Mãe... – disse Ogã Leonardo, colocando a mão no ombro da Ialorixá – a iaô está ouvindo tudo o que a senhora está pensando...

Mãe Maria voltou a si e olhou pra minha cara, no susto, de repente, me dando um baita susto!

– Filha! – exclamou ela – Volte a comer! E nada de perguntas!!

Baixei a cabeça e obedeci, e todos voltamos a comer em silêncio.

Mas... fiquei pensando um monte...

...Me lembrei imediatamente nos arquivos confidenciais que abri no sistema de rede da base Ixoté...

...

...*programa de clonagem*... *"Codinome Maria"*...

...

...

Quando terminei de comer, bati um *paó* e, em silêncio, me levantei da esteira e me retirei, tentando não encarar os meus próprios pensamentos.

* * *

Seja lá o que for, nós somos pessoas. Mãe Maria é uma pessoa. Eu sou uma pessoa. Nós fomos escolhidas por Orixá para sermos iniciadas e recriar aqui na terra seus grandes feitos heroicos. Nós somos pessoas, seja lá qual for a nossa origem...

* * *

– Por que moram só vocês dois aqui, isolados na floresta? – perguntei ao Ogã Leonardo, certa vez, enquanto varríamos o pátio.

– Pensei que Mãe Maria tinha dito pra você não ficar encarando... iaô de preceito – respondeu Ogã Leonardo, seco, sem tirar os olhos de onde estava varrendo.

— Ah... me desculpe, senhor. Você.

Ficamos varrendo, em silêncio. Sempre tinha muitas folhas no pátio, e era até para mantê-las; mas, quando se acumulavam demais, era hora de varrê-las de volta para o mato... para retornarem à terra e nascerem de novo.

Ogã Leonardo então disse, depois de um tempo, sem tirar os olhos do que estava fazendo:

— Não estamos isolados... Esta casa tem muitos filhos por aí. É que o pessoal é tudo ocupado, nessa agitação da cidade grande... A Mãe e eu fomos escolhidos por pai Ossaim, dono da casa, e desta floresta, a guardar este lugar. Tudo isso que chamam de "Parque das Águas Verdes" pertence a pai Ossaim, e a Mãe e eu somos alguns dos seus guardiões.

Me limitei a consentir com a cabeça, e continuei varrendo, satisfeita com a resposta naquele momento.

***

— Parabéns, filha! – disse Mãe Maria, contente, com as mãos nos meus ombros. – Você cumpriu seu tempo de preceito, como se deve, aqui sob o teto da Casa da Folha Verde. Estou orgulhosa de você!

— Obrigada, mãe! – disse eu, igualmente contente.

— E esse cabelo que cresceu tão rápido nesses meses, hein? – disse ela, num leve tom de deboche. – Você e o Léo, com esse metabolismo acelerado aí, não sabem brincar, né??

— Ai, mãe – respondi, sem jeito, coçando a cabeça, com o cabelo já na cintura.

Estávamos nós duas, mais o Ogã Leonardo, em frente ao barracão, no pátio do lado de fora, em pé. Era meio da manhã, o céu um pouco nublado, mas sem perigo de chuva. A brisa soprava as folhas e as fazia rodopiarem, e espalhava o perfume verde e suave que sempre permeia aquele lugar. Eu estava vestindo trajes civis, que o Ogã

Leonardo ou outro alguém tinha comprado pra mim; eram roupas semelhantes às que costumo usar: calça larga, tênis, camiseta e boné. Meu cabelo, grande como antes, estava amarrado firmemente em quatro tranças. Por baixo das vestes, eu usava meu *collant* de moléculas instáveis, que foi lavado e estava guardado todo esse tempo. Um novo fio de Ogum foi preparado para mim, com contas legítimas e mais caprichadas, com a cor azul-marinho do meu orixá. A Mãe e o Ogã também estavam em trajes civis, mais à vontade; ela, com um vestido verde simples, de peça única, com os cachos presos num rabo de cavalo, enquanto que ele usava uma bermuda e camiseta largas, bem ao estilo dos jovens da cidade.

– É sério! – disse Mãe Maria, ainda contente. – Cumprir corretamente o preceito é muito importante! Hoje em dia, infelizmente, cada vez menos gente tem essa disponibilidade... mas você fez tudo certo, deixou pai Ogum muito feliz! Parabéns!

Eu não sabia mais o que dizer, eu só sorria. Passei todos aqueles meses vivendo no Ilê, limpando, cozinhando, varrendo, lavando... e sincronizando com o orixá que vive dentro de mim; aprendi um montão, sobre o pai, e sobre mim mesma... me sentia pronta, para seja lá o que viesse a seguir.

– Então... – disse Mãe Maria, soltando meus ombros. – Acho que é hora de você receber de volta o seu artefato...

Foi então que o Ogã Leonardo veio trazendo algo embrulhado num lençol branco... era o artefato que eu e a Nina tínhamos construído juntas, o meu facão de Ogum! Quanto tempo que não o via... achei que o tivesse perdido!

– Realizamos, em cima do artefato, todos os procedimentos necessários, todos os *ebós* solicitados por pai Ogum... – disse Mãe Maria. – Agora, está pronto para você, e você está pronta para usar!

– É uma bela peça! – disse Ogã Leonardo, com um sorriso que era difícil de ver naquele rosto sempre sério. – Cês que são cientistas do pai, cês são fenomenais!

Eu era só lágrimas de alegria, enquanto me ajoelhava para receber o facão das mãos de Ogã Leonardo Akindele, um jovem homem de Ogum. Assim que a arma tocou em mim, senti nossas energias reagindo uma à outra... senti o facão se harmonizando com a energia do meu espírito... era um artefato meu, exclusivo meu, concebido em honra ao grande Ferreiro do Mundo...

– O que você vai fazer agora, sua chorona? – perguntou Mãe Maria, tirando um sarro, pra variar. – Só chora essa menina, onde já se viu.

– Ai, mãe... – respondi, rindo em meio às lágrimas – me deixa curtir o momento! Ai... não sei... acho que vou procurar pela Nina... pela Fernanda... acho que...

... Acho que vou correr ao encontro de um tomate monstruoso gigante que acaba de aparecer bem na nossa frente!!

Ouça, Senhora Lua.
Eu sou filha do Senhor da Guerra.
Ouça o meu facão bebendo
o sangue dos meus inimigos.
Ouça o meu facão dilacerando
a carne e a alma dos meus adversários.

29. Tomate

... Acho que vou correr ao encontro de um tomate monstruoso gigante que acaba de aparecer bem na nossa frente!!

Ali no meio da floresta, em algum ponto do imenso Parque das Águas Verdes, debaixo de um céu claro e nublado, próximo à clareira na qual se localizava a Casa da Folha Verde, do meio das árvores, erguia-se uma monstruosidade gosmenta, gotejante, de pele vermelha, manchada; era uma espécie de gosma sólida, que se levantava, vários metros de altura, em forma de cilindro, com dois apêndices que imitavam braços, nascendo das laterais; esses braços eram longos, finos, desproporcionais em relação ao corpo da criatura, e terminavam em imitação de mãos gigantescas, igualmente gotejantes e pegajosas; era possível perceber algo semelhante a um rosto se formando no alto da criatura, mas... se aquilo era o rosto, então era o mais horrendo de todos os rostos que já vi; uma bocarra aberta, da qual babava um pus verde; duas órbitas que pareciam ser olhos, esbranquiçadas, vazias, mas que emitiam um brilho maligno. Na base da criatura, e espalhados pelo corpo como um todo, foram brotando vários outros rostos perversos e tão medonhos quanto o rosto principal; e, em todos eles, havia hastes verdes, próprias de tomates, que se apresentavam como coroas distorcidas de vossa majestade monstruosa.

Enquanto eu olhava para aquela coisa, demorando para acreditar no que estava acontecendo, Mãe Maria, furiosa, foi pra cima!

– Olasunmbo!! – gritou ela. – Seus miseráveis! Me deixem em paz!!

A criatura tomate ia se avolumando, ficando maior que prédios; ia abrindo caminho por entre as árvores, derrubando tudo o que via pela frente, chegando perigosamente perto do terreiro; de repente, o braço esquerdo do monstro se jogou para a frente, feito um chicote veloz, para cima da Mãe!...

...Porém, o Ogã Leonardo foi ainda mais veloz no uso dos seus poderes, eu já apareceu na frente da Ialorixá, defendendo-a com próprio corpo e contendo a mãozorra da criatura tomate apenas com as suas próprias mãos...

...Enquanto Mãe Maria ergue a mão e faz surgir, de dentro da terra, um cajado, semelhante àquele que ela usava quando a vi pela primeira vez; então, segurando o cajado, ela fecha os olhos...

...*gritou cantigas de poder para pai Ossaim e pai Iroco*...

...e as árvores obedeceram a ela.

O monstro tomate, que se esperneava todo enquanto tentava esmagar o Ogã Leonardo dentro de sua mãozorra, passou se espernear mais quando se viu preso por galhos e mais galhos das plantas ao seu redor; foi então que o tomate gigante passou a lutar contra si próprio, já que um dos seus braços livres começou a chicotear ele mesmo; flores gigantescas das plantas começaram a exalar gases corrosivos que faziam derreter o corpanzil da criatura, e raízes começaram a brotar do chão na intenção de rasgar os pseudopés do monstro.

Ogã Leonardo já tinha se desvencilhado da criatura e permaneceu, de prontidão, na frente de Mãe Maria, que seguia entoando palavras de poder, de olhos fechados, segurando o cajado com suas duas mãos.

– Jamila – gritou o Ogã, de repente –, fuja daqui! Rápido!!

...Fugir? Enquanto ameaçam a vida da minha Ialorixá e do meu Ogã...?

O monstro tomate soltou um urro de triunfo no momento em que conseguiu se soltar dos galhos que o tentavam prender, esmagou as raízes que o tentavam rasgar e destruiu as flores que o tentaram derreter; ele inclusive retomou o controle sobre si mesmo, abrindo os braços, em desafio; o monstro então cresceu, ficou ainda maior, com uma pele mais resistente, berrando alto, espalhando baba vermelha de sua bocarra medonha. Mãe Maria se esforçou para não cair de joelhos, apoiada no cajado, estava suando muito, nitidamente exausta com o esforço de usar seus poderes; Ogã Leonardo então abraçou a Ialorixá, na intenção de protegê-la com o próprio corpo, já que o monstro ergueu os braços para o alto, para espatifar, com suas mãozorras, a Mãe e o Ogã...

...Mas o monstro não conseguiu fazer nada, pois foi cortado ao meio com um único golpe do meu facão.

– Mas o quê...? – disse Ogã Leonardo, boquiaberto.

Eu tinha saltado bem para o alto, bem acima da coroa do monstro tomate, erguendo o facão de Ogum lá no alto, e desci com tudo, bifurcando o corpanzil da criatura. Um único golpe.

Aterrissei em pé, tremendo, me apoiando no facão fincado no chão. A criatura, partida ao meio, foi presa mais fácil dos galhos controlados por Mãe Maria, que começaram a despedaçar o que tinha sobrado do monstro; tentáculos de plantas carnívoras simplesmente começaram a sugar e a absorver os restos vegetais da criatura e, em pouco tempo, nada mais restava do ameaçador tomate gigante que nos havia atacado, de repente, numa manhã nublada no parque.

Eu ainda tremia, de joelhos, apoiada no facão fincado no chão; aí, me lembrei da Mãe; me levantei, imediatamente, e fui ao seu encontro. Ela estava sendo amparada pelo Ogã Leonardo, que tinha uma expressão grave no rosto.

– Mãe... – comecei a dizer, me ajoelhando perante ela.

– Olasunmbo – cortou ela, ofegante. – Foi a farmacêutica Olasunmbo... Nunca desistem...

– Mas o que eles...? – tentei perguntar, mas ela me cortou de novo.

– Esse pessoal aí deve te explicar melhor... – disse ela, apontando o dedo para quem estava atrás de mim.

Uma tropa de voadores foi chegando, alguns marchando no chão mesmo, cerca de vinte pessoas, mulheres e homens, uniformizados, trajados de vermelho e branco, capacetes, armados com lanças, espadas e rifles. Eram funcionários da megaempresa Aláfia

Oluxó, a mesma empresa que tentou me neutralizar, quando tive um surto em frente às calçadas deste Parque das Águas Verdes, lá no Setor 8 da Rua Treze... Se a Akosilé Oju – a empresa que recentemente aderiu o maldito Pedro Olawuwo ao seu quadro de funcionários – é o olho do público, que patrulha, persegue e captura, a Aláfia Oluxó é a espada que estraçalha os malfeitores... quando aparece, é pra localizar e destruir.

Sem demora, já peguei meu facão e fiquei em posição de combate, pronta para qualquer coisa... Mas o Ogã se posicionou na minha frente; ele levantou a mão direita, em sinal para que o pessoal da Aláfia Oluxó parasse onde estivesse. Eles pararam.

– Vocês estão atrasados... – disse ele – ou... deixaram que esse monstro nos atacasse de propósito?

Os da Aláfia Oluxó simplesmente permaneceram onde estavam, sem dizer palavra. Percebi uma certa tensão entre Mãe Maria e Ogã Leonardo e aquela gente uniformizada e armada; eu estava do lado da minha Ialorixá, com o facão ainda em punho.

– Belíssimo golpe, minha filha – sussurrou Mãe Maria para mim. Deixei escapar um sorriso.

Então, alguém dentre eles do lado de lá se adiantou, e veio andando em nossa direção. Era uma mulher gorda, uniformizada como aquele pessoal, só que seu uniforme tinha detalhes dourados, mais brilho e mais dispositivos; seu rosto estava oculto por um grande capacete que ela usava, que mais parecia um adê ancestral do Mundo Antigo. Trazia nas mãos um enorme rifle de plasma espiritual, que mais parecia uma bazuca de tão grande; era todo dourado, enfeitado com contas e búzios, com um abebé como sistema de mira. O modo como ela gesticulava para os outros e como caminhava indicava que ela era a líder daquela tropa... mas também me lembrava alguém.

A mulher passou por Ogã Leonardo, que lhe abriu passagem sem maiores resistências. Foi então que tive a impressão de ela ter se sobressaltado, de leve, quando me viu... consegui percebê-la me encarando por entre o visor do capacete; fiquei olhando de volta, mas, como não sabia quem era, fiz cara de poucas ideias. Ela então se virou para Mãe Maria, e disse, com uma voz embaçada de rádio:

— Sua benção, Mãe Maria.

— Meu pai Ossaim abençoe – concedeu Mãe Maria. – Sua benção, Ebomi.

— Minha mãe Oxum abençoe a benção – concedeu a mulher.

— Com licença – disse eu, ainda olhando feio para aquela mulher de rifle – Mas creio que você deveria retirar o capacete, antes de pedir benção para a Ialorixá...

— E eu creio que você, iaô de Ogum, deveria demonstrar mais respeito e não se intrometer na conversa entre duas mais velhas – retrucou a mulher, ainda usando capacete. Senti o olhar da Mãe sobre mim, então, morrendo de vergonha, baixei a cabeça, e o facão também.

— Perdoe-me, Ebomi, pelo atrevimento da minha filha, já não se fazem iaôs como antigamente – disse Mãe Maria, aumentando ainda mais a minha vontade de enfiar a cabeça no fundo da terra. – Mas gostaria de repetir a pergunta do meu Ogã: por que demoraram tanto? Por que não detectaram essa fera antes de ela aparecer bem diante da porta da minha casa?

— Desculpe-me o transtorno, Mãe – disse a mulher –, mas, ao que parece, a Olasunmbo utilizou um dispositivo biológico de natureza vegetal, que se mistura com a flora local e, por isso, nem meus sensores, nem suas árvores, conseguiram detectá-lo até que fosse tarde demais... Acredito que a senhora Ialorixá sabe do que estou falando.

Mãe Maria fechou a cara.

— Pelo visto, também não se fazem mais Ebomes como antigamente... – disse Mãe Maria, seca.

A mulher abaixou a cabeça, como que num sinal de pedido de desculpas; Mãe Maria tamborilou os dedos no seu cajado; encostou a mão no meu ombro, me empurrando um pouco para a frente, em direção à mulher. A Mãe então disse:

– Pode levar essa iaô com você; vocês, jovenzinhos, só me aborrecem...

– Foi ela quem derrotou o dispositivo biológico com um único golpe? – perguntou a mulher.

Sim – respondeu Mãe Maria. – Até que tem talento... Se conseguir manter a cabeça fria, vai ter valido o meu esforço. De qualquer forma, leve-a daqui e resolvam o que têm de resolver. E vê se cumpre o seu trabalho de manter esses monstros longe do meu quintal!

Mãe Maria simplesmente nos deu as costas, voltando para o Ilê, caminhando devagar; sem dizer palavra, Ogã Leonardo passou por mim; me olhou rapidamente, com firmeza, e se virou, para acompanhar a Ialorixá até seu lar. Eu fiquei ali sem entender nada... Queria falar com a Mãe, mas sabia que era inútil, naquele momento. Na verdade, acho que tinha entendido tudo... Ou quase.

Deve ter sido por isso que não me surpreendi muito quando, finalmente, vi o rosto da mulher de rifle dourado; para prestar os devidos respeitos à Mãe Maria de Ossaim, antes de esta se virar para voltar ao terreiro, a mulher apertou um botão e desmaterializou seu capacete; então, ali no coração do Parque das Águas Verdes, debaixo de um céu nublado, na temperatura fresca da mata, ainda com o meu corpo sentindo a adrenalina de ter cortado ao meio uma criatura gigante com um único golpe, olhei bem o rosto da jovem Ebomi, que comandava, com autoridade, homens adultos armados da temida empresa Aláfia Oluxó. Vi que, após tanto tempo, tinha reencontrado a Fernanda.

"Os ecos do silêncio sempre reverberam profundamente no coração..."
– Frase atribuída à Venerável Mãe Presidente Ibualama
durante pronunciamento em rede de televisão.

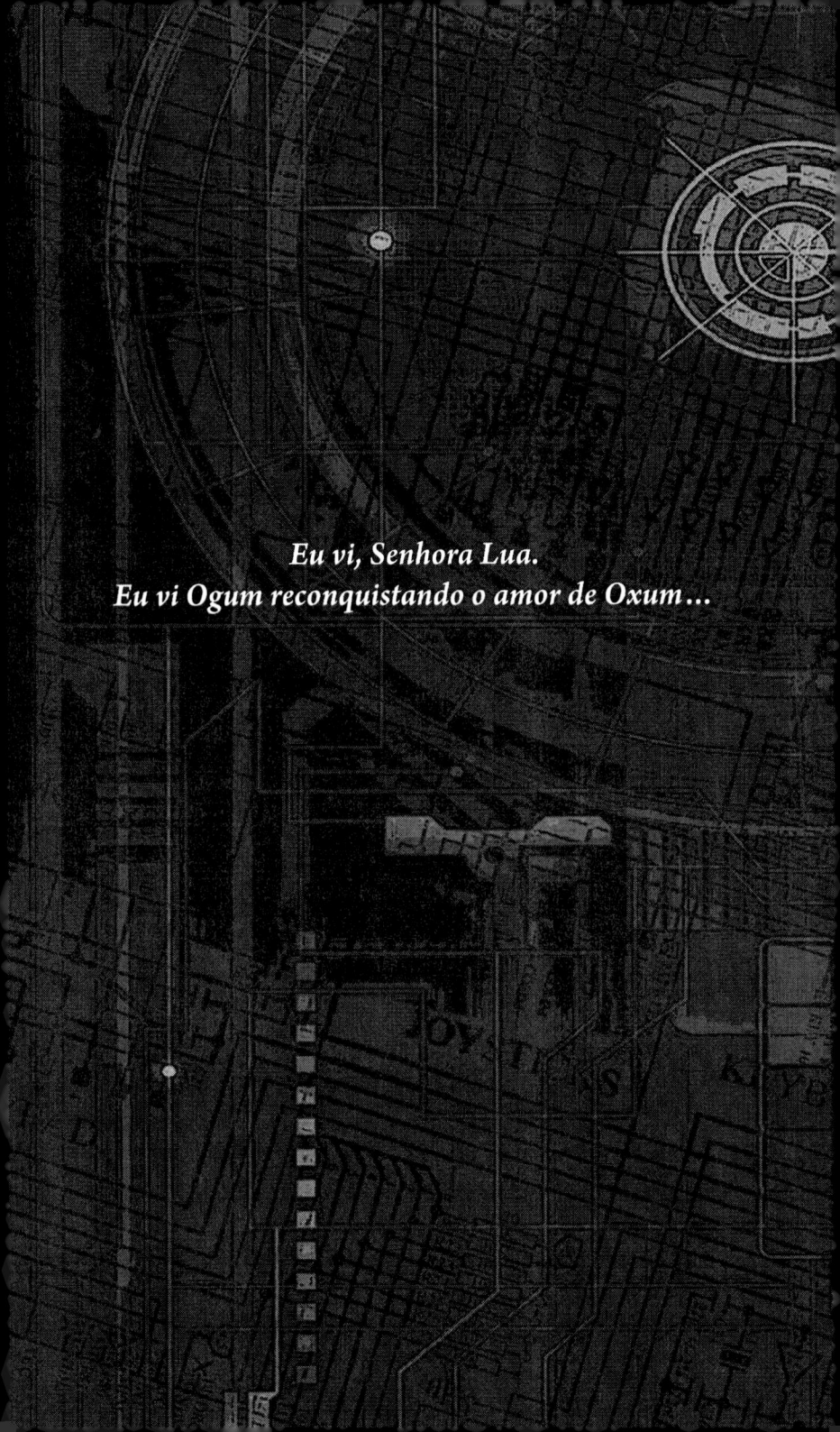

*Eu vi, Senhora Lua.
Eu vi Ogum reconquistando o amor de Oxum...*

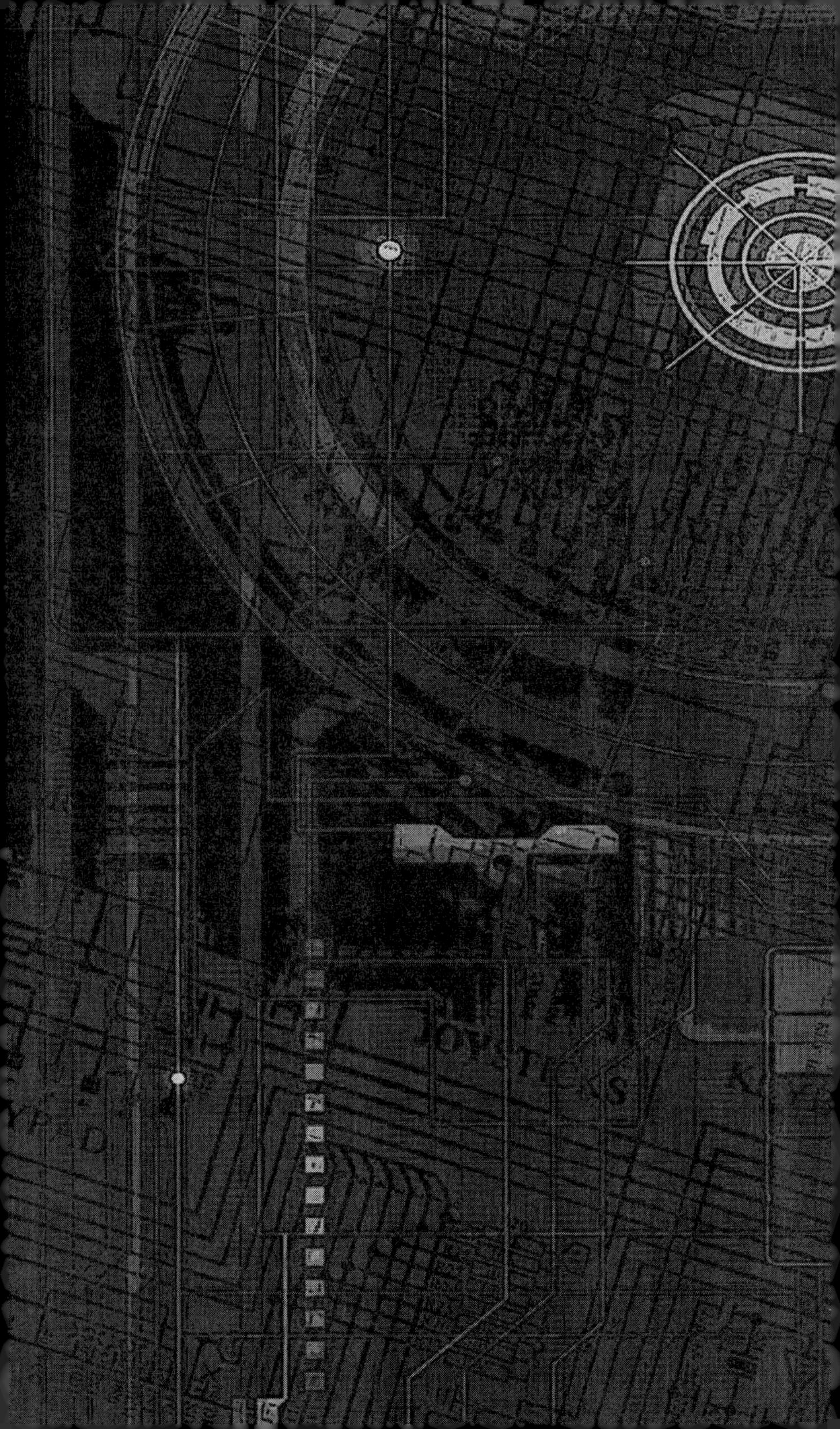

30. Alturas (Reprise)

E vi que, após tanto tempo, tinha reencontrado a Fernanda.

O que a Fernanda escolheu fazer naquela situação...? Ora, ela decidiu que, para trocarmos uma ideia, seria uma boa me levar para passear nos céus de Ketu Três.

— Isso aqui não é o máximo?! — disse a Fernanda, falhando miseravelmente em fingir uma euforia que não existia, enquanto eu não me preocupava em exibir meu descontentamento, permanecendo calada a maior parte do tempo.

Estávamos, novamente, sobrevoando as alturas de Ketu Três dentro de um carro que não era um automóvel ordinário desses qualquer, e sim um Beldade 345, exclusivo da Aláfia Oluxó; modelo blindado, de forma circular, folheado com ouro, banhado ritualisticamente para ser mais resistente que aço; internamente acolchoado com couro de partículas espirituais, flexível, leve, super confortável; inúmeros dispositivos internos e externos, computadores de alta precisão, inteligência espiritual de entidades artificiais, localizadores de energia, medidores de frequência, mecanismos de flutuação eletromagnética, armas de disparo psicocinético e escudos vibratórios. Uau.

— Vai, Jamila, fala comigo — disse Fernanda, que parecia se divertir sempre que dirigia em alta velocidade pelos céus da cidade.

— Não há nada para ser dito — respondi, de pronto.

Era uma noite de nuvens se abrindo, estrelas brilhando e lua cheia se destacando... A metrópole reluzia da mesma forma que sempre reluzia todas as noites, com suas propagandas holográficas que se esparramavam pelo ar, prédios flutuantes e luzes dançantes, pessoas voadoras e voadores das grandes empresas de segurança, sempre de prontidão para quaisquer eventualidades.

— Há questões sérias que precisam ser tratadas... — insistiu Fernanda, desviando de mais um prédio. — Nada vai melhorar enquanto não conversarmos sobre isso.

— Há questões sérias que deveriam ter sido tratadas há muito tempo, em vez de serem mantidas em segredo devido a caprichos alheios — respondi, com firmeza.

— Estou me metendo numa grande encrenca só para termos essa conversa a sós, e é assim que você me retribui? — perguntou Fernanda, nitidamente contrariada.

— Eu não tenho nada a ver com as suas encrencas... — respondi, com calma. — Afinal, eu não sou apenas uma iaô recém-nascida? Não devo me meter nos assuntos das mais velhas...

Nós tínhamos deixado a floresta do Parque das Águas Verdes logo depois de eu ter derrotado o monstro tomate e de Mãe Maria ter nos dado as costas; eu então fui ao Ilê, para me despedir adequadamente da minha Ialorixá, pedindo a sua benção. Ela manteve a atmosfera de poucos amigos, mas o Ogã Leonardo foi mais receptivo, e me parabenizou tanto pelo meu facão quanto pelo meu golpe poderoso que tinha partido o monstro gigante ao meio. Depois disso, não tive muita escolha senão acompanhar a senhorita Fernanda Adaramola e sua tropa; entramos só nós duas no carro, alçamos voo, ao lado dos demais veículos dos agentes; passamos pela floresta, e então pude ter um vislumbre da enormidade daquela mata do parque, que se estendia por quilômetros e quilômetros sem conta; realmente uma verdadeira floresta do Mundo Antigo; seguimos até alcançarmos os prédios da área urbana da cidade, nalgum lugar do Setor 7; e então... Fernanda simplesmente disparou com o carro, se metendo por entre os prédios flutuantes, atravessando as propagandas holográficas e acionando os sistemas de camuflagem do seu veículo e, dessa forma, deixando para trás a sua própria tropa da sua própria empresa.

— Olha... — disse Fernanda, atravessando uma holografia gigante de um busto antigo — entendo que esteja chateada com tudo isso...

— A senhorita patricinha não entende não – eu disse –. Quer dizer, a senhorita Ebomi. Senhora.

— Eu já disse que … – começou Fernanda – Certo, deixa pra lá.

Seguimos em silêncio por um tempo. A Fernanda ainda vestia seu uniforme branco e vermelho com detalhes dourados, super-resistente e cheio de dispositivos escondidos; seu trabuco de ouro repousava no banco de trás. Já eu também vestia ainda as mesmas roupas civis de sempre, com meu facão repousando no meu colo. Fernanda olhou de soslaio para a arma, e disse:

— Realmente, é uma arma magnífica.

— Obrigada, senhora – respondi.

— Você não precisa … – ela começou.

— Uma arma especial, que eu criei junto com uma mulher especial – eu disse, seca.

— Ah … tá …

Fernanda pareceu ficar bem triste; olhei para o rosto dela, e senti muita vontade de explicar que não era aquilo que ela provavelmente estava pensando; mas eu podia confiar? Aquele ciúme era sincero, ou era mais uma faceta da falsidade que supostamente seria típica das filhas de Oxum?

— Olha, Fernanda … – quebrei o silêncio, depois de mais alguns minutos que pareceram horas.

— Ah … agora você quer falar? – disse ela, mantendo os olhos na direção.

Era impressão minha, ou os olhos dela estavam lacrimejando?

— … Que foi? – perguntei, sem piedade. – Agora, vai fingir que se importa … ?

A resposta da Fernanda foi simplesmente aumentar a velocidade, ultrapassando a intensidade daquela vez em que passeamos nas alturas, desviando na última hora dos arranha-céus e prédios … Mas, desta vez, não senti medo algum, tampouco me impressionei com aquele nível de periculosidade. No entanto …

— ...Não precisa chorar... — disse eu, sinceramente triste também. — Não há necessidade de...

— Não preciso? — cortou Fernanda, com lágrimas descendo dos seus olhos puxados. — Foram meses sem notícias suas. Meses! Meses sem saber se você estava bem, se estava triste, se precisava de alguma coisa... Meses sem pegar na sua mão, meses sem o seu abraço, meses sem o seu beijo... Meses! — ela então baixou a voz. — Meses sem saber se... você estava viva...

Quem inventou o estereótipo de que as filhas de Oxum seriam falsas, certamente foi alguém que detesta, ou tem inveja, das filhas de Oxum; no entanto, elas são bastante espertas, sem dúvida; pois, agora, com toda a certeza, o diálogo ia se desenrolar pra valer.

— Certo, vamos lá — eu disse, com firmeza. — Por que você não foi me visitar no hospital, depois da confusão envolvendo o Olawuwo na escola?

— Minha mãe me proibiu qualquer visita a você — disse ela, na firmeza da tristeza. — Porém, meus agentes infiltrados me enviaram relatórios completos e diários sobre você, enquanto permaneceu no hospital...

— Só enquanto estive no hospital? — perguntei, cruzando os braços. — Por que a sua mãe te proibiu de me ver?

— Talvez eu não possa... — disse ela, manobrando para desviar de um carro bêbado que vinha em nossa direção — ...talvez eu não possa responder a todas essas perguntas...

— Então, senhorita Ebomi dos segredos corporativos, só me responda esta: você sabia?

— Sabia o quê?? — perguntou Fernanda.

— Desde quando você sabia que eu não sou um ser humano? — perguntei de uma vez.

— Você é uma pessoa! — exclamou Fernanda. — Nunca admito que ninguém diga o contrário... nem mesmo você!

Ficamos em silêncio constrangedor por mais um tempo. Olhei para trás, e não vi nenhum sinal de agentes da Aláfia Oluxó, tampouco de profissionais da Akosilé Oju. Fernanda era realmente uma fera no volante.

– Está bem... – disse eu. – Vou reformular a pergunta: desde quando você sabia da minha... condição especial, digamos assim.

– Quando nós duas nos encontramos na Praça do Silêncio, pela primeira vez... eu realmente não sabia nada sobre você – disse Fernanda, secando as lágrimas. – Achei você uma gracinha, com aquele batom azul, que usei de pretexto para te paquerar – ela então soltou um sorrisinho sacana. – Para ser sincera, eu estava entediada, descansando do serviço, então, fui... tirar um sarro. Porém... acabei... gostando demais... de você.

– Só uma patricinha para paquerar pessoas só porque está entediada – disse eu, me rendendo e sorrindo também.

– Já disse pra você não me chamar de...

– ...Você não respondeu a minha pergunta – acabei cortando.

– Não posso informar certas atividades da empresa da minha mãe – disse ela, num tom meio melancólico. – Todos os funcionários-filhos de uma Casa Empresarial prestam juramento, quando são admitidos e iniciados... mesmo eu, filha de uma Mãe Diretora, não devo revelar certos... segredos.

– Então... – eu disse – revele-me os *meus* segredos. Foi a senhora Yolanda Olawuwo quem me... fez? Se sim, por qual motivo? Por que eu fui criada? Afinal, o que eu sou realmente?

Fernanda me olhou de rabo de olho, nitidamente querendo olhar bem nos meus olhos, mas não era possível, pois estávamos ainda em alta velocidade no meio do trânsito aéreo de Ketu Três. Se não estávamos sendo seguidas por nenhuma unidade voadora das empresas de segurança significa que a camuflagem deste carro pomposo da Fernanda era, realmente, um sistema de camuflagem magnífico.

– Certo... – disse a Fernanda, após longas décadas de silêncio contemplativo – Jamila Olabamiji, você é um dispositivo biológico experimental, criado em laboratórios secretos da farmacêutica Olasunmbo, cerca de 6 anos atrás, com a finalidade de produzir *emi ejé* artificiais. Mãe Yolanda de Oiá perdeu o útero durante o parto de seu único filho, e, por ser de uma linhagem tradicional, foi desprezada por ter se tornado infértil; ao conseguir fazer você, a 63ª experiência bem-sucedida, o único dispositivo que se manteve estável, sem se deteriorar, ela tinha a esperança de desenvolver técnicas de implantação de dons sobrenaturais sintéticos para empoderar filhos da elite que nascem sem poderes... pensando no seu filho, Pedro Olawuwo.

Bom, "quem procura, acha", é o que dizem por aí.

– Eu realmente causei a queda da família Olawuwo? – perguntei.

– Nossa investigação aponta que Mãe Yolanda Olawuwo gastou recursos consideráveis da farmacêutica Olasunmbo para criar você, após os sessenta e dois fracassos anteriores – disse Fernanda, sempre olhando para a frente, para não batermos nos prédios. – As Mães Diretoras da Olasunmbo, provavelmente, ficavam cada vez mais impacientes e descontentes; Mãe Yolanda, ao que parece, ficou especialmente obcecada em produzir você, deixando de lado, inclusive, o próprio filho; quando você quebrou a máquina uterina na qual você crescia, e fugiu do laboratório, a família Olawuwo, que já passava por dificuldades, acabou caindo em descrédito total...

... e então ela foi assassinada por um caçador fora da lei, deixando para trás um filho mal amado. Entendi.

– Como é que o marmoteiro... digo, como o Pedro Olawuwo virou aquilo que ele virou? Ele realmente virou um *emi ejé*?

– Para salvar a vida do filho, que estava à beira da morte, depois de ter todos os ossos destruídos por você, acreditamos que Onofre Olawuwo tenha submetido o jovem às cientistas da Olasunmbo para a implantação artificial de dons sobrenaturais, a partir dos resultados de Yolanda Olawuwo...

Então, fui eu mesma quem criou essa aberração Olawuwo... e eu mesma é que vou acabar com ele!

– Por que a Olasunmbo está criando aberrações biológicas? – perguntei, sem piscar o olho enquanto o Beldade 345 dava mais uma pirueta. – Por que cria monstros gigantes? O que querem com a Mãe Maria?

– Três perguntas que não posso responder... – respondeu Fernanda.

– ...Porque não pode revelar segredos – completei –. Certo, voltemos para os segredos sobre mim mesma. Últimas perguntas: meu pai, ou melhor, o senhor Agenor Olabamiji... quem é ele? Por que ele me cria como se eu fosse a sua filha? O quanto ele sabe de tudo isso...?

– Você disse que ia só perguntar sobre si mesma – respondeu Fernanda, com um sorriso. – Creio que você deve fazer essas perguntas a ele mesmo... Mas, se me permite dizer, independentemente da sua origem, ele *é* o seu pai, e você sabe disso.

Sim... ela tem razão. Afinal, como também dizem por aí... pai é quem cria.

– Está certo... – eu disse, com firmeza, olhando bem na cara dela. – Então, uma última pergunta: sabendo o que eu sou, por que você continua querendo saber de mim? Por que ainda quer me ver? Por que faz parte do seu trabalho? Por que a sua mãe mandou? O que você quer comigo??

– Porque eu estou apaixonada por você e quero viver com você para sempre – disse ela, de uma vez só.

Chega disso tudo. Chega de me fingir de durona.

– Senhora Ebomi... – comecei a dizer, com os olhos marejados – por gentileza, gostaria que parasse o veículo, para que eu possa beijá-la...

– Você acabou de sair do preceito, então vá com calma, iaô – disse ela, abrindo um largo e sincero sorriso. – Além disso... não posso parar o carro agora... meus agentes não darão conta de despistar os agentes da minha mãe por mais tempo...

Nós duas rimos ao mesmo tempo. Peguei no rosto dela com as minhas duas mãos, e nos beijamos ali mesmo, com o carro em movimento... para, de súbito, a Fernanda me afastar para, no último momento, conseguir desviar do arranha-céu contra o qual íamos nos chocar!

Então, após aquele susto, nós rimos juntas de novo.

– Roubando o carro da mamãe e contrariando a ordem da sua chefe, que é a sua mãe – eu disse, ainda rindo. – Mas é uma patricinha encrenqueira mesmo!

– Eu já disse que... aff! – disse ela, ainda rindo também.

– Queria que você tivesse visto meu pai Ogum dançar... – lágrimas discretas começaram a desfilar no meu rosto.

– Queria muito ter visto a manifestação do pai Ogum mais lindo e mais poderoso de todos os tempos – Fernanda me olhou com aqueles olhos brilhantes pelos quais me apaixonei.

Sim, naquele breve instante, de correria e revelações, eu me sentia, sincera e satisfatoriamente, um ser humano completo, feliz; mas, infelizmente, nenhuma felicidade dura para sempre...

...Pois, de forma abrupta, o dispositivo de televisão do Beldade 345 se ligou sozinho, abrindo a tela bem na minha cara; então, começou a exibir, com uma imagem meio borrada, a forma monstruosa do meu odiado inimigo! Fernanda quase bateu num prédio, devido ao susto; eu apenas cerrei os punhos em torno do meu facão, ansiosa para retalhar um certo alguém...

– Sua aberração miserável! – exclamou a abominação tecnológica na tela da televisão. – Sei que você está aí! Jamila Olabamiji! Eu, Pedro Olawuwo, te desafio para um duelo!! Me encontre agora, no Colégio Agboola! Ou eu vou esmagar a cabeça desse aqui, da mesma forma que esmaguei seu braço...

Olawuwo ergue então um dos braços, nos mostrando que estava... segurando meu pai pelo pescoço... Começa a esfregar, na tela, o rosto ensanguentado do meu pai, Agenor Olabamiji...

– Olawuwo!! – gritei – *Vou te matar!!!*

Nós estamos brincando para Ogum com medo extremo.

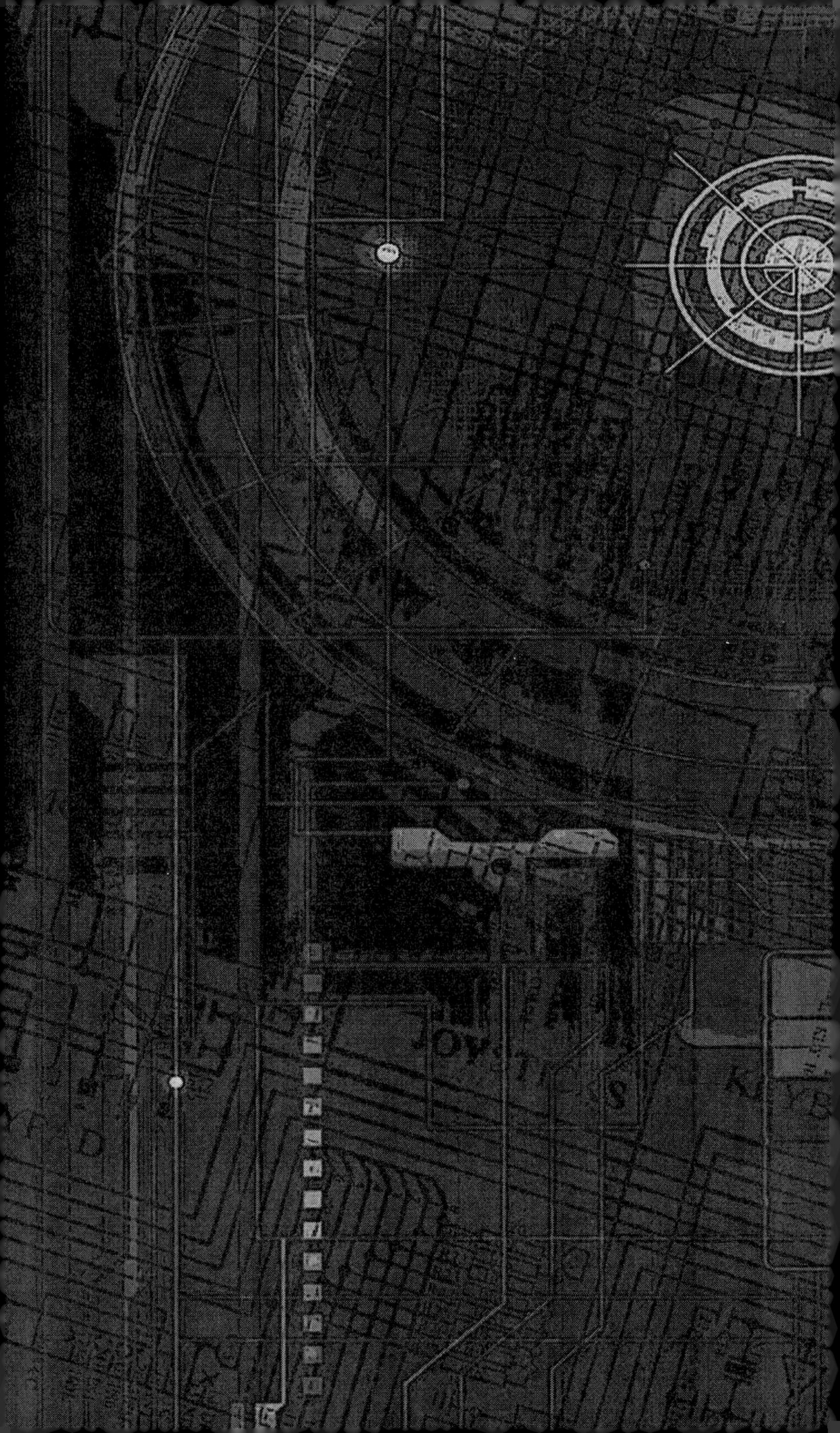

31. ÓDIO

— Olawuwo!! — gritei — *Vou te matar!!!*
Vou te matar vou te matar vou te matar vou te matar vou te matar vou te matar vou te matar vou te matar vou te matar vou te matar vou te matar vou te matar vou te matar vou te matar vou te matar vou te matar vou te matar vou te matar vou te matar vou te matar!!
    Na noite nublada de Ketu Três, por entre as luzes e hologramas, debaixo de uma senhora lua cheia, eu estava saltando, de prédio em prédio, para me encontrar com o meu inimigo; saltava para uma torre, fincava meus dedos no vidro e no aço; pegava impulso, saltava para o próximo prédio. Me desviava de todos os carros e pessoas que apareciam voando na minha frente; na verdade, a maioria estava fugindo para bem longe, já que eu estava urrando enquanto saltava pelos céus da cidade.
    Matar esmagar destruir matar esmagar destruir matar esmagar destruir matar esmagar destruir matar esmagar destruir matar esmagar destruir matar esmagar destruir matar esmagar destruir matar esmagar destruir matar esmagar destruir matar esmagar destruir matar esmagar destruir vou te matar!!!
    Enquanto eu saltava, e berrava, consegui perceber, olhando de soslaio, que agentes voadores de diversas empresas de segurança estavam no meu encalço, da Akosilé Oju à Aláfia Oluxó; todos armados com lanças, pistolas, rifles, e disparavam jatos coloridos de água fervente, vento cortante, terra atritante e fogo calcinante; acertavam os prédios, mas não me acertavam de jeito nenhum; vez ou outra, eu parava nalgum prédio, arrancava um pedação de pedra e aço, e arremessava contra os agentes, derrubando vários; às vezes eu soltava um urro concentrado tão potente que acabava danificando as armas e mochilas antigravidade dos meus perseguidores, e eles eram obrigados a me deixar para lá.

Pareciam todos desesperados, tentando me neutralizar, antes que eu destruísse a cidade inteira pelo caminho.

O que aconteceu, após eu ser desafiada pelo Pedro Olawuwo, é que eu simplesmente saltei do Beldade 345, apesar dos protestos da Fernanda; ela deve estar me perseguindo agora também, junto com seus agentes, mas eu não a vi, não me importava com isso agora; eu só queria saber de *esmagar o Olawuwo!*

Vou arrancar seu crânio fora vou arrancar seu crânio fora vou arrancar seu crânio fora vou arrancar seu crânio fora vou arrancar seu crânio fora vou arrancar seu crânio fora vou arrancar seu crânio fora vou arrancar seu crânio fora vou te fazer em pedaços!!

Depois de um tempo, acabei despistando, afugentando e derrubando todos os meus perseguidores, pois não havia mais ninguém visível no meu encalço; devo ter atravessado, praticamente, a metrópole inteira, só no salto; fui me guiando, mais ou menos, pela Rua Treze, atravessando os Setores, passando pelo Parque das Águas Verdes, até chegar às proximidades do Colégio Agboola.

Olawuwo vou te matar Olawuwo vou te matar Olawuwo vou te matar Olawuwo vou te matar Olawuwo vou te matar Olawuwo vou te matar Olawuwo vou te matar Olawuwo vou te matar Olawuwo vou te matar Olawuwo vou te matar Olawuwo vou te matar Olawuwo vou te matar Olawuwo vou te matar Olawuwo vou te matar seu desgraçado!!!

Após saltos e mais saltos, finalmente, cheguei ao espaço aberto de árvores e capim que dava para os portões da escola; era uma enorme praça numa colina, incrustada bem no meio do subúrbio do Setor 5, de frente para uma grande avenida. Devia estar tudo vazio aqui, a essa hora da noite...

...Mas a avenida estava toda repleta de monstros. Eram criaturas feitas de metal, dos mais variados tamanhos e formas, desde humanoides a coisas que pareciam aranhas, cachorros, pássaros e outros animais, todos abrutalhados e malformados, com braços, pernas e patas desproporcionais, todos com faces robóticas medonhas, que pareciam sorrir assim que me viram. Eram abominações tecnológicas, seres sem mente nem alma, provavelmente criaturas da Olasunmbo. Os monstros ficaram me olhando, exibindo garras e lâminas retráteis; todos, de uma só vez, avançaram, e partiram para cima de mim...

...E foram todos retalhados com um golpe do meu facão, de uma só vez.

– Apareça, Olawuwo!! – gritei para os portões da escola, apontando meu facão de Ogum. – Pare de se esconder, seu covarde!! *Vou te arrebentar!!*

"*Realmente impressionante, Jamila Olabamiji*", disse, de repente, uma voz na minha cabeça. "*Eliminou as bestas de batalha com um único golpe! Mas... sua aventura deve terminar aqui.*"

Numa grande avenida do Setor 5 da Rua Treze, em frente aos portões do Colégio Agboola, pisoteando os restos das criaturas que eu tinha acabado de fatiar ao meio, se apresentou, diante de mim uma moça linda, pele marrom, *black* roxo; desta vez não estava de shortinho, e sim com o uniforme azul e branco da Akosilé Oju.

"*Por ordem do Diretor Olawuwo, você está presa por crimes contra a cidade*", disse Joana Adelana.

"*O mundo não lhe fez promessas.*"
– Provérbio antigo proferido pela Venerável Mãe Presidente Ibualama durante pronunciamento em rede de televisão.

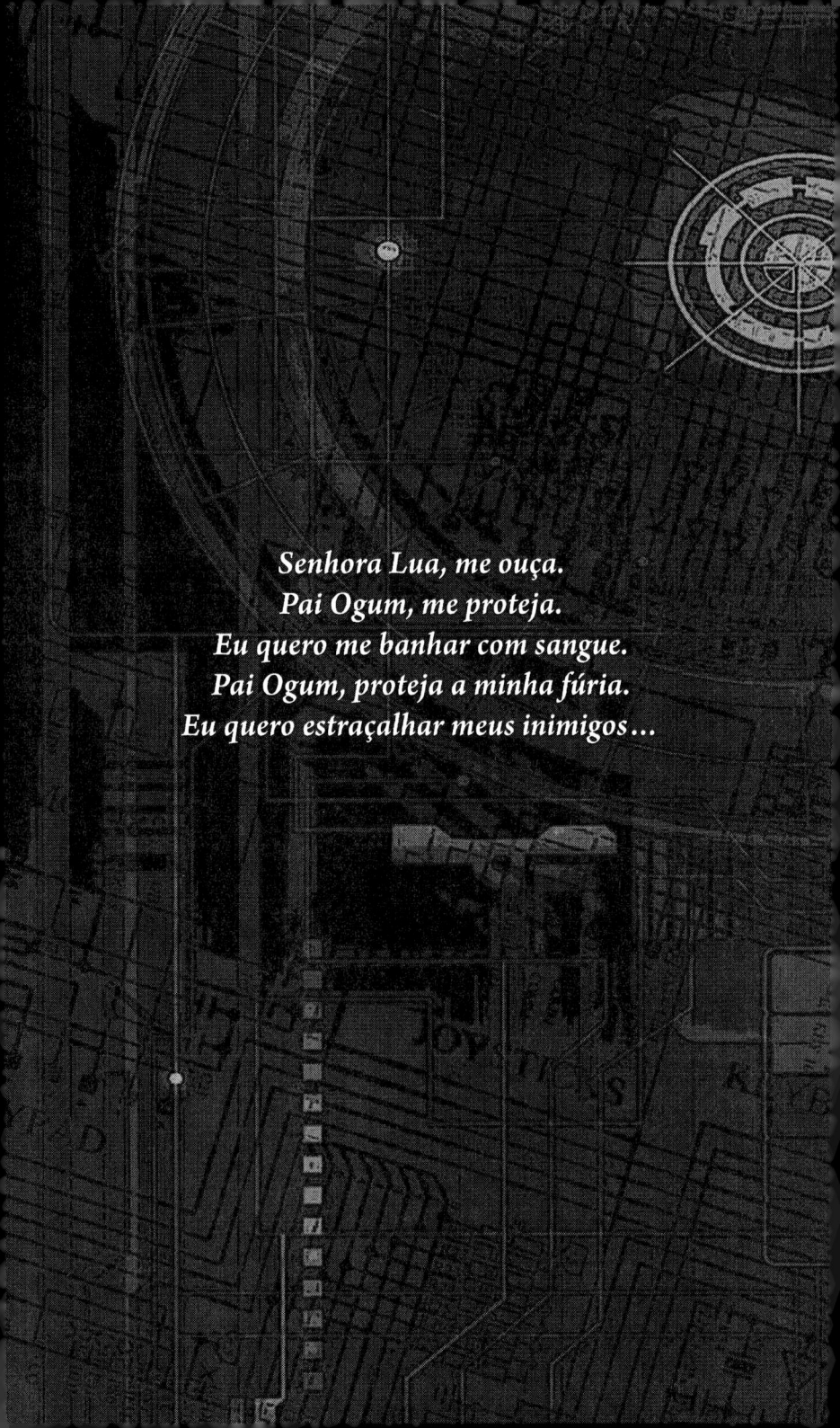

Senhora Lua, me ouça.
Pai Ogum, me proteja.
Eu quero me banhar com sangue.
Pai Ogum, proteja a minha fúria.
Eu quero estraçalhar meus inimigos...

32. TRAIÇÃO

"*Por ordem do Diretor Olawuwo, você está presa por crimes contra a cidade*", disse Joana Adelana.

Joana e eu estávamos a vários metros de distância uma da outra; ela mais próxima dos portões, eu sobre uma pilha de bestas-robô destruídas.

Quando dei por mim, eu estava já bem em cima da Joana, com o facão erguido para parti-la em duas... mas, no instante seguinte, eu estava gemendo no chão, em posição fetal, usando todas as minhas forças para não enforcar a mim mesma.

"*Impressionante!!*", exclamou Joana, falando na minha cabeça, "*Em poucos meses, você alcançou tamanho domínio da sua própria mente que agora consegue resistir aos meus poderes mentais!*"

"*Sai da minha cabeça!!*", respondi por pensamento, já que não conseguia mexer a boca.

"*Ah, entendi...*", disse Joana, "*Você se submeteu ao rito de passagem para Ogum... agora, você tem a vontade de ferro do seu pai guerreiro!*"

"*Traidora desgraçada!!*", berrei dentro da cabeça dela, enquanto concentrava todas as minhas forças tentando resistir aos poderes espirituais da telepata Joana, "*Eu confiei em você! Farsante mentirosa!!*"

"*Sou a mesma mulher que você conheceu*", disse ela, na minha mente, parecendo meio chateada, "*Eu não menti para você em nenhum momento... Ao contrário das pessoas que você acha que te amam...*"

"*Não quero saber das suas mentiras!!*", exclamei, "*Me solta! Tenho que salvar o meu pai!!*"

"*Agenor Olabamiji não é seu pai, e você sabe disso*", disse Joana, sarcástica, "*Ele mente para você desde que se conhecem...*"

"*Você não sabe nada sobre mim e meu pai!*", gritei, tentando balançar minha cabeça e minhas pernas, no chão forrado com restos de fios e circuitos, "*Ele é meu pai e ponto final!!*"

Joana permanecia de pé, com as mãos na cabeça, se concentrando, enquanto eu seguia me remexendo no chão, tentando resistir... Mas, como eu já tinha aberto a minha mente para ela várias vezes, Joana sabia exatamente o caminho do meu cérebro, sabia quais portas abrir, sabia se guiar pelos corredores, várias entradas que nem eu sabia... Mesmo os dispositivos de proteção mental são inúteis contra alguém assim.

Porém... era como ela mesma disse: eu havia adquirido a vontade de ferro do meu pai Ogum. Joana Adelana não era capaz de me dominar completamente, porque nunca antes havia entrado na minha mente após a minha iniciação, com todas as proteções ritualísticas feitas por Mãe Maria de Ossaim. Cedo ou tarde, eu acabaria me libertando...

"Sei que você pensa que irá se libertar em breve", disse Joana, com calma, andando ao meu redor, *"Mas é como você mesma pensou aí: mesmo renascida, e fortalecida pela iniciação, sua mente ainda é a mesma; cedo ou tarde, na verdade, eu é que vou te dominar completamente..."*

"Desde quando pensa em nos trair?", eu disse, tentando ganhar tempo.

"Sei que está tentando ganhar tempo", caçoou Joana, *"Mas, mesmo assim, vou te responder: eu nunca traí ninguém, já que, desde o início, minha lealdade pertence a pessoas, e a entidades, que você nunca conheceu, nem conhecerá..."*

O quê?

"Talvez eu tenha omitido algumas partes", disse ela, *"Mas eu sou tudo o que eu disse ser. Meu nome é Joana Adelana de Otim, e tudo o que faço é pelo bem da cidade Ketu Três... de acordo com a vontade das mães ancestrais."*

"Você pode falar a bosta que você quiser!", gritei na cabeça dela, *"Você é uma duas caras! Marmoteira! Estou decepcionada com você!!"*

"Entenda que você só se decepciona com quem deposita altas expectativas", disse Joana, sorrindo, *"E eu nunca disse para esperar nada de mim, nunca te pedi para me colocar num pedestal... eu apenas te ajudei num momento de necessidade. É o que eu faço."*

"Não está me ajudando em nada agora!", exclamei, ainda me contorcendo, ainda fazendo força para não me enforcar com as minhas próprias mãos.

"Estou tentando te ajudar a compreender que há questões maiores em jogo...", disse Joana, suspirando, *"Questões muito maiores que a sua rixa com aquele menino..."*

"Está falando do Pedro Olawuwo??", berrei com a mente, *"Desde quando você é capacho daquele moleque? Como pode descer tão baixo?!"*

Joana então começou a rir, como se eu tivesse acabado de contar uma piada hilária; soltou uma risada bem sonora, daquela que faz as pessoas fecharem os olhos de tanta satisfação... Nunca antes a tinha visto rir daquele jeito.

"Eu, capacho daquele garoto??", disse ela, ainda rindo, *"Temo lhe informar que é justamente o contrário..."*

O quê?

"Você, Nina Onixé, João Arolê, até mesmo o Pedro Olawuwo...", ela continuou dizendo, *"Vocês são ferramentas úteis até. Mas..."*

Foi então que percebi que, enquanto eu me contorcia em desespero no chão, me esforçando ao máximo para não ser subjugada por completo, vários outros monstros robóticos haviam aparecido, várias bestas deformadas de aço e metal, todas armadas com garras, lâminas giratórias e canos de disparo, todas se ajuntando ao nosso redor. Quem estava ganhando tempo mesmo?

"Toda ferramenta possui prazo de validade", disse Joana, me olhando bem nos olhos, exibindo o sorriso mais perverso que já vi na vida; *"É como você mesma acaba de pensar: quem é que estava ganhando tempo? Adeus, Jamila Olabamiji, foi um imenso prazer dividir pensamentos contigo."*

Então, Joana se concentrou para fechar as portas da minha mente, para me paralisar por completo...

...Mas não conseguiu, pois recebeu, em cheio, um disparo de plasma que a arremessou para bem longe.

— Solta a minha mulher!! – gritou Fernanda, segurando seu trabuco dourado, ainda fumegando do tiro. – Não te dei permissão pra entrar na cabeça da minha garota!!

Percebi que conseguia me mexer novamente, mas comecei a suar, de repente, exausta com o esforço para não ser dominada; eu estava quase desmaiando de tanto cansaço... mas aí me percebi no colo da Fernanda, que estava agachada, com as mãos na minha cabeça... sussurrando palavras, despejando água pura na minha testa... aos poucos, eu ia sentindo a minha força voltar...

...Porém, as monstruosidades de metal, que eram centenas, avançaram para cima de nós duas, com suas garras e lâminas...

...E não chegaram nem perto de nos atingir, já que um escudo invisível nos protegeu naquele instante.

— Meu nome é Rodolfo Malomo – disse um homem bem do nosso lado. – Meu dom espiritual é a telecinésia; sou um membro da célula Ixoté. Muito prazer, senhora Ebomi, sua benção...

Era aquele maluco sem camisa, gordo, pele bem preta, cabeça raspada, calça larga e botas; estava com os braços estendidos, provavelmente para manter o escudo ativo. Nenhum dos monstros, nem seus disparos, conseguiam nos alcançar.

Então, brotaram do chão cabos da fiação elétrica; vários tentáculos de circuitos, contei uns dez ou mais; começaram a chicotear o mar de criaturas, agarrando-as e as esmagando como se fossem insetos.

— Então essa é a sua namorada bonitona! – disse a Nina, piscando para nós duas.

— E aí, menina esperta, como você tá? – disse João Arolê, enquanto se teleportava à vontade, dando cambalhotas, distribuindo golpes com sua lança de energia, destruindo várias bestas de metal no processo.

Era muito bom ver que a Nina não estava mais usando aquele traje preto sinistro, e sim um uniforme acinzentado, leve, quase branco. Já o João Arolê finalmente tinha dado um jeito na cara remendada; parecia ser pele sintética cobrindo as partes cibernéticas; o rosto, e o braço, agora parecem feitos de carne; e... ele cortou os *dreads*.

O grande espaço aberto em frente aos portões do Colégio Agboola simplesmente havia se tornado uma praça de guerra. O Rodolfo Malomo tava correndo pela rua, expandindo seu campo telecinético, destruindo várias criaturas; João Arolê pulava pra lá e pra cá sem parar, abatendo vários inimigos com a sua lança; Nina permanecia ao nosso lado, controlando seus tentáculos elétricos para varrer o chão com aquelas sucatas ambulantes. E, no meio de tudo isso, eu permanecia no colo da Fernanda, sendo cuidada por ela, sendo curada pelos danos mentais causadas pela traidora...

– Pronto! – disse a Fernanda, contente, acariciando o meu rosto. – Ainda reforcei as suas defesas mentais; agora, aquela sujeita não vai mais violar os seus pensamentos...

– Muito bem, Ebomi! – disse a Joana, nos encarando.

Me coloquei imediatamente de pé, com meu facão em punho; Fernanda também se levantou, segurando seu rifle de plasma. A Joana vinha andando na nossa direção, sem se incomodar com monstros e pessoas se digladiando ao nosso redor; o uniforme que ela usava estava com um rombo no peito, mas ela mesma parecia tranquila, como se não tivesse recebido tiro algum.

– Ebomi Adelana da Akosilé Oju – disse Fernanda, apontando a arma para a nossa inimiga – nem mais um passo, ou, desta vez, ajustarei o rifle para força letal...

– Nós duas sabemos que você não tem autorização para encerrar a minha vida – disse Joana, abrindo os braços, em tom de deboche. – As mães... vão ficar chateadas com a sua interferência...

Fernanda acabou não falando nada, parecia contrariada; então, começou a ajustar o trabuco, enquanto mantinha a Joana na mira; antes que eu tivesse tempo de perguntar à minha namorada sobre o que aquela marmoteira estava falando, a Nina se colocou entre nós e sua ex-colega; ainda manipulando a fiação contra as criaturas que tentavam se aproximar, Nina Onixé então deu um passo em direção à Joana Adelana, encarando-a por um tempo.

– E aí, Jô – disse Nina, com um sorriso amarelo – como você tá?
– Tô bem, amiga, e você? – respondeu Joana, devolvendo o sorriso.
– Estou bem também – disse Nina, desta vez sem sorrir.
– Que bom – disse Joana, ainda sorrindo. – Fico feliz por você.
– Entendi... – disse Nina. – Então, com a sua licença, só mais uma pergunta: você, Jô, está obedecendo ao desejo do seu coração?
– Sim... – respondeu a Joana...
– Ótimo – disse Nina, baixando os braços. – Então, sem ressentimentos... Pode liberar geral, Alfredo!

Foi então que, do nada, apareceu aquele homem de moicano crespo rosa, com as mãos nos joelhos, encharcado de suor. Ele trajava o que parecia ser um vestido amarelo, com fendas nas laterais. Era o ilusionista Alfredo!

– Nunca deixei tanta gente invisível! – disse ele, ofegante – nem por tanto tempo assim!
– Nós sabemos – disse Nina, orgulhosa. – Sua alucinésia está mais poderosa! Parabéns!!

Joana olhou pra cima... e levantou as mãos, num sinal de rendição... já que uma tropa inteira de voadores da Aláfia Oluxó apareceu, flutuando acima de nós, todos bem armados, com fuzis psicocinéticos de alta precisão e canhões elementais apontados para a Joana e para todas as criaturas de metal espalhadas pela avenida... Fernanda se ajeitou e se posicionou no campo de batalha, para liderar a sua tropa.

Todo mundo parou na hora, até mesmo os monstros. O homem chamado Alfredo caiu de bunda no chão, totalmente esgotado pelo esforço de camuflar a presença de tantas pessoas.

Nina botou a mão metálica no meu ombro.

– Então, vamos indo? – perguntou ela.

— Mas... — eu olhava para a armada de voadores, e para a Joana, ali parada.

— São meus agentes — sussurrou Fernanda. — Eles vão cuidar de tudo, não se preocupe.

— Ok, cambada! — gritou Nina para os seus homens — Ixoté! Agora é tudo ou nada! Pra dentro da escola! Vamos salvar o pai da Jamila! Bora, bora!!

— Aláfia Oluxó! — gritou Fernanda para os seus funcionários. — Eu vou acompanhar esse... *grupo de resgate* na apreensão do Diretor *ilegítimo* da Akosilé Oju, Pedro Olawuwo! Mantenham vigilância em cima da Ebomi Joana Adelana! E prossigam com a neutralização dessas criaturas robóticas ilegais criadas pela farmacêutica Olasunmbo!

Comecei a correr em direção aos portões do Colégio Agboola, acompanhada da Fernanda, Nina, Rodolfo e João Arolê; Alfredo ficou para trás, estava exausto. Seguimos pelos muros, pela pista de entrada, passamos por salões sustentados por pilastras de cobre esculpido, casinhas em cujo teto holográfico haviam catalogado estrelas de universos distantes, corredores em cujas paredes movimentavam-se ilustrações vivas de ancestrais dum futuro próximo, e várias outras partes. Até que alcançamos, finalmente, a praça principal, a qual abriga o grande prédio central do Colégio Agboola: uma abóbada enorme, multicolorida, em cujas paredes remexiam-se desenhos que mais pareciam tatuagens tribais vivas.

Foi aí que parei, de repente, em frente à porta do prédio. Todo o mundo acabou parando junto comigo.

— O que foi...? — perguntou a Fernanda, preocupada.

Sinalizei dizendo que estava tudo bem. Então, enchi meus pulmões de ar, e...

— *Pedro Olawuwo!* — gritei. — Seu covarde assassino!! Estou aqui para resolvermos as nossas diferenças! *Exijo* que devolva o meu pai *agora*! Porque vou te *arrebentar*!!!

Gritei essas palavras tão alto, com tanta força e raiva, que o João Arolê, a Nina e o Rodolfo tiveram de se esforçar para não desabar no chão. A Fernanda olhava para mim, muito orgulhosa.

Então, fez-se o silêncio. Só ouvia a respiração ofegante do pessoal. Até que...

...o chão deu uma tremida...

...e a abóbada do prédio central, feita de barro espiritual, que era mais resistente que aço, foi despedaçada por dentro, como se fosse barro quebradiço comum...

...o João Arolê sacou sua lança de energia, Fernanda apontou seu rifle, Nina sacou uma pistola, Rodolfo preparou as mãos...

...porque um ser gigantesco estava brotando de dentro do prédio central, erguendo-se para o alto, uma abominação de circuitos, dispositivos, lâminas giratórias, pistões barulhentos, fios elétricos e músculos de metal. Uma monstruosidade, do tamanho de arranha-céus, que atendia pelo nome de Pedro Olawuwo.

Lá do alto, com um tom robótico que mais parecia um coro de vozes digitalizadas, ele bradou:

– Sua aberração nojenta! Vou esmagar você e seus amigos! Vão pagar por tudo o que a minha mãe sofreu!! Eu sou o Grande Olawuwo! Eu sou o rei do mundo!!!

Foi aí que vi, espremido na mão esquerda daquele gigante... meu pai, Agenor Olabamiji, sendo esmagado por dedos imensos...

VOU TE DESPEDAÇAR, MOLEQUE MISERÁVEL!!!

Eu mato vocês com golpes de facão.

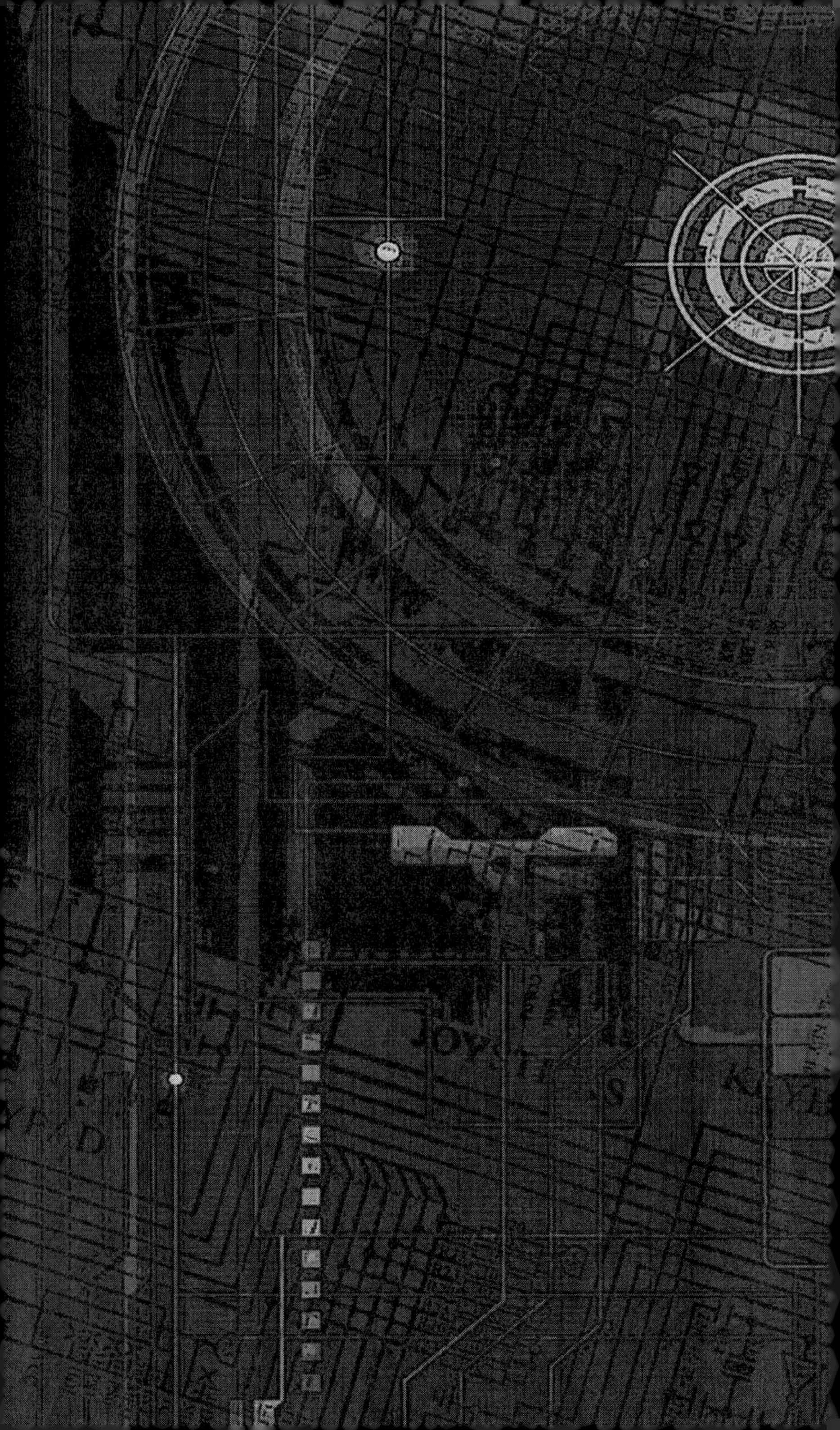

33. DESTRUIÇÃO

VOU TE DESPEDAÇAR, MOLEQUE MISERÁVEL!!!
Fúria.
Acesso violento de furor. Forte pressão, ímpeto. Grande exaltação de ânimo.
Soltei um urro, liberando todos os meus descontentamentos, insatisfações, mágoas e frustrações. Vidraças num raio de quilômetros foram despedaçadas. Nina Onixé teve de ativar um dispositivo antissônico para proteger nossos amigos; Rodolfo Malomo fortaleceu essas defesas com uma bolha telecinética. Meu grito de fúria se propagava, e parecia capaz de despedaçar tudo ao redor.
Exceto o meu inimigo à frente.
O conglomerado colossal de engenhocas e circuitos chamado Pedro Olawuwo gargalhava ao receber meu ataque de frente. A risada do garoto ciborgue gigante era insana, maldosa... e triste. Não era mais um ser humano; havia se tornado, verdadeiramente, uma abominação tecnológica. Dispositivos aleatórios piscavam e soltavam faíscas de seu gigantesco corpo, tão deformado quanto a sua alma. Estava repleto de espíritos malignos, *ajoguns*, famintos e furiosos, criados por sua própria fraqueza de espírito; enlouquecido, desesperado para obliterar tudo.
– Grita mais, sua aberração! – bradou ele, em desafio – GRITA!!
Em sua enorme mão esquerda, o garoto apertava Agenor Olabamiji, meu pai, com o intuito de esmagar-lhe os ossos. Apertava, e continuava gargalhando, enquanto meu pai se segurava para não gritar de dor.
Fúria. Acesso violento de furor. Raiva. Acesso violento de ira.
Ogum briga e chama mais briga, e chama mais briga
É o proprietário do akorô, o Senhor de Irê

Um salto, e eu já estava cara a cara com a cara enorme do Pedro Olawuwo; um soco meu, e a cara do Olawuwo virou para trás, toda torta. O gigante menino se desequilibrou com aquele golpe potente.

– Parabéns, sua nojenta! – gritou Olawuwo, contente. – Está mais forte do que antes!!

Ao mesmo tempo que saltei para desferir meu golpe, o caçador João Arolê havia se teleportado para o alto, para a mão esquerda do meu inimigo, e, com golpes da sua lança de energia, tentava libertar o meu pai do aperto esmagador; ao mesmo tempo, também, o rapaz Rodolfo Malomo flutuava e tentava abrir, à força, com sua telecinésia, os dedos que prendiam meu pai. Pedro Olawuwo, ainda de cabeça virada, tentou reagir com a mão direita, porém esta ficou presa nos fios invocados pela eletrocinésia da Nina Onixé, que gritava ordens aos seus companheiros, tentando coordenar o ataque ao gigante. Fernanda Adaramola atirava à vontade, com seu grande rifle dourado, acertando disparos de plasma letal em diversas partes do monstro Pedro Olawuwo.

– Seus inúteis! – gritou o Olawuwo, ainda de cabeça virada. – Vocês todos não são nada perto de mim, nada!!

Olawuwo arrebentou os fios que prendiam a sua mão direita, e, com esta, tentou estapear o João Arolê; o caçador desapareceu, e, em seguida, apareceu em cima da cabeça torta do monstro, atingindo a lança energizada bem no olho esquerdo do inimigo; um coro de vozes digitalizadas soltaram um grunhido de dor. Rodolfo Malomo, flutuando no ar, suava, mantendo o foco em abrir os dedos da mão esquerda do gigante; já havia entortado dois dedos, estava destroçando o dedo do meio. Nina Onixé convocou computadores, máquinas de lavar roupa e impressoras 4D para se chocaram contra as pernas do Olawuwo, enquanto que a Fernanda passou a mirar seus disparos no braço esquerdo do gigante, para libertar meu pai de uma vez. Eu socava onde eu conseguia socar, na tentativa de estraçalhar a carne de metal do meu inimigo

Foi então a vez do Pedro Olawuwo gritar de fúria; virou a cabeça para a frente, e exibiu seu rosto totalmente reparado, como se não tivesse sofrido dano algum; os dedos da mão esquerda, que haviam sido destroçados, acabaram crescendo novamente; as máquinas que os atacavam acabaram sendo fagocitadas por ele, o que o tornou uma monstruosidade ainda maior; reforçou as escamas da sua armadura corporal, e os disparos de plasma não lhe causavam mais dano. Até meus socos mais fortes pareciam ter se tornado inúteis.

– Eu disse que sou o rei do mundo!! – gritou Olawuwo. – Nenhum de vocês se equipara a mim!

João Arolê começou a se teleportar ao redor do gigante, mas este se defendia com tentáculos de circuitos; apareceram lâminas giratórias, que perseguiam e buscavam retalhar o caçador a todo instante; canhões *laser* brotavam do seu corpo e começaram a disparar contra o Rodolfo, obrigando o rapaz a se defender com sua telecinésia; no chão, Fernanda e Nina tentavam escapar de serem pisoteadas pelos pistões e apêndices de sucata que surgiam das pernas do Olawuwo.

– Você ainda não entendeu que não tem pai?! – berrou o Pedro Olawuwo. – Sua imbecil!! Você é uma criatura artificial!! Uma monstruosidade perante os ancestrais!!

Pedro Olawuwo gargalhava de raiva e de loucura, ao mesmo tempo.

Ogum é o senhor que toma banho de sangue
Ele mata vocês com o facão
Ogum é o senhor da arena
Ele mata vocês com golpes de facão

De repente, o antebraço esquerdo do Olawuwo foi decepado, e ele parou de gargalhar; Rodolfo Malomo gritou, usando o máximo de suas forças para, finalmente, conseguir abrir a mão gigante e libertar meu pai; João Arolê se teleportou e resgatou Agenor Olabamiji ainda no ar. Enquanto o Pedro Olawuwo tentava entender o que tinha acontecido, meu facão de Ogum já havia decepado outra parte do seu corpo: a perna direita. O colosso perdeu o equilíbrio, caiu pra trás, sendo agarrado e eletrocutado por enormes tentáculos de energia convocados pela Nina; preso no chão, mais um golpe meu, desta vez na cintura, e o gigante Olawuwo estava cortado ao meio. Houve mais golpes rápidos, mais pedaços da monstruosidade sendo destroçados; a lâmina vorpal do facão vibrava a cada corte, como que ressoando com a intensidade da minha fúria. Fernanda, disparando com seu rifle, aproveitava para destruir as várias partes decepadas do gigante.

– Isso é pelo Lourival, seu canalha assassino! – gritou a Nina para o nosso inimigo.

Pedro Olawuwo parecia todo derrotado no chão...

... Até que começou a gargalhar, de novo...

... E seus pedaços explodiram, todos, de uma vez só.

As explosões foram fortes o suficiente para derreter as paredes da escola; o Colégio Agboola praticamente desapareceu. Prédios ao redor desabaram, nuvens de fumaça e fogo subiam raivosas aos céus.

Sirenes indicavam que bombeiros hidrocinéticos haviam chegado para lidar com o fogo, que tentava se alastrar para além do espaço aberto, tentando alcançar a cidade; os bombeiros se uniram à tropa da Aláfia Oluxó, na tentativa de afastar toda a poeira e entulho que barravam o caminho até o centro do que antes era a escola; porém, a cortina de fogo parecia se intensificar, como que tomada por espíritos sinistros...

Na cratera fumegante do que um dia foi o pátio central do Colégio Agboola, eu estava de pé; minhas roupas, feitas de tecido de moléculas instáveis, permaneciam intactas; minhas tranças balançavam em meio a fumaça e poeira; eu segurava meu facão, e olhava fixamente pra frente, com a respiração intensa como a de um animal selvagem.

Atrás de mim, Rodolfo Malomo jazia no chão, desmaiado, completamente exaurido após ter protegido todos nós com uma bolha telecinética. João Arolê, que havia se teleportado para fora, já tinha voltado, e estava injetando no meu pai, que estava em estado crítico, uma solução de espíritos regenerativos. Nina e Fernanda mal se mantinham em pé, mas permaneciam ao meu lado, com as armas apontadas para a criatura bem à nossa frente.

A criatura se chamava Pedro Olawuwo, que parecia rosnar de tanta raiva.

Olawuwo não era mais um gigante do tamanho de um arranha-céu; tinha voltado a ser um grandalhão de dois metros e meio, a mesma forma com a qual ele havia me humilhado na rua, meses atrás: um monstro deformado de circuitos e dispositivos, vagamente humanoide; exibia bíceps exageradamente grandes; os punhos, em forma de martelo, desproporcionalmente grandes em relação ao corpo; o peito, uma couraça de metal, estufado como um galo; suas pernas, engrenagens e pistões; a cara, uma máscara retorcida do que um dia havia sido o seu rosto humano; seus olhos pareciam esmeraldas de fogo verde, flamejando de ódio.

Em um segundo, ele estava bem na minha frente; no segundo seguinte, me socou na cara… porém, desta vez, não conseguiu me arremessar para longe, só me empurrou uns dez metros para trás; também não me feriu com gravidade, apenas me deixou com mais raiva. Ele pareceu surpreso, mas não se intimidou.

– Fique sabendo que – disse ele, com calma – antes de te matar, vou despedaçar a sua namoradinha, membro a membro…

Em menos de um segundo, eu havia superado aquela distância de uns dez metros entre mim e ele; estava em cima dele, e ao redor dele, me movimentando, distribuindo golpes de facão, em altíssima velocidade; dezenas, até centenas de golpes por segundo; ele acompanhava minha velocidade, se defendendo com seus punhos de aço; faíscas sibilavam a cada choque; era a primeira vez que a lâmina vorpal do meu facão não cortava alguma coisa de imediato; ao mesmo tempo que eu golpeava com o facão, também distribuía chutes, os quais eram prontamente defendidos com os chutes de pistões do meu oponente; tão logo eu o feria, ele se regenerava; eu nada dizia, apenas bufava, ofegava, feito um bicho, enquanto ele, cada vez mais louco, xingava palavrões, insultos, gargalhava; cada soco que trocávamos emitia ondas de choque que pulverizavam o pouco do que tinha sobrado do colégio; saltávamos e nos golpeávamos no ar, pousávamos e provocávamos terremotos localizados; nenhum de nós se cansava, nem cedia; apenas trocávamos golpes e mais golpes e mais golpes...

Vi a Fernanda e a Nina, ambas de joelhos, tentando mirar no Olawuwo, mas, nitidamente, não conseguiam acompanhar nossos movimentos em alta velocidade; Rodolfo Malomo permanecia desmaiado no chão; João Arolê com arma em punho, atento, tentando proteger nossos amigos...

...e onde estava meu pai?

– Olhe pra mim, sua aberração! – gritou o Olawuwo – *Olhe pra mim!!*

Ele acabou me acertando com mais força, bem na boca do meu estômago; desta vez, fui arremessada, e a onda do impacto foi tão grande, que acabou desequilibrando todo o mundo; a força do golpe me fez parar numa pilha derretida de destroços, mas, desta vez, me levantei rapidamente...

...Mas não rápido o suficiente, pois o Olawuwo já estava sobre mim, novamente, e suas duas mãos de martelo desceram com tudo no meu crânio, causando mais ondas de choque; caí de joelhos, vomitei sangue; só não tive a cabeça estourada porque meus poderes psicometabólicos me protegeram com força total; porém, só o esforço de me proteger tinha sido enorme, e toda aquela luta prolongada... eu estava sentindo minhas forças se esvaindo... estava para desmaiar... enquanto o Olawuwo parecia incansável... meus amigos, caídos... eu, vomitando sangue... Olawuwo se preparando para me pisotear com seus pés em forma de pistão...

...E então ele parou, quando recebeu um golpe pelas costas. Era meu pai, arfando de cansaço, segurando um grande cano de ferro, que acabou se entortando quando atingiu a criatura Olawuwo.

– Deixa a minha filha em paz!! – gritou Agenor Olabamiji, com firmeza. – Seu moleque! Seu monstro!!

Pedro Olawuwo, me deixando ali de joelhos, se virou para encarar meu pai.

— Monstro, eu? – disse ele, com sua voz robótica, fazendo pulsar seus músculos de engrenagens e circuitos. – Olhe para mim. Eu sou um ser humano! Nascido do ventre de uma mulher! Essa coisa atrás de mim é que é o monstro! A criatura que arruinou a minha família!!

— Jamila é minha filha! – bradou meu pai. – Minha filha querida! Não se meta com a minha família, seu moleque! Não envergonhe mais os seus ancestrais!!

A resposta do Pedro Olawuwo foi dar um peteleco no ombro direito do meu pai, que acabou destruindo todos os ossos do seu braço; Agenor Olabamiji soltou um sonoro grunhido de dor, caindo para trás, de costas no chão. Olawuwo fechou sua mão de martelo, e desferiu um soco contra meu pai...

... E eu então segurei o punho do Olawuwo, com uma só mão.

Fúria. Acesso violento de furor. Raiva. Acesso violento de ira. Ódio. Sentimento de raiva, rancor contra alguém. Sentimento de aversão e repugnância por alguém.

Ogum briga e chama mais briga, ele chama mais briga
Ele é o senhor da arena, ele gosta de lutar
Ogum persegue, Ogum é aquele que mata
Ele é o senhor que toma banho de sangue
Ele mata vocês com o facão, Ogum mata vocês com golpes de facão...

— Não ouviu o que o meu pai disse? – eu disse, com calma. – Não se meta com a minha família... Seu *moleque*.

Comecei a apertar o punho do meu oponente; a pressão causada pelos meus dedos acabou causando rachaduras no braço do monstro; ele arregalou os olhos, fazendo uma careta de medo; apertei um pouco mais, e as rachaduras foram chegando até o ombro; o braço dele estava prestes a se destroçar.

— Eu sou a caçadora das planícies...

Enquanto minha mão esquerda esmigalhava um braço do meu oponente, a direita encostou bem no R.E.P.E.; sussurrei algumas palavras... e a *otá* parou de funcionar.

Olawuwo arregalou tanto os olhos que as órbitas literalmente saltaram pra fora.

— Me infectou com vírus?? — ele exclamou, sem acreditar. — Virose para destruir o R.E.P.E...?! Acabou com o seu próprio protótipo original!! Sua aberraç...

Aí o Olawuwo descobriu que era difícil falar quando não se tinha mais queixo.

Meu soco quase tinha arrancado fora a sua cabeça; ele gritou de dor, e desespero; não conseguiu manter o grito por muito tempo, porque um segundo soco havia atingido seu estômago, onde estava o meu R.E.P.E.; as ondas de choque que se propagaram foram de tamanha intensidade, que o corpo de aço e titânio do Olawuwo se estraçalhou por completo, de uma vez só; cada circuito, engrenagem, engenhoca, arma escondida, fio e molécula da sua casca de falsos músculos, tudo havia sido arruinado com um único golpe meu.

— ...Eu sou a mais forte! — bradei, com os dentes quebrados e com a boca encharcada de sangue.

O que sobrou do Pedro Olawuwo foi uma espécie de estrutura fina e frágil, que parecia ser um esqueleto de ferro, com braços e pernas finos e quebradiços como gravetos secos; ele caiu de joelhos, todo torto, completamente nu, ridículo e destroçado. Uma substância esbranquiçada começou a escorrer dos seus olhos, como se fossem lágrimas.

— Vou... odiar você... para sempre...! — balbuciava ele, com muita dificuldade, e com muito ódio. — Se... se não me matar... agora... Vou me vingar... Mesmo... que me mate... A minha alma... Vai te perseguir... pra sempre!!

Peguei o Pedro Olawuwo pelo pescoço; comecei a pressionar, com os dedos das minhas duas mãos, que haviam sobrado do seu crânio; a cabeça do meu inimigo estava começando a se rachar devido à pressão, mas ele só sorria, enlouquecido; eu continuava apertando, como se estivesse tentando esmagar um fruto podre entre as minhas mãos... era só apertar mais um pouco, que ia esmagá-lo pra valer...

Mata esse bosta...! Esse lixo tá fazendo hora extra no mundo! Mata, Jamila, mata, mata, mata!!...

— Pare! – gritou meu pai, quase sem forças. – Não faça isso... filha...

— Não mate! – gritou a Fernanda, correndo para nosso encontro – Jamila!

... Então eu parei de apertar. Fiquei olhando para aquela carcaça, que já foi, um dia, um garoto bonito... ele me olhava, cheio de medo, sem entender nada. Foi aí que ergui a cabeça para o alto, erguendo a minha presa, em direção à Senhora Lua, que me observava, bem cheia, lá do alto, e soltei um grito; soltei um urro longo, profundo, repleto de poder, deixando sair tudo que me frustrava, tudo que me causava tristeza.

Nós estamos brincando para Ogum com medo extremo
Segregamos nosso medo, nos comportamos calmamente
Mas com muito medo

Calmamente, larguei o Pedro Olawuwo; ele ficou se retorcendo aos meus pés, humilhado e impotente; ainda de joelhos, Nina me olhava, boquiaberta; João Arolê, que havia se teleportado para perto de nós, sorria; Rodolfo desmaiado... parecia sorrir também. Fernanda estava agachada, tentando tratar dos ferimentos do meu pai; os dois sorriam, e choravam, silenciosos, abraçados, me olhando com muita satisfação, e orgulho, da pessoa que eu havia me tornando.

Foi aí que, em meio ao caos e à destruição, eu finalmente me rendi e caí em sono profundo. Aquele sono bem gostoso, sem sonho nem nada. Sem fúria, raiva ou ódio. Não senti mais nada, a não ser um amor profundo, pelo meu pai, pela minha namorada, pelos meus amigos e, principalmente, pelo meu pai Ogum.

Só queria saber de sorrir pra vida, por toda a minha vida.

"Lágrimas são mais bem enxutas com nossas próprias mãos."
— Provérbio antigo proferido por Venerável Mãe Presidente Ibualama.

*Consegui ser ouvida.
Obrigada, Senhora Lua!*

34. Sorvete

Só queria saber de sorrir pra vida, por toda a minha vida.
Para começar, eu tava sorrindo bem para Fernanda.
– Finalmente esse sorvete, né? – eu disse para ela. – A senhora patrici... digo, a senhora Ebomi, sempre tão ocupada...
– Como você é chata! – disse Fernanda, sorrindo. – A senhorita iaô também anda bem ocupada, viu...

Estávamos numa sorveteria do Setor 10, cuja pintura interna e externa era toda branca; a parede que dava para a rua, toda de vidro; raios de sol entravam, iluminavam ainda mais o lugar. Início de tarde, um dia bonito; pouca gente, grupos de jovens conversando, brincando em seus dispositivos. Eu e Fernanda, sentadas numa pequena mesa, uma de frente pra outra.

Diante de mim, havia uma taça de chocolate, com cobertura cremosa, pedacinhos de chocolate flutuando e barrinhas espetadas no sorvete; já ela tomava colheradas de sorvete de creme, seu favorito.

– Creme e chocolate, né? – disse Fernanda – que combinação...
– Pois é – disse eu.

Finalmente havíamos cumprido a promessa de vir juntas a uma sorveteria, a felicidade estava estampada num sorrisão que mostrava todos os meus dentes. Eu vestia minhas roupas largas de sempre, sem chapéu de orelhinhas desta vez, e com meu cabelão crespo solto; já a Fernanda trajava um vestido clarinho, suave, que se adequava bem ao seu lindo corpo gordo. Eu olhando para ela, e ela olhando para mim... Não tenho palavras adequadas para descrever. Ela é a mais bela de todas... Me derretia toda quando ela sorria com os olhos... O amor dela me fazia tão bem...

Ficamos conversando por um tempão, trocando piadas, rindo, gargalhando.

— Respeita a minha pele preta, menina! – exigiu ela, durante uma das minhas brincadeiras.

– Ui, ui! – abri minhas mãos na altura das minhas orelhas. – Ela é uma mina de elite! Ui, ui!

O dia lá fora tava realmente bonito. Ficamos tanto tempo conversando e brincando que já quase anoitecia. Depois dos doces, pedimos uns sanduíches, e agora comíamos doces de novo. Desta vez, eu tava alimentando meu corpinho magricela com uma mega taça de *milkshake* de chocolate.

– Mas aí – disse a Fernanda – o que tem feito de bom?

– Ah, nada demais... – eu disse, ainda olhando para o *shake*. – Cultuando nossa ancestralidade, conversando com meu pai Ogum... Meus estudos tão num ritmo maravilhoso, tenho criado engenhocas espirituais novinhas... essas coisas. E você?

– Trabalhando muito... – Fernanda suspirou. – As pessoas acham que é legal ser jovem e ser Ebomi de uma Casa Empresarial renomada... mas é isso, sou jovem! Me orgulho muito das minhas responsabilidades, porém, queria poder sair mais, me divertir mais! Frequentemente, tenho uma invejinha da liberdade das jovens comuns da nossa idade...

– Você foi escolhida pela sua ancestralidade – eu disse, olhando nos olhos dela. – Os ancestrais só impõem desafios que você é capaz de suportar...

– Ui, ui! – disse Fernanda, debochada. – Ela é uma iaô que ensina Ebomis de elite! Ui, ui!

Gargalhamos muito daquela nossa bobeira.

– Você é a mente mais brilhante em robótica e tecnologia de Ketu Três... – sussurrou ela, de repente. – Como é empregar essa mente tão potente a serviço de um grupo clandestino? O que é essa rebelião de vocês do grupo Ixoté?

– Você é mestre em fingir demência, hein – eu sussurrei também, fazendo uma careta de deboche. – A rebelião... é contra as *coisas erradas* realizadas pelas Corporações: experimentos ilegais, sequestro de crianças *emi ejé* selvagens, criação de monstros, proliferação de *ajoguns*, negligência das Casas Empresariais, abusos da elite... ou seja, os mesmos motivos que leva você, jovem Ebomi de uma grande casa, a agir à revelia de sua chefe, a qual, por acaso, é sua mãe... inclusive, você dispõe de seus próprios agentes, extraoficiais...

Fernanda abriu um largo sorriso, de orelha a orelha.

– Você... – Fernanda tentou perguntar com cuidado. – Você acha que... está conseguindo tornar o seu sonho realidade...? Seu sonho de se tornar a maior cientista do mundo e tal...

– Escolhi tornar meu sonho realidade do *meu jeito* – respondi, tranquila – em vez de ser usada como arma viva de destruição em massa; afinal, não foi para isso que me fizeram em laboratório...?

Fernanda olhou pra baixo, meio sem jeito. Era engraçado vê-la assim; toquei no rosto dela, tentando dizer, com o meu olhar, que estava tudo bem; não venho conversando, à toa, com o meu pai Ogum, todo esse tempo. Ninguém se resolve da noite para o dia, mas eu seguia me esforçando, todos os dias; eu sou uma pessoa, e ponto final.

– Bom... – disse Fernanda, levantando a cabeça, voltando a me olhar nos olhos – sei que você já tem o seu grupo revolucionário, seu Ilê e sua Ialorixá, mas... Queria muito que você entrasse pra minha casa, a Aláfia Oluxó, para ter você... mais perto...

– ...Eu sei... – disse eu.

– ...Mas sei que cada uma de nós tem seu destino, seu próprio caminho, determinado pelos ancestrais – Fernanda disse. – Além disso, sabemos que você precisa do seu espaço, para viver, e agir, conforme suas convicções e ideais...

– Não é só isso... – disse eu, mas não continuei a frase. Muito cedo para se dizer certas coisas.

– Certo... – disse Fernanda, preferindo mudar de assunto. – E a tecnologia experimental R.E.P.E.? Você... acabou destruindo seu protótipo original. Os dados foram roubados pelo Olawuwo... Recomeçou a pesquisa do zero?

Tomei mais um gole do *milkshake*. Era uma taça enorme, tava acabando já e eu já sentia falta... gosto demais de chocolate.

– Não tenho autorização para responder a certas perguntas – sussurrei, tentando imitar a voz rouca da Fernanda – porque se referem a segredos subversivos de alta periculosidade contra as tradições e bons costumes das santas Corporações...

Eu e a Fernanda acabamos rindo bastante.

– Nada da Joana ainda? – perguntei, assim de repente.

– Nada... – Fernanda respondeu. – Sumiu completamente, no meio daquela confusão; deve ter usado seus poderes telepáticos para camuflar a fuga...

– Ela é muito habilidosa – eu disse. – Quando tivemos nosso contato telepático, ela não mentiu sobre si... Porém, agora percebo que omitiu algumas partes.

– Confesso... – Fernanda disse, meio constrangida – que tenho um pouco de... ciúmes... dessa ocasião em que a sua mente e a da Joana Adelana se tocaram... Para telepatas, é um contato... íntimo demais... mas tudo bem! Entendo as circunstâncias...

Acabei baixando a cabeça, sem graça e sem conseguir falar nada; aproveitei para fazer uma anotação mental de jamais, em qualquer hipótese, mencionar mais essa sujeita na frente da Fernanda, nem em pensamento.

– E a Olasunmbo? – perguntei, ansiosa para mudar de assunto, como se a questão em torno do laboratório onde fui criada fosse uma questão dessas qualquer – E o... Pedro Olawuwo...?

– Bom – Fernanda começou a dizer – Pedro Olawuwo continua sob nossa custódia, mergulhado num tonel de nutrientes. Ainda permanece como um esqueleto, já que instalamos nele um inibidor de poderes. Infelizmente, ele não nos diz nada, nem sobre a Olasunmbo, nada.

– Entendi... – disse eu. Não sabia o que sentir quanto a isso.

— Sobre a farmacêutica — Fernanda continuou dizendo — infelizmente ainda nos faltam muitas provas oficiais... Mas tudo o que posso dizer é que, de uma forma ou de outra, aos poucos, a família Olasunmbo vem pagando por seus crimes, seja por nossas leis... seja pela lei dos ancestrais. Mas... creio que isso tudo você já sabia, já que seu grupo vem sendo um dos grandes responsáveis por ajudar a desmantelar a Olasunmbo, pouco a pouco!

Eu me limitei a sorrir, pois tudo o que ela tinha dito era verdade.

O tempo foi passando. Tínhamos voltado a falar futilidades. Nos empanturramos com mais sorvetes... Até que a noite então tinha chegado.

Eu e Fernanda ainda tínhamos muito para dizer! Mas...

Nos beijamos, como não havíamos nos beijado num longo tempo... Depois, ficamos em silêncio, apenas olhando uma para a outra; então, nos beijamos de novo, com suavidade, doçura, amor... Naquele momento, éramos apenas eu e Fernanda, nos amando... eram Ogum e Oxum namorando...

— Bom — disse eu, me levantando para ir — vou-me indo...

— Sim — Fernanda, sorrindo. — Não vou perguntar para onde está indo...

— ...Porque sabe que não vou te responder, senhora Ebomi da Aláfia Oluxó — eu disse.

Rimos mais um pouco. Nada seria capaz de quebrar aquele clima entre nós.

— Certo, então farei uma pergunta a que você certamente poderá responder... — disse Fernanda, cessando o riso, me olhando nos olhos — Como... como está você com seu pai...?

Demorei um pouco para responder... tamborilei os dedos no canudo do *shake*... Até que disse, de uma só vez:

— Agenor Olabamiji é meu pai. Isso nunca vai mudar. Mesmo que eu não more mais com ele... Algum dia, ainda vou perguntar como exatamente nos conhecemos, porque não consigo lembrar... mas ele é meu pai. E vou continuar a ir vê-lo, sempre que for possível.

Fernanda baixou os olhos e sorriu.

– Mande lembranças para ele quando o encontrar, sim? – disse ela.

– Pode deixar! – exclamei. – Vou marcar um game com aquele cabeçudo já já!

Então, depois de uma bitoquinha de despedida, saí pelas portas da sorveteria, sorridente, sem olhar pra trás.

Andei alguns quarteirões... Passei por árvores, arbustos, cachorros e muitas pessoas, que conversavam alegremente, com copos na mão; as ruas estavam movimentadas, muita gente bebendo vinho de palma... me misturei à multidão, também repleta de jovens animadinhos, muitos turbantes e penteados crespos da última moda; então, quando alcancei um certo estabelecimento, encontrei a Nina, tranquila, sentada do lado de fora, bem à vontade na rua, numa mesa de bar. Apesar de haver bastante gente nos outros bares, este estava mais ou menos vazio; só havia essa mesa, a Nina e um copo de vinho de palma.

– Cês gostam de beijar, né? – disse ela com aquele sorrisinho cretino de canto de boca que lhe era característico.

– Ai, Nina...! – fiquei sem graça, pela enésima vez no dia.

– Pega nada – ela piscou. – É tão lindo, sincero, o amor de vocês duas...

– Ai! – chega de me deixar encabulada, né? – E aí, gravou tudo?

– Sim – Nina meteu a mão no bolso e mostrou seu celular. – A conversa entre vocês duas foi toda registrada, só não consegui captar imagens; o sistema de proteção dela é potente. Só consegui gravar a voz porque ela se abriu para você. De qualquer forma, a Aláfia Oluxó não vai mais conseguir nos rastrear, nem mesmo os agentes dela...

– Obrigada, Nina! – eu disse, contente. – Não queria me esconder assim da Fernanda, mas...

Nina Onixé... estava à vontade, sem uniforme militar, de jeans e camiseta, cores claras... A exemplo do Arolê, seu antebraço cibernético agora estava revestido com uma camada de pele sintética, o que o fazia parecer bem humano. Muito bom vê-la bem assim.

— Vamos indo pra casa? – disse a Nina, se levantando.
— Sim! – respondi.

Fomos andando pelas ruas do Setor 10, passando pelos mesmos locais que haviam sido destruídos por mim... Muita coisa já estava no lugar, novas construções haviam sido erguidas. Passamos pelos novos prédios... eu estava bem tranquila, de verdade, apreciando a brisa no rosto...

... Por isso, acabamos não testemunhando o papo que rolou entre a Fernanda e um cara que estava ali, quietinho, na mesa bem ao lado...

— Viu só? – disse Fernanda, ainda na sorveteria – te falei que ela te ama...

— Sim... – respondeu um homem grande, que estava sentado, o tempo todo, bem na mesa próxima; na verdade, devido a um truque telepático, somente a Fernanda podia vê-lo ali – Ebomi, parece que as mães ancestrais estão mesmo agindo... A Cecília Adoyeye já nos causou problemas, no incidente envolvendo o jovem chamado João Arolê... Creio que temos, então, de localizar a Joana Adelana, o mais rápido possível, antes que ela desperte a série "codinome Maria"...

— Ninguém poderá fazer nada enquanto a Mãe Maria estiver sob nossa proteção – disse Fernanda ao homem. – Ainda temos tempo. Nesse sentido, o grupo rebelde Ixoté será bastante útil. Afinal, *"jamais mostre o seu maior trunfo; mas, se for pra mostrar, então que tenha um trunfo maior ainda"*... Não é isso que você gosta de dizer, meu agente querido?

— Sim, chefe – disse, com um sorriso, um cara grande, forte, pele marrom, barba cortada, trajado com o uniforme branco e vermelho da Aláfia Oluxó, um homem chamado Agenor Olabamiji.

Enquanto isso, eu seguia caminhando pelas ruas do Setor 10. A Senhora Lua brilhava...

"O amanhã pertence àqueles que se preparam hoje."
— Provérbio antigo proferido por Venerável Mãe Presidente Ibualama.

Eu sou.

35. Jamila (Ogunsi)

A Senhora Lua brilhava...

Luz pálida, suave, tranquila...

Noite de estrelas. São nossas rainhas ancestrais, nos olhando, nos guiando...

Os espíritos dos sonhos guiando nossas mãos, nossos desejos, acalentando nossos receios, e dando esperança a nossos anseios...

Melodias de *jazz hop*. Batidas leves de *lofi hip hop*.

Os sons do céu, cheiros da chuva, canções da brisa, perfumes do capim...

Pai Ogum descansava em seus aposentos, no alto da torre de Irê. Ao seu lado, seu cão fiel dormia. Apesar de nunca dormir. Sempre atento. Mas, naquela noite, o feroz animal descansava...

O cão de Ogum estava tranquilo, naquela noite de lua nova...

Senhora Lua, muito obrigada. A senhora me ama, e eu te amo...

A brisa noturna soprava. Eu não precisava mais correr pelo capim. Eu era o próprio capim. Era a carne e o sangue de que são feitas as divindades. Sou o ferro, o facão. Sou o amor. Sou a guerreira, a cientista. Sou a filha, a amiga, a namorada.

Eu escalava para chegar ao topo do meu mundo.

Sou o amor...

As estrelas brilhavam ao redor da Senhora Lua. Eu tinha de alcançar as estrelas. O espaço era o lugar. Eu ia atingir as estrelas dos mundos dentro de mim.

Eu ia chegar ao topo do meu mundo.

Eu tinha que alcançar a Senhora Lua...

Eu sou a caçadora das planícies. Eu sou a mais forte.

Meu nome é Jamila Olabamiji.

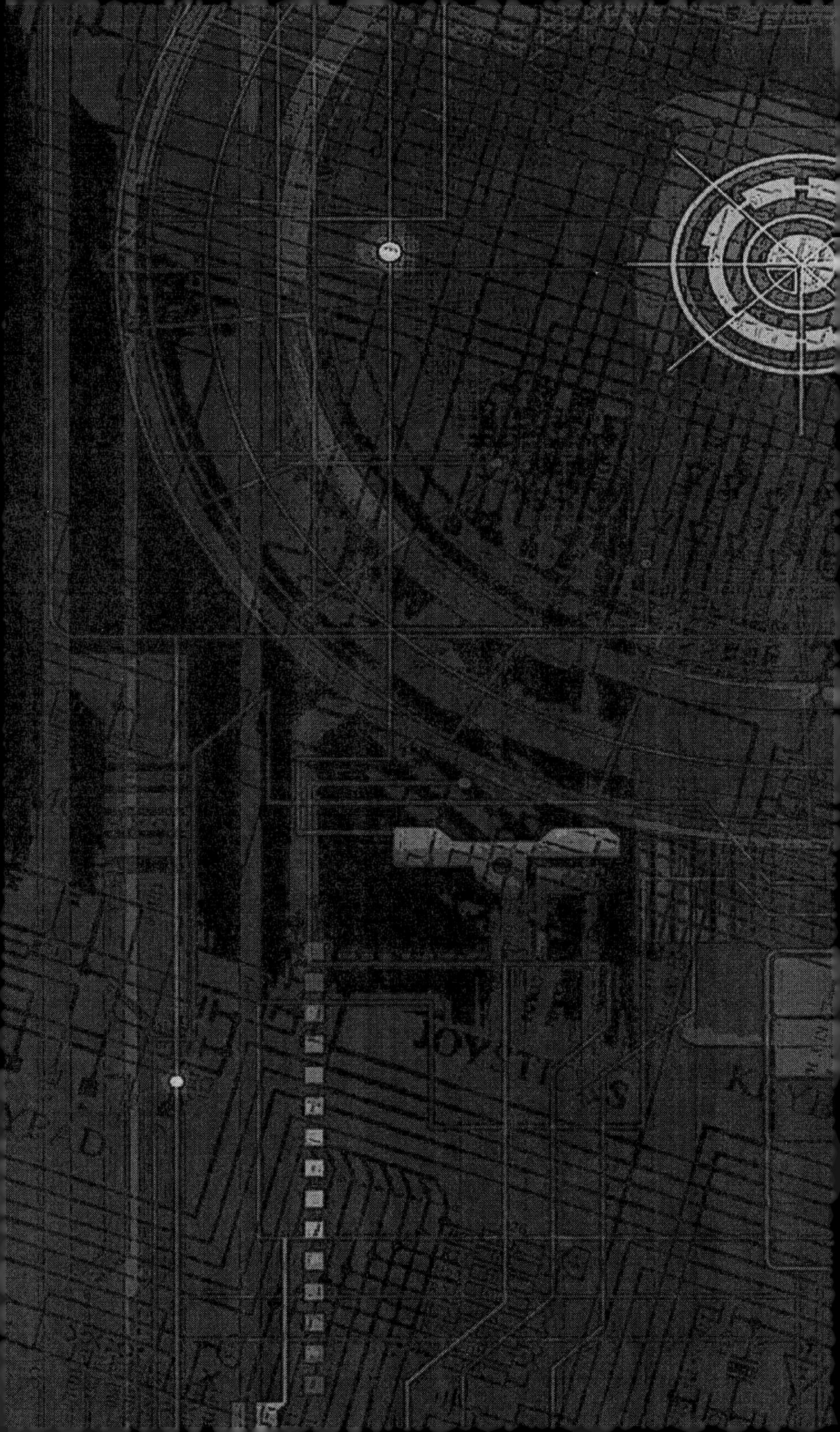

GLOSSÁRIO

Um guia para as palavras de Ketu Três.

Agô [*ago*]: Licença; pedir permissão.
Aiê [*Àiyé*]: Mundo físico; terra onde vivem os seres humanos. Terra visível sob o sol.
Ajogun [*ajogun*]: Espíritos perversos, inimigos dos Orixás e de toda a humanidade; espírito corrompido, maligno. Sentimentos nefastos, energias negativas.
Akosilé Oju [*Àkọsílẹ Oju*]: "Olho Público". Uma das grandes empresas de segurança de Ketu Três. Especializada em patrulha, perseguição e captura. Cores: azul e dourado. Rival da Aláfia Oluxó.
Aláfia Oluxó [*Alafia Olusọ*]: "Paz Guardiã". Uma das grandes empresas de segurança de Ketu Três. Especializada em localização, combate e destruição. Cores: branco e vermelho. Rival da Akosilé Oju.
Axé [*àsẹ*]: Poder. Energia vital que transforma o universo. Força que move os seres humanos e as divindades.
Babá [*Bàbá*]: Pai.
Babalaô [*bàbáláwo*]: Literalmente "pai que possui o segredo"; homem que interpreta e comunica a vontade dos deuses por meio do jogo de búzios; vidente, adivinho.
Bori [*ẹbòorí*]: Ritual periódico para alimentação e fortalecimento da ori.
Ebó [*ẹbó*]: Oferenda aos ancestrais. Sacrifício.
Ebomi [*Ègbón mi*]: Literalmente "meu irmão mais velho". Pessoa iniciada no culto ancestral que cumpriu suas obrigações rituais de sete anos. Condição de alto prestígio em Ketu Três.
Emi ejé [*ẹmí ẹjẹ*]: Literalmente "sangue espiritual". Indivíduo do Mundo Novo que possui poderes sobrenaturais.

Iaô [ìyàwó]: Pessoa iniciada no culto ancestral que possui menos de sete anos de renascida, ou que ainda não cumpriu suas obrigações rituais de sete anos.

Ialorixá [Ìyálòrìsà]: "Mãe de orixá". Sacerdotisa do culto ancestral. Ebomi escolhida pelos deuses para proporcionar o nascimento de novas divindades por meio da iniciação. Autoridade máxima de um terreiro ou de uma Casa Empresarial. Cargo de altíssimo prestígio em Ketu Três.

Iroko [Ìrókò]: Orixá do tempo, das árvores, da antiguidade. Uma das divindades mais antigas do mundo; a Grande Árvore, árvore da vida. O próprio tempo, que testemunha o início e o fim de todas as coisas.

Ixoté [Isọtẹ]: "Rebelião". Grupo de *emi ejé* rebeldes que se opõe às Corporações.

Nanã [Nàná]: Orixá da lama primordial, das origens, da antiguidade. Velha senhora.

Obé [óbẹ]: Faca, facão.

Odé [Ọdẹ]: Caçador; termo pelo qual comumente se referem a divindades da caça, tais como Logun Edé, Otim, e, principalmente, Oxóssi.

Odudua [Odùdúwà]: Orixá da Criação. Mãe Terra.

Ogã [Ógá]: Literalmente "chefe". Cargo masculino de alto prestígio, geralmente reservado a homens que alcançaram grandes feitos a serviço da nação.

Ogum [Ògún]: Orixá da metalurgia, da ciência, das artes bélicas. Senhor da guerra. O pioneiro, que abre os caminhos. O poder masculino em seu aspecto mais violento. Rei de Irê.

Oiá [Ọya]: Orixá dos ventos, das tempestades, do fogo e da água. Rainha dos eguns. O poder feminino em seu aspecto mais libertário. Uma das principais divindades da metrópole Oió Oito.

Ojá [ọjá]: Pano para amarrar na cabeça das mulheres; turbante, rodilha.

Ojó Aiku [Ọjọ Aiku]: Literalmente "dia de descanso". Domingo.

Ojó Isegum [Ọjọ́ Isẹgun]: Literalmente "dia da vitória". Terça-feira, dia de Ogum.
Olodumare [Olódùmaré]: Deus. Espírito supremo.
Olorum [Ọlórun]: "Senhor do Céu". Outro nome para Olodumare.
Oriki [oríkì]: Frases e versos de louvação a ancestrais e Orixás e seus atributos e feitos heroicos.
Orixá [Òrìsà]: Divindade. Ser composto puramente de pensamento, invisível. Poder do mundo, princípio cósmico do universo. Força da natureza. Ancestral divinizado.
Orum [Órun]: "Céu". Mundo sobrenatural, onde vivem os ancestrais, os espíritos, as divindades. Reino mais elevado das dimensões do pensamento. Mundo invisível.
Orunmilá [Orúnmìlà]: Orixá do destino e da sabedoria. O oráculo, que comunica o destino dos seres humanos por meio do jogo de búzios.
Ossaim [Ọsányìn]: Orixá das folhas, da floresta, da cura pelas ervas. O grande médico dos Orixás.
Otá [ọta]: Pedra sacralizada em rituais específicos para servir como morada de um espírito ancestral; fonte de energia, bateria.
Otim [Otìn]: Orixá do clã dos caçadores; às vezes, uma jovem de quatro seios, outras vezes, um rapaz em corpo de donzela.
Ouô [owó]: Búzios; moeda corrente de Ketu Três.
Oxalá [Òòṣàálá]: Orixá da Criação, o Grande Orixá, Rei das Vestes Brancas, criador dos seres humanos e pai da maioria das divindades.
Oxóssi [Ọṣọ́òsì]: Orixá da caça, da fartura, das artes. Senhor da humanidade. Aquele que alimenta a comunidade e se aventura no desconhecido. Rei da cidade ancestral Ketu. Principal divindade da metrópole Ketu Três.
Oxum [Ọsun]: Orixá da riqueza, da beleza, da fertilidade. Rainha do ouro e da magia, senhora das águas doces. O poder feminino em sua totalidade.
Xangô [Sàngó]: Orixá do trovão, da justiça, da virilidade. O grande rei, poderoso, majestoso e orgulhoso. Rei da cidade ancestral de Oió.

Malê Editora www.editoramale.com
contato@editoramale.com.br

Esta obra foi composta em Arno Pro Light (miolo), impressa na gráfica JMV sobre papel pólen 80g, para a Editora Malê, em maio de 2025.